나는 왜
비에 젖은 석류 꽃잎에 대해
아무 말도 못 했는가

나는 왜
비에 젖은 석류 꽃잎에 대해
아무 말도 못 했는가

이성복 산문집

문학동네

| **일러두기** |

이 책은 1990년 도서출판 살림에서 출간된 산문집 『꽃핀 나무들의 괴로움』에서 일부를 가려
뽑고, 1994년 웅진출판사에서 간행된 『이성복 문학앨범』에 실린 산문들과, 그 이후 여러 지면
에 발표했던 글들을 저자가 간추려 엮은 것이다.

차례

제1부

제4부

제5부

제1부

액자 속의 사내를 찾아서
— 그의 삶, 그의 글쓰기

 그의 연구실 책상 바로 앞 서가의 두번째 선반 한 귀퉁이에는 손바닥만한 액자 하나가 있다. 액자의 나무 테두리는 여러 해 세월과 그 세월이 거쳐간 장소들의 햇빛과 먼지들로 인해 진한 고동색으로 변해 있다. 그 안에 한 사나이가 가시관을 두른 앞머리에 금빛 후광을 모자처럼 비껴쓰고, 비스듬히 머리를 기울이고 하늘 한쪽 끝을 치어다보고 있다. 사내의 눈동자는 위로 올라가 눈알의 흰채가 드러나 보이고 입은 반쯤 벌어져 있어, 무언가 이제 말을 막 시작하려거나, 아니면 들리지도 않는 말을 가까스로 끝마친 것처럼 보인다. 사내의 몸은 그리 여위어 보이지 않지만, 모가지 아래 빗장뼈가 드러나고 군데군데 채찍이 지나간 상처 자국이 보일 듯도 하다. 사내의 옷은 얇은 홑이불이나 면사포처럼 통단으로 한쪽 어깨 위에서 다른 편 젖가슴 아래로 걸쳐져 있다. 여러 겹으로 주름진 그의 옷은 마치 시멘트 반죽을 흙손으로 짓이겨 거칠게 바르다가 내버려둔 것 같다. 그리고 그의 어깨 아래 갈비뼈가 시작되는 곳에서부터 허리까지 내리그어진 휜 선이 있는데, 단순한 막대기처럼 보이는 그것이 왜 거기에 그려져 있는지 좀체 짐작되지 않는다.

그가 이 작은 액자를 처음 손에 넣게 된 것은 1976년 2월 어느 날이었을 거다. 이제 막 해군에서 제대한 그를 위해 고등학교 동창들이 종로2가 '갈릴리'라는 지하 다방에 모였고, 그 모임의 회장을 맡고 있던 친구가 지금은 이름도 생각나지 않는 책 두 권과 함께 그 액자를 건네주었다. 액자의 뒷면에는 '축 제대─돌벗 일동'이라는 사인이 들어 있었는데, 지금 다시 들여다보면 빛 바랜 잉크로 씌어진 글자가 아직 희미하게 남아 있다. 그래, 그때 그런 일이 있었지. 그는 오른쪽 손가락 손톱 끝으로 책상 끝을 연달아 두들기며 말발굽 소리를 내본다. 그 액자가 20년 가까이 그를 사로잡고 있었던 까닭은 무엇일까. 사실 그가 대학을 마치고 잠시 대학신문 전임기자를 거쳐 대학원에 들어가고, 그후 아내를 따라 지방 도시에 내려와 직장을 잡고 아이들 셋의 아버지가 되기까지, 한 번도 그 액자는 그의 면전에서 떠난 적이 없었다. 아니 그런 일이 한두 번 있기는 했다. 그가 처음 불란서에 다녀온 후 동양 쪽의 고전을 읽어야겠다는 마음으로 더듬더듬 한문을 익힐 때, 그리고 유가 쪽의 공부에도 쉬이 싫증을 내고 불교 경전들에 관심을 둘 때, 그 액자는 책장 밑 서랍 속에 묻혀버리는 신세가 된 적이 있었다. 그러나 그가 다시 서양 현대 쪽으로 머리를 돌리게 되었을 때, 그 액자는 이를테면 '복권'이 되어 서가의 한쪽 선반 위로 다시 돌아왔다.

지금처럼 어쩌다 지난 일들을 돌아보는 기회가 있을 때마다 그에게 드는 자괴감은 어쩌면 그리 진득하니 엉덩이를 붙이고 뱃심 좋게 버텨보지 못하는 것일까 하는 생각이다. 지난 세월 동안 그는 몇 권의 시집과 산문집을 냈지만, 그 책들의 성격은 저마다 다른 것이었다. 더러 애정과 관심을 가진 사람들은 그것이 그의 꾸준한 '자기 개발'이나 '지적 모험'이라는 식으로 어지간히 미화시켜 둘러대지만, 그 자신에게 남는 느낌은 약간의 허세와 대부분의 남사스러움이었다. 한군데 오래 머물러 그 자리의 햇빛과 그늘을 속속들이 맛보면서 깊이 뿌리를 내려가는 '정주형' 삶을 배워 익힌 작가들 앞에 설 때마다, 그가 갑자기 낯이 뜨거워짐은 바로 자신의 약점에 대한 켕김 때문이었으리라. 일종의 '유목형' 기질이라 불릴 수 있을 그러한 삶의 습속은 이제는 그가 그리 큰 애정을 갖지 않는 문학의 자리뿐만 아니라, 도대체 그의 삶 어느 구석에서나 쉽게 발견되는 것이기도 하다. 외면적으로는 고요하게 닫혀 있는 듯이 보이는 그의 삶은 타인의 다가옴을 쉽게 허용하지 않고 타인에게 쉽게 자신을 열어 보이지 않는다는 점에서 지극히 보수적이고 엘리트주의적이며 때로는 자폐적인 면모까지 갖추고 있다. 그러나 이처럼 부질없는 외부적 치장들은 매우 허약한 방책에 지나지 않을 뿐, 한 꺼풀 껍질을 벗기고 나면 도저한 무질서와 충동의 소용돌이가 들끓고 있을 법하다. 실제로 그는 지독히도 유혹에 약한 사람이며, 그러기에 그가 둘러쓰고 있는 방어용 털가죽을 더욱 섬하게 곤두세우려고 몸부림하는지도 모른다.[1]

사실 모든 열정은 유목형 떠돎과 밀접한 관련을 맺고 있는 것처럼 보인다. 그리고 그 떠돎은 '배반'을 생리로 한다. 우리는 떠남이나 헤어짐에서

---

[1] 사실 십수 년 전 그의 가까운 친구 하나가 그를 두고 '고양이' 같다고 한 표현은 정곡을 찌르는 데가 없지 않다. 지극히 섬세하고 연약하게 보이는 외모와 마음 씀씀이에도 불구하고, 일단 한 가닥이라도 그의 신경선을 건드리거나 건드리려 하면, 그는 앙칼지게 덤벼들어 날카로운 발톱으로 할퀴고 만다. 실제로 그는 어느 무더운 여름날 애증이 뒤범벅이 된 채 한 친구와 작별의 악수를 하는 순간, 친구의 손안에서 꿈틀거리는 그의 손톱의 적의를 생생하게 느낀 적이 있었다.

삐져나오는 날카로운 배반의 칼날을 이별의 '예식'으로 무마하고 무디게 하려고 애쓴다. 그 점에서 그의 삶은 단적인 실패의 예가 될 것이다. 마치 여기저기 실밥이 틀어지고 군데군데 내용물이 튀어나온 부댓자루처럼, 그의 삶은 미처 인간화되지 못하고, 문화 속으로 편입되지 못한 생경한 배반의 흔적들로 가득차 있다. 그의 유목형 기질로부터 초래된 이같은 결과는 그로 하여금 지나온 삶을 다시 돌아보고 싶지 않은 것으로 만들어버렸다. 그에게는 고향이 없다. 보다 정확히 말하자면 그에게 고향은 손톱 끝으로 양은대야를 긁을 때처럼 꺼림칙한 느낌을 줄 뿐이다. 그래서 그는 남쪽 바닷가 마을에서 태어나 늘 그곳을 좋은 느낌으로 되새기는 한 대학 동창의 이야기를 들을 때마다, 겉으로는 수긍하며 맞장구를 치지만 마치 고통 때문에 몸서리치는 환자 곁에서 어쩔 줄 몰라하는 가족들처럼 도대체 '감'이 없는 것이다. 그가 태어난 곳은 변화도 발전도 없는 내륙 지방의 한 시골 마을이었다. 고만고만한 야산들로 둘러싸인 그 마을은 읍내에서 10리가량 떨어진 후미진 곳으로, 유난히도 쓸모없는 돌들이 많이 굴러다녔다. 누구나 그렇듯이 처음에 그는 그 마을이 안락하다거나 답답하다고 생각해본 적이 없었다. 그러나 초등학교 5학년에 들어서자 그 마을은 그에게 견딜 수 없이 갑갑한 곳으로 느껴졌고, 그곳을 떠나지 않고서는 성공하고 이름을 날릴 수 있는 길이 없을 것 같았다.[2] 그는 울면서 떼를 쓰고 급기야는 밥까지 먹지 않고 버텨서, 마침내 한숨만 내쉬는 아버지의 허락을 얻어냈다.

---

2) 처음 그가 그 마을을 벗어나야겠다는 마음을 먹게 된 것은 그가 다니던 학교의 선생님을 따라 서울에 가서 글짓기 대회에 참여하고부터였을 것이다. 당시 그가 살고 있던 지방은 어린이 글짓기를 장려했기 때문에, 그는 여러 백일장에 참가했고 그런 대로 괜찮은 성적을 거두기도 했다. 아직도 그의 기억 속에 뚜렷이 남아 있는 것은 그때 보았던 서울사대부국 학생들의 흰 칼라의 교복이었다. 그는 몹시 그 옷이 입고 싶었다.

서울에서의 그의 생활 또한 그를 둘러싸고 있던 직전의 것들에 대한 부정과 배신의 흔적들로부터 자유로울 수 없었다. 지금도, 가까스로 들어간 중학교에서 같은 이름의 고등학교를 거치지 않고 온갖 수모를 감수하며 학교를 바꾼 일이 생각날 때면, 어김없이 그는 깊은 죄의식 같은 것 속으로 빠져들게 된다. 물론 그것은 부분적으로는 아버지의 고집 때문이었기도 하지만, 근본적으로는 '한번 세상에 나서 출세하고 이름을 내겠다'는 그 자신의 터무니없는 야심 때문이었음이 분명하다. 지금 그 당시의 자신을 돌아보며 쓴웃음을 지으면서도 그가 인정하지 않을 수 없는 것은 현재 지방 도시 교수로서의 삶, 그리고 한때 열심히 글을 썼으나 이제는 남의 글도 자기 글도 읽지 않는 어쭙잖은 문인으로서의 삶 또한 똑같은 형태의 '뒤집기'에 따른 당연한 결과라는 사실이다. 따지고 보면 고등학교 1학년 후반부터 시작된 철학이나 문학에 대한 관심은 '출세지상주의자'로서의 자신의 태도에 대한 전면적인 부정에서 나온 것이었음에도 불구하고, 동일한 '야심'의 보다 간접적이고 은밀한 행태라고 할 수 있다. 그는 이제 권력이 아니라 글쓰기로 출세하고 싶었던 것이다. 그러나 일단 글판에 들어선 다음에도 그의 본능적인 '뒤집기'는 간단없이 진행되었다. 한 권의 시집을 내고 나면 그 시집에 묶인 시들은 물론, 그 시들이 씌어졌을 때 가졌던 생각들이나 살았던 시간들까지도 두 번 다시 돌아보기 싫을 만큼 역겨운 것이 그의 성미였다.[3]

---

3) 아마도 한때 그와 사귄 적이 있었던 여자들은 어느 날 밑도 끝도 없이 그의 마음이 싸늘하게 식어버리고 자기들과 알은체조차 하지 않는 것을 보고 무척이나 당혹했으리라. 그는 그런 인간이었다. 그 자신 또한 그처럼 변덕스럽고 야비한 태도가 그들의 가슴속에 얼마나 깊은 상처를 파넣는지 잘 알고 있었다. 그러나 그에게는 그들로부터 자신의 비정함을 숨길 수 있는 최소한의 용기도, 예의도 없었다. 그는 그런 인간이었다. 그가 남에게 받은 상처는 남에게 준 상처에 비할 바가 못 된다.

곰곰이 생각해보면 그의 '떠돎'은 새로운 것에 대한 호기심과 모험에 대한 열정에서라기보다는 낡은 것과 늙은 것에 대한 불편함에서 비롯된 것이다. 불편함에 대한 체질적인 민감성은 가령 그가 의무적으로 참여해야 하는 회의석상에서 누군가 씨도 먹히지 않는 한심한 발언을 장황하게 할 때 차마 듣기 민망하여 그 스스로 귀를 막곤 하던 일에서도 나타나지만, 낯선 사람들이 모이는 장소라면 지레 겁을 먹고 꽁무니를 빼는 태도에서도 확연히 드러난다. 도대체 그는 참을 수가 없는 것이다. 보통 사람이면 무람없이 해내는 일이 그에게는 창피하게 생각되는 것이다. 왜 창피한가는 문제되지 않는다. 그는 오직 창피할 뿐이다.[4] 둘러 생각하면 그러한 창피함은 그에게만 있는 것이 아니라 누구에게나 있는 것이리라. 다만 그에게는 그 창피함이 두 배, 세 배로 증폭되어 극단적으로 나타나는 것일 뿐이다. 마찬가지 얘기겠지만 증폭된 창피함과 그 창피함을 눌러 견뎌내지 못하는 과도한 섬약성은 그로 하여금 이따금 남들이 쉽게 이해할 수 없는 행동들을 하게 만들 때가 있다. 이제는 최소한의 품위는 지켜야 할 학교 선생으로서, 그리고 세 아이의 아버지로서 그러한 어리석음은 많이 다듬어진 것도 사실이지만, 아직도 그의 얼굴은 좋고 싫음을 뻔히 드러내 보이지 않고서는 못 배긴다. 도대체 그는 자기 감정을 견딜 수가 없는 것

---

4) 그 자신의 짐작으로는 다소 정상의 범위를 넘어선 그의 비사교성 혹은 비사회성은 날 때부터 허약한 체질을 지닌 그에 대한 어머니의 과보호에 의해 조장된 것일 수 있고, 어린 시절부터 시작된 객지 생활에서 비롯된 것일 수도 있다. 그러나 보다 분명한 것은 그러한 성향들이 직전의 것에 대한 본능적인 '뒤집기'와 밀접한 관련을 맺고 있다는 점이다. 그는 고등학교에 들어가자마자 심리치료 학원에서 웅변술과 최면술을 배우면서 처음 보는 사람들에게도 반갑게 인사를 건네는 등 그의 성격을 뒤집으려고 애썼다. 그러나 한 달 뒤에는 모든 것을 집어치워버렸다.

이다.[5]

    하기야 자기 감정을 주체하지 못한다는 것이 반드시 부정적인 결과만을 갖는 것은 아니다. 그의 비사회성 내지는 비사교성은 그로 하여금 매 순간 자신 속에 웅크리고 들어앉아 바깥에서 벌어지는 일들을 실제 이상으로 박진감 있게 상상하게 해주었다. 또한 그의 폐쇄적인 성격으로 인한 본의 아닌 고립은 남들이 미처 짐작하지 못한 시점에서 사물들을 관찰할 수 있는 기회를 만들어주었다. 가령 그가 초등학교 시절 백일장에서 '꽃밭'이라는 제목으로 글짓기를 할 때 별들이 돋아나는 밤하늘을 꽃씨가 막 싹터오르는 꽃밭으로 비유했다거나, 고등학교 시절 '국화'라는 제목으로 글짓기를 할 때 신장개업하는 가게 앞에 내놓인, 철삿줄로 묶인 국화꽃의 괴로움을 골고다 언덕의 수난에 비긴 것도 비근한 예가 될지 모른다. 이 같은 착상의 별스러움은 글쓰기뿐만 아니라 그의 다른 행동들에서도 어렵지 않게 찾아볼 수 있다. 해군 훈련병 시절 어두워가는 연병장에서 갑자기 그가 오줌을 내갈길 때 옆에 있던 사람들이 얼마나 경악했는지, 군대 친구 하나는 두고두고 이야기한 적이 있었다.[6] 영악스러운 장난기와 결합된 그와 같은 별스러움 때문에 어느 선배 교수는 그에게 '럭비공'이

---

5) 이 대목에서 그는 성모 마리아의 고통스러운 일생을 거듭거듭 생각한다. 천사가 마리아에게 성령의 수태를 알릴 때나 가엾은 아들의 죽음을 눈앞에 두고서도 그녀는 누구를 탓하거나 소리내어 힘들어하지 않고 마음에 깊이 새겼을 따름이다. 마음에 깊이 새기는 그 마음은 얼마나 고요한가. 따뜻한 손안에서 눈이 녹듯이, 비극은 비극의 되새김에 의해 소멸한다.
6) 그와 더불어 다음과 같은 일화는 그의 영악스러운 장난기가 결코 무죄하거나 무해한 것에 그치지 않으며, 나아가서는 타인에게 심한 상처를 주는 것임을 드러낸다. 중학생 시절 그는 도서관에서 새로 산 만년필의 펜촉을 만지작거리다가 부러뜨리고 말았다. 그때 마침 그는 건너편 책상 위에 같은 종류의 만년필이 놓여 있는 것을 보고, 순식간에 펜촉을 빼내서 자기 만년필에 꽂아넣었다.

라는 별명을 붙여주기도 했지만, 사실 작가로서의 그의 글쓰기와 문학 연구자로서의 그의 글읽기는 럭비공의 종잡을 수 없는 흐름과 흡사한 바가 없지 않다.[7]

때로는 타인뿐만 아니라 그도 그 자신을 종잡을 수 없는 경우가 있다. 그런 순간 그는 손가락 사이로 빠져나가는 물처럼 자기가 자기로부터 새어나가는 것을 뚜렷이 바라본다. 물론 다만 바라만 보고 있는 것은 아니다. 안간힘을 다해 그는 '해면'과도 같이 그의 자아를 순식간에 빨아들이는 힘에 저항하지만, 마침내는 저항하는 그의 힘조차 빠져나가는 자아의 일부임을 안다. 그의 짐작으로는 자신의 성격의 이러한 단면들은 아마도 부계(父系) 쪽에서 흘러들어온 '혼돈'의 피에 의해 버무려진 것이 아닌가 한다. 보다 현실적이며 이지적인 모계(母系)의 영향에도 불구하고 그의 형과 누이들은 다소의 편차는 있지만 대체로 자기를 뛰어넘는 존재에 대한 믿음 혹은 내맡김 없이는 살아가기 힘든 인물들이다. 한마디로 말해 그들은 종교적인 감성을 지닌 사람들이며, 그들의 감성이 받아들여질 수 있는 최적의 공간을 찾지 못할 때 그들은 항시 원초의 혼돈과 만나게 된다. 그의 경우 그 혼돈은 예술이라는 다소 정제된 형식을 받아들임으로써 난폭한 최초의 충격을 상실하게 될 뿐이다. 달리 말하자면 그의 예술

---

7) 그의 첫 시집에 나타나 보이는 당돌한 이미지들의 병치와 황당무계한 이야기 전개는 방법적 장치라기보다는 그의 뇌세포나 뇌파의 불안정과 깊은 연관성을 지닌 것으로 짐작된다. 웃기는 이야기지만 그는 자신이 일정량의 알코올만 섭취하면 시를 쓸 수 있다고 생각한다. 그는 자신이 시를 쓰는 것이 아니고 이미지들끼리 자유롭게 결합할 수 있는 적절한 공간을 대여해줄 뿐이라고 생각한다. 그의 초기 시들뿐만 아니라 그의 시들 전체에 적용될 수 있는 이러한 특징은 당연히 난해함이라는 폐단을 지닌다. 그 자신도 자기가 쓰는 말의 뜻을 모르는 경우가 많다.

은 원초적 혼돈의 가공된 형태에 지나지 않으며, 최종적으로 혼돈이 소멸하거나 잠적하는 날 그의 예술 또한 사라지게 될 것이다. 만약 그가 일찍부터 예술에 대해 그리 큰 의미를 부여하지 않았다면, 아마도 그는 지금쯤 종교와 관련된 일을 하고 있을지 모른다. 단적으로 말해 그에게 예술은 성스러움의 세속적 대체물이다.

언젠가 정념(passion)이라는 말이 또한 '수난'이라는 뜻을 가진다는 사실을 알게 되었을 때, 그는 참으로 그럴듯하다는 생각을 해본 적이 있다. 모든 정념은 우리 자신이 만들어 가지는 것이 아니라, 어찌할 도리 없이 우리가 '수동적'으로 겪어내는 것이다. 우리의 열정이 떠돎과 불가분리의 관계에 있다면, 즉 모든 떠돎이 열정의 생멸에 근거해 있다면, 그 떠돎 또한 자의에 의한 것이 아니라 피하려야 피할 수 없는 '수난'의 일종인 것이다. 어쩌면 이 점에서 많은 사람들이 오해하고 있는 것이 아닐까. 사람들은 떠돎의 숙명을 열정의 자유로 착각하고 있는 듯하다. 마치 삼시 세끼 어김없이 찾아먹으면서도 밥에 중독되었음을 알지 못하듯이, 그들은 고통스러운 수난을 자유로운 선택으로 생각하는 데 익숙해져 있다. 돌이켜보면 지금까지 현실적이든 정신적이든 그의 떠돎은 대부분 순간적인 충동들에 의해 이루어졌고, 한 번도 그는 그 충동들에 제대로 대항해본 적이 없었다. 주위에서는 그가 초등학교 5학년 때 혼자 서울에 올라간 것을 두고 '대단한 결단'이라고 입을 모으지만, 사실은 억누를 수 없는 충동에 맞선 섬약한 기질의 패배일지도 모른다. 스스로 생각해보아도 그는 유혹에 약한 편이며, 특히 감각적 유혹에 대해서는 쉽게 허물어진다. 지금까지 그가 저질렀던 어리석음과 남에게 준 상처는 대개 그가 순간적인 유혹을 제대로 버텨내지 못했기 때문에 생긴 것들이다. 그때마다 그는 반성하고 후회했지만 이내 똑같은 유혹에 빠져들었고 다시 후회하고 반성하였다.

그런 점에서 그는 정신보다 몸이 더 발달한 유형의 인간이다. 다시 말하여 지성과 의지보다는 감각과 본능 쪽에 더 많은 무게가 실려 있는 축이다. 사실 그는 어떤 판단도 제 뜻으로는 쉽게 내릴 수 없는 그런 종류의 인간이다. 막상 하나의 사태를 판별하고 거기에 적합하게 대처할 수 있는 방도를 찾아야 할 시점에, 그의 눈앞에는 프리즘을 통과하는 빛의 띠처럼 수많은 의미들이 겹쳐 이어져 어느 한쪽을 잘라내야 할지 도무지 알 수가 없는 것이다. 그럴 즈음 그가 보이는 난맥상은 가히 희극적이어서 타인들의 실소를 자아내곤 한다. 문제는 거기에 그치는 것이 아니고, 어떻든 그렇게 하여 내린 선택에 대해 한 번도 그가 만족한 적이 없다는 점에 있다. 그가 내린 선택은 어차피 잘못된 선택이다. 그 때문에 그는 혼자서 처리해야 할 선택 외에는 모든 선택을 부모나 아내, 친구에게 의탁한다. 도대체 그는 아무리 작은 규모의 집단이라 할지라도 어느 한 집단의 우두머리로서 행세하기 힘든 위인이다. 달리 말해 본의든 본의 아니든 그가 이끄는 집단의 구성원들은 그의 우유부단 때문에 적지 않은 어려움을 겪는 것이다. 때로 그는 자기의 정신 연령이 15, 6세 이하가 아닌가 하는 생각을 해보기도 한다.[8] 그는 자신이 아무리 위엄 있는 자세를 보이더라도 자

---

8) 어쩌면 그는 영원히 어른이 될 수 없는 아이인지도 모른다. 그에게는 어른이라는 껍질 자체가 아이라는 구멍을 만들어내며, 아이라는 구멍 때문에 어른이라는 껍질이 존재하는 것이다. 그는 자신뿐만 아니라 타인들 속에서도 자신과 비슷한 어린아이를 쉽게 간파한다. 그러나 누구나 숨기고 있는 그 어린아이가 전혀 발각되지 않을 만큼 껍질이 두터운 어른들을 그는 포기한다. 그들은 그와는 다른 부류의 인간들인 셈이다. 그는 그들과의 통화를 단념한다.

신 속의 어린아이 하나가 깔깔대고 있음을 직감적으로 알아채지 않을 수 없다.[9]

그러나 그의 경우 정신이 몸에 비해 온전하게 성장하지 못한 데서 오는 폐단만을 강조하는 것은 온당한 일이 아닌 듯하다. 비록 몸속에서의 칩거로 인해 그가 저지르는 온갖 유치한 일에도 불구하고, 그의 몸은 그가 마주하는 세계의 기쁨과 슬픔을 그 자신의 기쁨과 슬픔으로 되울려낸다. 그의 몸은 세계의 몸이고, 세계를 구성하는 언어의 몸이다. 그의 몸을 통해 세계는 자기의 기쁨과 슬픔을 알게 된다. 그러므로 몸의 수동성은 보다 적극적인 창조성이라 할 수 있다. 이 점에서 그의 어린 시절 독서 체험은 상당히 시사적이다. 지금도 그는 초등학교 2학년 때인가 『새벗』이라는 어린이 잡지에서 '상봉'이라는 이름의 아이가 어머니 무덤을 찾아가 통곡하는 이야기를 읽고 하루 종일 통곡하였던 기억이 선명하다. 타인의 슬픔을 슬퍼하는 그의 슬픔은 타인의 슬픔 이상으로 클 때가 많다. 때로는 타인이 그 자신의 삶에 대해 전혀 슬퍼하지 않는데도, 그가 타인의 슬픔을 대신 앓는 경우까지 있다. 한창 노동자들의 비참한 생활 환경이 문제되던

---

9) 재미있는 것은 그가 그의 형이나 누이들과 마찬가지로 무언가 우스운 일이 있으면 온 정신을 다 빼놓고 웃는다는 사실이다. 즉 그는 우스운 일에 대해 웃는 데 그치지 않고 웃음 자체를 즐기는 것이다. 이러한 특징은 그의 웃음뿐만 아니라 슬픔에서도 나타난다. 그는 슬퍼해야 할 일을 슬퍼하는 것이 아니라 슬픔 자체를 슬퍼하는 것이다. 삶의 유희화, 형식화라고 할 수 있을 이러한 태도는 또한 그의 가족들 모두가 남의 말을 직접화법으로 전달하는 데 뛰어나다는 점과 무관하지 않으리라 생각된다. 삶의 연극화, 삶의 연기화를 통해 삶에서와는 다른 차원의 즐거움이 발생하는 것이다. 가령 일전에 그가 텔레비전으로 본 월드컵 축구 대회에서, 한 점을 뽑아낸 베베토라는 선수가 두 손을 모으고 두 팔을 좌우로 흔들면서 기뻐하던 모습은 기쁨의 기쁨화의 더없이 좋은 예가 될 것이다. 그때 기쁨은 모든 사람들의 기쁨이고 삶 자체의 기쁨이 된다.

1970년대 말, 그는 종로통 어느 식당에서 한 아가씨와 저녁을 먹다가 그들의 삶을 이야기하면서 저도 모르게 울어버린 적이 있다. 그것이 비록 상당 부분 '포즈'에 불과했다는 사실을 인정하더라도, '포즈'만으로 그의 울음 전부가 설명될 수 있는 것은 아니다. 적어도 당시 그의 몸은 아픈 세상을 세상과 함께 아파했다. 그러나 지금은 아니다. 지금 그는 아파하지 않는다.

지나치게 도식적으로 가른다는 혐의를 피할 수는 없겠지만, 바깥으로부터 다가오는 아픔을 속에서 받아내는 것은 여성적인 특성이라 할 수 있다. 보다 자세히 말하자면 그것은 여성적인 수동성이 지닐 수 있는 적극적 능력이다. 이따금 그는 자신이 보통의 남자들에 비해 다분히 여성적 성향을 띠고 있다는 생각을 해본다.[10] 그러나 그는 자신의 생각을 타인에게 흘리는 것을 지극히 부끄러운 일로 여겼고, 최근에 이르기까지 그러한 생각은 그 자신에게도 금기로 남아 있었다. 즉 오랫동안 그의 여성성은 그에게 깊은 부끄러움으로 머물러 있었던 것이다. 어쩌면 그 반작용으로서 과장된 남성성의 전시가 가능했던 것이 아닐까. 가령 한 번도 그를 만나본 일 없이 그의 초기 시들을 읽은 사람들은 그를 우락부락한 근육질의 남자로 상상하는 경우가 더러 있었다. 그러나 그가 판단하기에도 그들의

---

10) 그는 자기보다 4, 5년 연장인 사람들과 가까운 사이가 되는 경우가 많았다. 대체로 그들은 과단성 있고 많은 친구들을 가지고 있다는 공통점을 지닌다. 그와 같은 나이거나 그보다 연하의 사람들 곁에서 그는 오히려 불편함을 느끼며, 혹시 그들과 좋은 관계를 유지할 경우 그들은 그를 이끌어주고 위로해주는 역할을 할 때가 많다. 다시 말하여 그는 친구들과의 관계에서 언제나 수동적 동반자로서 행세하는 것이다. 그가 중학교에 들어가 사귄 친구 하나는 무척 섬세한 미소년이었는데, 의과대학에 다니다가 미국으로 이민을 가버렸다. 그가 결혼한 지 오랜 후 꿈속에서 그 친구가 중학교 때 모습으로 나타나 그의 손을 꼭 잡아주었다. 그는 너무도 행복해서 꿈에서 깨어났다.

시읽기는 분명한 오독이었다. 난폭한 이미지들이나 꺼림칙한 비속어들의 무질서한 배치는 일종의 '반동 형성'에 지나지 않았으며, 그것들의 꺼풀을 한 겹 벗겨내기만 하면 파랗게 밀어버린 예전 중학생들의 민머리처럼 수많은 가는 실핏줄들이 섬약하게 얽혀 있는 것이 눈에 띄었을 것이다. 오랫동안 그는 모질게도 남성으로서의 '이상적 자아'를 고집했지만, 어느 날부터인가 자신의 가면을 더이상 견딜 수가 없었다. 아마도 그가 소월과 만해의 연애시들을 다시 찾아 읽게 된 것도 자신의 여성적 편향성에 대한 인정 혹은 긍정과 동시적인 일이라 할 수 있다.[11]

그런 의미에서 그의 시에 나타나는 무수한 식물성 이미지들은 간과할 수 없는 의미를 지닌다고 볼 수 있다. 그는 동물로서 동물의 포식성을 혐오하는 기이한 동물이다. 그의 꿈은 오직 햇빛과 물과 공기만으로 '광합성'을 하는 것이다. 동물이 동물을 먹이로 한다는 사실은 그에게 '원죄'와 끊을 수 없는 관계에 있는 것으로 생각되며, 인간이 동물을 살해하는 일 또한 인간이 인간을 살해하는 일과 크게 다르지 않은 것으로 보인다. 물론 그가 생선이나 고기를 먹지 않는 것은 아니다. 그러나 그가 고기를 먹을 때면 거의 언제나 죽은 짐승들에 대한 죄의식을 피할 수가 없다. 반면 그에게 허락된 유일한 행복은 초록빛 식물들이다. 식물들은 그에게 삶의

---

11) 아마도 그의 여성적 편향성은 여성과 성(性)에 대한 필요 이상의 관심과 무관하지 않을 것이다. 하나하나의 여성은 그에게 서로 다른 세계로 여겨졌으며 그 다른 세계들로 이어지는 통로가 '성'으로 생각되었다. 물론 이러한 생각은 언제나 생각으로서만 머물러 있었을 뿐, 그가 그 다른 세계로의 '통과제의'를 실천했다는 뜻은 아니다. 한때 그가 연애시야말로 세상의 본질을 파헤치는 가장 유효한 문학 형식이 되리라 믿었던 것도, 그리고 그가 동물이나 식물의 생태학 가운데서도 특히 '짝짓기'에 관한 연구에 관심을 기울였던 것도, '성'이 만남과 헤어짐, 있음과 없음, 삶과 죽음이라는 '무시무종'의 순환의 기본 고리로 작용한다고 생각했기 때문이다.

즐거움과 평화를 가져다준다. 어릴 적 시골 텃밭에서 솎아낸 잔잔한 푸른 열무 싹들은 그에게 혀의 맛 이상의 것으로, 삶과 기쁨의 입자처럼 그의 뇌리에 박혀 있다. 그의 천국은 나무들의 천국이며 거기서 그 자신도 널따란 초록 잎새들을 피워내는 꿈을 꿀 때가 더러 있다.[12] 이같이 극단적인 식물 편향성은 어쩌면 그의 내부에서 발견되는 동물적 본능에 대한 거부감 때문에 생겨나는 것인지도 모른다. 즉 자신의 동물성에 대한 혐오가 식물성의 꿈을 태어나게 하는 원동력이 되는 것이다. 그러나 어디 식물의 세계인들 폭력과 죽음이 없을까. 폭력은 꿈을 기르고 꿈은 다시 폭력을 만나며, 죽음은 삶을 낳고 삶은 다시 죽음을 껴안는다. 그는 자신의 식물성 꿈이 그를 통한 식물들의 꿈꾸기인지도 모른다는 생각을 해본다.

그러나 식물들의 세계에 대한 그의 꿈, 혹은 그를 통한 식물들의 꿈꾸기가 반드시 여리고 정태적인 것만은 아닐 것이다. 겉으로 드러나 보이는 식물들의 수동성과 소극성은 실상 불요불굴의 끈질김을 덮어 감추고 있는지도 모른다. 그가 조금씩 나이를 먹으면서 확인하게 된 것은 모든 것이 양파 껍질처럼 무수한 '겹'으로 이루어져 있으며, '겹'을 이루는 껍질 이외의 다른 알맹이가 있는지 없는지 알 수 없다는 점이다. 그 자신의 삶과, 삶 속에서 형성된 자아 또한 무수한 '겹'으로 이루어진 것이어서, 어

---

12) 또하나 그가 이따금씩 꾸는 행복한 꿈속에는 아주 흐린 저녁 좁은 폭의 잔잔한 강물을 따라 아무 힘 안 들고 헤엄쳐가는 장면이 들어 있다. 강 양편 기슭에는 아까시나무들이 짙게 우거지고 초록 나뭇가지들이 물위에 드리워져 있다. 그는 참으로 평화롭게 강물을 헤엄쳐 내려가는데, 때로 강물이 굽어 돌아갈 때는 물은 사라지고 아늑한 아카시아 잎새 그물 위로 그의 몸이 떠오르는 느낌이다. 그는 너무도 기뻐서 깨어난다. 사실 그는 헤엄을 치지 못한다. 3년 동안 그는 해군 수병으로 복무했고 제대한 뒤에도 수영 강습을 받았지만, 결국 물위로 떠오를 수 없었다.

느 쪽이 '껍질'이고 '알맹이'인지 구분할 수 없는 지경에 이르는 경우도 있었다. 평상시 그는 자신이 무척 다정다감한 사람이라고 생각하지만, 때로 자신의 냉혹함과 비정함의 단적인 증거 앞에서 당혹하며, 평소 소심하고 연약하기 짝이 없는 그가 돌연히 남들의 기대와 예상을 뒤엎고 얼토당토않은 짓을 저지르거나, 저질렀다는 것을 뒤늦게 알아차렸을 때, 그 자신에 대해 놀라지 않을 수 없었다. 그럴 때마다 그는 대체 자기가 어떤 사람인가를 자문해보지만 끝내 자신의 정체성을 밝힐 수 없었다. 분명한 것은 그가 자신의 주인도 지배인도 아니라는 사실이다. 오히려 한 치 앞도 내다볼 수 없는 빽빽한 어둠이야말로 그의 주인이며 지배인일 것이다. 그가 자신의 삶을 사는 것이 아니라, 어둠이 그의 이름을 내걸고 어둠의 삶을 사는 것이다. 누구나 그렇듯이 그는 자기가 누구인지 모른다.

그런 의미에서 그의 문학은 '나는 누구인가'라는 질문의 연장선 위에 있는 것이라 볼 수 있다. 그 질문은 또한 '삶이란 무엇인가' '세상이란 어떤 것인가'라는 의문들과 다른 것이 아니다. 헛되이 자아가 다가가려고 몸부림하는 대상, 혹은 그 대상과 자아의 관계로서의 '삶'과 '세상'은 바늘 끝 하나 들어가지 않는 밀집된 어둠이다. 삶과 세상의 본래 모습을 드러내려는 주체가 그 어둠의 일부인 한, 주체가 떠올리는 모든 질문들은 애초에 걸맞은 해답을 기대할 수 없다. 비유적으로 말하면 그 질문들은 주체라는 의문부호가 대상이라는 의문부호를 감탄부호로 바꾸려는 무모한 노력의 결과들이다. 그의 생각으로는 삶 속에 던져져서 삶을 바라보려는 모든 시도는 부질없는 짓이다. 그러나 문제는 그 모든 시도들이 부질없다 하여 그만둘 수도 없다는 데 있다. 삶의 매 순간은 그가 원했든 아니든 간에 그의 선택에 의해 채워지고, 그의 선택은 삶에 대한 의미 부여와 동시적인 일이며, 삶의 의미 부여는 필연적으로 삶에 대한 근본적인 질문 뒤에 오는 것이기 때문이다. 그가 '삶보다 앞서 의문이 있다'라고 생각한 것도 같은 맥락에서이다. 그가 의문을 피할 수 없는 것과 마찬가지로, 삶 자신도 의문을 벗어날 수가 없다. 보다 근본적으로 말하자면 의문이 있기 때문에 삶이 존재하는 것이다. 그에게 삶의 순결성을 보존한다는 것은 매 순간 거미줄처럼 내리덮이는 거짓 해답들로부터 원초의 질문을 구출하는 것이다.[13]

그런데 대체 삶의 순결성을 보존하는 것이 가능한 일일까. 애초에 삶의 순결성이라는 것이 존재하는 것일까. 그것이 존재하지 않는다면 매 순간 삶에 대한 의문들을 쌓아가는 일은 어떤 의미를 가지는 것일까. 그는 다시 의문에 대한 의문들을 쌓으며 삶의 어둠 속을 들여다보지만, 그가 자신을 속이지 않고 말할 수 있는 것은 다만 '그가 어둠의 삶 속을 들여다보고 있다'는 사실이다. 그리고 삶의 순결성이라는 관념 또한 그의 '어둠 들여다보기'와 동시적이거나 '어둠 들여다보기' 위에서만 존재한다는 사실이다. 희한하게도, 순결하지 못한 그 자신에게서 순결성의 관념이 나오며, 거짓 대답들이 있기에 삶에 대한 의문들이 거듭나게 되는 것이다. 그는 수많은 의문들의 '자궁'이다. 보다 자세히 말하자면 그의 머리가 아닌 그의 몸은 삶에 대한 의문들을 낳는 모태가 되는 것이다. 사실 그의 몸은 그의 머리가 꾸려간다고 생각하나 오히려 꾸려지는 데 불과한 '삶', 그리

---

13) 언젠가 그는 여름밤 수은등 불빛 안으로 수많은 밤벌레들이 날아다니며 한바탕 소란법석을 떠는 것을 보았다. 삶이 그랬다. 그와 그를 둘러싼 사람들의 삶이 희미한 그의 눈빛 앞에 처음도 끝도 없이, 무수한 소멸들로 이루어진 원무(圓舞)를 보여주고 있었다. 그가 눈길을 주지 않아도 거기 있을 삶, 그러나 그의 눈길 앞에서 비로소 숨겨진 속살을 드러내는 삶…… 그의 삶은 '의문'에서 나와 '의문'으로 가는 먼 길이다.

고 칼로 물 베기처럼 그의 머리가 수없이 재단하나 생채기 하나 없는 '세상'과 다른 것이 아니다. 그의 몸의 불순함은 삶과 세상의 불순함이며, 순결한 삶과 순결한 세상은 불순한 몸의 꿈이다. 언젠가 죽어 없어져야 할 몸, 매 순간 죽어가는 몸, 입으로 씹어 넣은 밥을 항문을 찢고 똥으로 밀어내는 그의 몸이 한순간도 지치지 않고 무수한 삶과 세상을 만들어낸다.[14] 그의 몸은 날마다 떠오르는 해나 밤낮없이 흘러가는 강물만큼 불가항력적이다. 그는 자신을 밀어내는 불도저 같은 몸의 위력 앞에서 대경실색한다.

그는 사람들이 유일한 것으로 신뢰하는 머리의 언어보다 몸의 언어를 믿는다. 원시인이 자연의 파괴력 앞에서 그러했듯이, 그는 머리가 쓰는 언어 속에서 몸의 언어가 돌출할 때 소스라치며 놀란다. 그의 머리가 쓰는 언어가 '의미'라는 강제적인 매듭에 의해 이끌리는 데 반해, 그의 몸이 쓰는 언어는 말의 몸이 갖는 친화성에 따라 본능적으로 움직인다. 사실 언어 자신은 머리의 것도 몸의 것도 아니다. 군이 편을 가르자면 그의 머리가 몸의 일부이듯이, 머리의 언어는 언어라는 몸에 돋아난 뾰루지 같은 것에 지나지 않는다. 그가 일상생활에서 늘 확인하게 되는 것은 몸의 언어가 머리의 언어에 비해 훨씬 근원적이고 거짓이 없으며 자연에 가깝다는 점이

---

14) 그의 최근 관심사는 '몸'이다. 더 정확히 말하자면 '몸'의 비극성이다. 그의 생각을 늘 떠나지 않는 자명한 사실은 '어머니는 아이를 낳을 수는 있어도 만들 수는 없다'는 것이다. 흔히 머리는 제 뜻대로 몸을 부린다고 믿고 있지만, 실제로 몸이 담고 있는 기억의 극히 제한된 일부만을 이용할 수 있다. 상투적으로 말하자면 머리는 몸이라는 거대한 빙산의 일각일 뿐이다. '입'이라는 입구와 '항문'이라는 출구를 가지고 있는 몸은 밥을 똥으로 만드는 과정에서 세간(世間)과 출세간(出世間), 입세간(入世間)에 필요한 모든 에너지를 얻는다. 몸은 분뇨 배출구이면서 '정화조'이고, 천국의 악기이면서 지상의 '똥막대기'이다.

다. 비유적으로 말하자면 놀이터에서 혼자 노는 아이를 지켜보는 엄마처럼 몸의 언어는 비록 머리의 언어 놀이에 직접적으로 끼어들지 않지만 항상 그 곁을 떠나지 않는다. 다시 부정적인 비유를 들자면 몸의 언어는 언어 놀이의 빈틈을 엿보며 언제라도 머리의 언어를 배반하고 자신의 친화성으로 다른 질서를 세우려고 애쓰는 무뢰한이다. 몸의 언어는 말장난과 시의 언어이며, 욕망과 광기의 언어이다. 따라서 그것은 더없이 유치하고, 더없이 위험한 언어이다. 그것은 '견자'의 언어이면서 동시에 '어릿광대'의 언어이며, 잉여적이고 국외적인 언어이다. 머리가 주재하는 질서의 화근이 되는 몸의 언어는 그러므로 치유되거나 추방되어야 할 언어이다. 그러나 그것은 치유될 수도 추방될 수도 없다. 그것이 소멸하면 머리의 언어도, 머리의 언어가 꾸며낸 안정된 질서도 소멸하기 때문이다.[15]

사실 그의 몸과 언어의 몸은 다른 것이 아니다. 그의 몸이 양파 껍질처럼 여러 겹의 때[垢]로 이루어져 있으며 그것 외에 다른 살[肉]이 있을 수 없듯이, 언어 또한 개인적 혹은 역사적 흔적들의 두께로 형성되는 것이다. 그의 몸과 언어의 몸은 동일한 깊이의 '은폐'와 '비은폐'의 두 측면일 뿐이다. 숨어 있는 그의 몸의 헤아릴 수 없는 깊이는 바로 언어의 비논리

---

15) 소위 '이념 문학' '경향 문학' 들의 재미없음은 근본적으로 그 문학들이 머리의 언어로 씌어진 것이라는 점에서 기인한다. 머리의 언어 앞에서 우리의 머리는 감동하지 않는다. 머리는 자기가 알고 있는 것 이상은 결코 알지 못하며, 머리가 그려내는 세계 또한 상투적 인식에서 벗어나지 못한다. 그에 반해 모든 진정한 예술들이 빚어내는 감동은 몸에 의한, 몸의 발견에서 비롯된다. 가령 '굵어'라는 말의 몸은 '묽어'라는 말의 몸을 아주 수월하게 끌어오지만, 이 같은 끌어당김은 머리로서는 흉내낼 수 없는 종류의 일이다. 이에 대해 앞서의 엄숙주의 문학들이 내거는 '말장난'의 혐의는 부분적으로만 타당할 수 있다. 즉 언어의 장난이 몸 자신의 인식과 연관성을 상실했을 때 그것은 단순한 '장난'에 지나지 않는다. 사실 그러한 말장난은 머리가 저지르는 장난이다.

적이고 비합리적인 연쇄로서 나타난다. 가령 그가 사는 도시 가까이 '청도'라는 고장이 있는데, 그는 그 고장의 이름을 들을 때마다 아득히 역사적 운무(雲霧) 속으로 잠겨든다. 청도의 글자 바꿈인 '도청'은 어린 시절 그의 학교를 방문한 군사혁명 정부의 도지사가 있던 곳이며, 1980년 가마니때기로 덮어씌워진 시체들이 즐비한 '전남 도청'이기도 하다. 그는 그 참극을 기록한 어느 책에선가, 물을 떠다 시체들의 발을 씻기고 양말을 신겨준 여자들이 그곳 군부대 근처의 술집 아가씨들이었다는 이야기를 읽은 적이 있다. 또한 청도의 '청'은 조선왕조를 유린한 청나라의 '청'이기도 하며, 그러기에 그 '청'은 어린 시절 그가 읽었던 마해송의 동화 『떡배 단배』를 연상시킨다. 그 동화는 아마도 주인공이 청나라에 가서 물건을 사고파는 이야기를 담고 있는 듯하다. 뿐만 아니라 청도의 '청'은 역사적 흔적 훨씬 이전의 하늘과 물의 맑고 푸름을 상기시키며, 그리하여 언젠가 우리나라에 번역된 일본 소설 『한없이 투명에 가까운 블루』를 생각게 한다. 이처럼 그의 몸 혹은 언어의 몸은 그와 그가 속해 있는 사회, 역사와 역사 이전, 문화와 자연, 순수와 불순 등이 씨줄과 날줄로 구성하는 '가마니때기' 같은 것이다.[16]

　그의 몸의 헤아릴 수 없는 깊이를 번역하는 언어의 몸은 서로의 동류성

---

16) 오랫동안 언어를 폄하해왔던 그는 마침내 '언어를 사랑한다'라고 고백한다. 언어에 대한 그의 사랑은 삶에 대한 사랑과 다른 것이 아니다. 언어는 때묻은 것, 부패한 것, 쪼개진 것, 찢긴 것, 불어터진 것 등 상처난 삶의 여러 표정들을 슬라이드 필름처럼 간직하고 있다. 보다 정확히 말하자면 언어는 그 표정들의 층으로 이루어진 것이다. 시의 순간은 언어의 지각(地殼)에 도저한 변동이 생김으로써 미처 짐작지 못한 단층의 굴곡들이 드러나는 순간이다. 시가 말의 음악이라면 그 음악은 삶과 마찬가지로 '오염된' 음악이다. 그 음악은 오직 오염되었기에 아름다울 수 있다.

이라고는 찾아볼 수 없을 만큼 잡다한 장면 혹은 이미지 들로 얽혀 있다. 물론 그 잡다함이란 그의 머리가 비판하고 규정하는 잡다함일 뿐, 그의 몸은 애초에 일관성/잡다함의 대립을 알지 못한다. 그의 몸은 일관성/잡다함의 대립을 넘어서, 그 대립보다 앞서 존재한다. 달리 말하면 그의 몸을 구성하는 이미지들, 혹은 그의 몸이 구성하는 이미지들은 그의 머리가 사용하는 언어에 선행한다. 그러므로 머리의 언어가 그 이미지들을 자신의 대립구조 속에서 분류 설명하는 것은 애초에 불가능한 일이며, 아무리 많은 개념들이라 할지라도 이미지 하나의 깊이를 다 채울 수는 없다. 어떤 의미에서 문화는 이미지의 탁월성에 대한 공포의 반영이며, 문학이 반문화의 선두에서 불온성의 혐의를 갖게 되는 것은 바로 개념에 대한 이미지의 수월(秀越)함 때문이라 할 수 있다.[17] 이미지는 머리의 언어가 만들어내고, 머리의 언어를 만들어내는 성(聖)과 속(俗), 진(眞)과 환(幻), 삶과 죽음 등의 이분법을 무화(無化)시킨다. 비유적으로 말하자면 그 이분법적 구조는 이미지의 영속성 위에 세워진 무허가 건물 같은 것이다. 그는 생각한다, 문학적 글쓰기는 그 무허가 건물의 철거 작업과 같은 것이라고…… 그러나 그는 그 무허가 건물이 철거되는 순간 다시 지어질 수밖에 없다는 사실을 누구보다 잘 알고 있다. 철거하는 문학적 주체 자신이 철거되는 삶이라는 가건물과 마찬가지로 가설된 것에 지나지 않기 때문이다. 대체 애초에 허가된 건물이 있었던가.

---

17) 그는 문학의 기능과 의의는 상식의 뒤집기로써 세상의 숨은 모습을 드러내는 데 있다고 생각한다. 상투성은 문학의 '적'이며 '밥'이다. 물론 그 뒤집기의 대상으로서는 뒤집는 자 자신까지 포함되며, 그때 뒤집기의 진정성이 획득된다. 비유컨대 문학이라는 칼은 손잡이까지 칼날이다. 문학의 생명은 이른바 '부처를 만나면 부처를 죽이라'의 정신에서 나온다.

그에게 하나하나의 이미지들은 삶의 여러 장면들을 포착한 스냅 사진처럼 생각된다. 그에게 삶의 여러 순간들은 마치 어둠 속에서 불연속적인 조명을 받으며 춤추는 사람들의 모습과도 같다. 때로 그들의 팔은 위로 치켜지고 허리는 굽혀지고 긴 머리칼은 공중에 뜨지만, 순식간에 어둠 속에 묻혀들고 만다.[18] 그들은 춤추는 서로의 몸을 통해 자신의 몸이 그려내는 수많은 동작들을 짐작하겠지만 실제로 보지는 못한다. 마치 타인의 죽음은 목격할 수 있지만 자신의 죽음은 볼 수 없듯이…… 그는 모든 이미지들의 생명은 삶의 짧음 혹은 덧없음에서 오며, 그 짧음 혹은 덧없음이 이미지들의 행복이 아닐까 생각해본다. 죽어 있는 것들은 결코 이미지를 만들지 못한다. 살아 있는 것들만이, 죽어가야 할 것들만이 죽음이 오기까지 채워지지 않는 빈자리를 이미지로 채운다. 이미지는 삶의 그림자이며, 역상이며, 도립상이다. 여러 해 전 어느 봄날 그는 동네 앞길을 걷다가 물을 채워둔 두어 마지기 논에 물풀들이 백설탕 가루처럼 자잘한 흰 꽃들을 물위에 드리우고 있는 것을 보았다. 흐린 저녁 무렵이었는데 논 한쪽 편에서는 한 남자가 경운기로 논을 갈아엎고 있었다. 작은 흰 꽃들은 봄날 저녁의 얕은 바람에 몸을 떨고 있었지만, 불과 10여 분 뒤면 제 몸이 경운기 칼날에 베여나가 진흙뻘 속으로 곤두박질치리라는 것을 알지 못하는 듯했다. 그 꽃들은 정말 아무것도 몰랐다. 지금은 아파트 단지가 들

---

18) 언제부터인가 그의 머릿속을 떠나지 않는 생각이 있다. 즉 전혀 예기치 못한 형상들을 보여주는 문학의 뜀뜀이와 미술에서의 '스크래치'라는 기법은 놀랄 만큼 닮아 있다는 것이다. 백지에 크레파스로 여러 색을 칠하고 그 위에 검정색을 짙게 입힌 다음 옷핀 같은 것으로 긁으면 전혀 예상하지 못한 모습들이 나타난다. 가령 물고기의 입은 빨갛고 꼬리는 초록색이며 지느러미는 노란색이다. 스스로 바탕색을 칠하고서도 그처럼 기이한 물고기가 나타날 줄은 아무도 짐작 못했을 것이다. 비유컨대 우리의 삶과 세계를 구성하는 '상식'은 옷핀에 긁히기 전의 검정색이며, 문학은 '상식'이라는 검정색 위에 상처 입히기이다.

어선 그 땅을 그는 여러 번 지나치면서 하릴없이 그 꽃들을 기억한다.

　그는 모든 기억은 지금은 여기 없는, 그러나 어디에도 오갈 데 없는 것들에게 바치는 '제사'라고 생각한다. 십수년 전 그가 어느 글에서 '시는 상처받은 것들에게 올리는 끊임없는 제사'라고 적었던 것도 같은 맥락에서이다. 어릴 적 겨울 아침 시린 손가락을 비비며 교실 유리창에 불어넣은 입김, 잠시 차가운 유리창에 솜사탕처럼 남아 있다가 순식간에 사라지던 입김, 그러나 그 입김에 대한 기억은 두고두고 그의 마음속에서 지워지지 않았다. 그 미세하고 가벼운 입김은 마치 강물이 범람하기 직전 진흙밭을 빠져나간 공룡의 발자국처럼, 혹은 해저동굴에서 발견된 선사시대의 암각화처럼, 세월의 풍상에도 마모되지 않는 깊은 흔적이 되는 것이다. 그러고 보면 기억 속 입김의 깊은 자국은 오직 그 입김의 미세함과 가벼움이 새긴 것이다. 사실 미세함과 가벼움은 얼마나 두텁고 무거운 것인가. 그 역설은 바로 삶을 만들어내는 역설이고 삶에 의해 만들어진 역설이며, 문학은 바로 그 역설의 탐구이고 재확인일 것이다.[19] 요즈음 그가 아침마다 오르는 뒷산 언덕 초입에는 여남은 동네 할머니들이 모여 노래 부르며 박수를 치거나 춤을 추기도 한다. 단테의 지옥 편에서나 나올 듯한 장면에 일순 그는 불쾌감을 갖기도 하지만, 자세히 살펴보면 흰머리에 흰옷을 걸친 그들은 전설 속 황새의 일족인 듯하다. 어느 날 갑자기 그들 중 하나가 그 자리에 나오지 않고 아프다는 소문이 들리더니 종내 소식이

---

19) 문학의 고유함은 삶의 역설을 머리로 설명하는 데 있지 않고, 몸으로 다시 살아내며 살아내는 그 모습을 보여주는 데 있다. 그리하여 문학은 역설에 대한 가능한 모든 유사 진단과 처방을 차단하고, 역설을 역설 그대로 보존한다. 소위 문학을 통해 이루어지는 '범속한 트임'은 범속함 그 자체로 트임이지, 범속함 바깥의 트임이 아니다.

없을 것이다. 그리하여 하나둘 자리를 뜨고 나면 마침내 전설 속 황새의 일족은 끝내 모습을 감추고 말 것이다.

그런데 기억 혹은 상처받은 것들에게 올리는 제사는 또한 언젠가 이곳에 있지 않을 자기 자신에게 바치는 제사이기도 하다. 그릇에 물이 차듯이 미래완료형의 그 제사 속에 가능한 모든 제사의 절차가 이루어지는 것이다. 상처는 상처에 의해서만 기억된다. 그는 그 상처들의 만남과 붐빔을 병원과 영안실과 시장과 고아원과 장애자 수용 시설과 기차역과 역전 사창가에서 발견한다. 특히 사람들이 임질균처럼 들끓는 기차역과 그 주변은 그에게 비할 바 없는 삶의 축도로 생각된다. 그곳에서 사람들은 마치 비디오테이프를 빨리 감을 때처럼 정신없이 만나고 헤어진다. 어떤 점착성도 없는 그들의 만남은 상처 없는 무수한 이별을 낳으며, 그 상처 없음이야말로 그에게는 더할 나위 없이 지독한 상처인 것이다. 그는 그들의 상처 없음이 어째서 자신의 깊은 상처가 되는지 모른다. 확실한 것은 밤새 굿을 하며 망자의 설움을 제 몸으로 받아내는 뜨내기 무당처럼, 한때 그의 몸이 무척이나 아팠다는 사실이다. 그러나 그것은 이미 오래전의 일이다. 그는 이제 아파하지 않는다. 그는 더이상 상처 없음의 상처가 들끓는 장소들을 찾아다니지 않으며, 우연히 그곳에 들르는 기회가 있더라도 그의 몸은 공명하는 악기로서 전율하지 않는다. 목을 딴 돼지의 피를 받아내는 그릇처럼 세상의 아픔을 거두어들이던 그의 몸은 이제 균열투성이이다. 비록 사람들이 그를 공인된 '무당'이라고 부르고 또 그렇게 믿더라도, 그는 더이상 그 이름에 합당한 인물이 아니다.[20] 비록 그가 옛날의

---

20) 시인을 포함한 여러 '무당'류의 예술가들에게 '한번 해병이면 영원한 해병이다'라는 식의 종신 호칭은 허락되지 않는다. 시인은 그가 시인인 순간만 시인이다. 그러나 그렇다고

굿거리를 박자 하나 틀리지 않고 재현한다 하더라도, 자신이 무당이 아니라는 사실을 그는 누구보다 잘 알고 있다.

　이맘때 그는 다시 액자 속의 그 사내를 생각하게 된다. 지금 그는 자기 아파트 골방에서 이 글을 쓰며 연구실 서가 한쪽 모퉁이에 혼자 있을 액자 속 사내의 모습을 눈에 그려본다. 그가 어느 장소에 가 있건, 그가 기억하든 아니든 간에, 액자 속의 사내는 머리에 가시관을 두르고 희멀거니 하늘을 비껴 바라다보며 변함없이 그곳에 있을 것이다. 반쯤 벌어진 사내의 입에서 새어나오는 희미한 목소리는 액자의 유리 속에 가려져 영원히 들리지 않을 것이다.[21] 그는 의미 있는 글쓰기는 자신에게 그리고 남들에게, 들리지 않는 그 사내의 목소리를 다시 들려주는 것이 아닐까 생각해본다. 이를테면 녹음기에 테이프를 넣고 '재생' 버튼을 누르듯이…… 그러나 물론 사내의 목소리를 재현하는 것은 버튼 하나를 누르듯이 그렇게 간단한 일은 아닐 것이다. 사내의 목소리를 들려주기 위해서는 스스로 그 사내가 되어야 하며, 서른 살부터 서른세 살까지 그 사내가 치렀던 악몽의 삶을 다시 살아야 한다.[22] 언젠가 그는 흔히 사내의 마지막 말로 치부

해서 7년 동안의 굼벵이 생활이 매미의 일생에 포함되지 않는 것은 아니다.

21) 그의 생각으로는 액자 속 사내의 탁월함은 자신의 연기(演技)로 인해 위협받는 삶을 죽음에 이르기까지 연기함으로써 무대와 현실의 경계를 지워버린 데 있다. 액자 속의 사내는 그의 여림과 흔들림과 더불어 완벽한 배우이며 천부적인 무당이었다. 누가 자신을 천 개의 손바닥마다 천 개의 눈을 가지고서 아픈 세상을 바라보는 '관음보살'의 모습으로 그린다고 해도 그 사내는 싫어하지 않을 것이다. 그의 몸 세포 전체가 눈이었으니 말이다.

22) 여기서 그는 대학 시절에 읽었던 『산체스네 아이들』이라는 책의 한 장면을 상기한다. 산체스 가의 둘째아들인 로베르토는 주벽과 도벽으로 감옥을 제 집 드나들듯 하는 인물인데, 성녀 축일이면 자신의 죄를 참회하기 위해 '찰마 성당'까지 무릎으로 기어간다. 그의 다리는 험한 자갈길에 긁히고 찔려 피투성이가 된다. 그토록 몽매하고 잔혹한 속죄 의식 속에

되는 "주여, 왜 나를 버리시나이까"의 단애(斷崖)에 서지 않은 모든 글쓰기는 무의미하다고 생각한 적이 있다. 마치 용광로 속에서 녹아내리는 무쇠처럼 '사랑의 혼란' 혹은 '혼란의 사랑'의 극치에서 지금의 세상은 '다른' 세상이 될 것이다. 다시 비유컨대 앉아 있는 새와 날아가는 새가 다른 새이듯이, 사내의 마지막 말 혹은 그 말을 재생하는 다른 사내의 말 속에서 세상은 다른 모습, 다른 살결을 지니게 될 것이다.

그러면서도 이따금 그는 액자 속 사내의 사랑과 고통이 지독한 환상이 아닐까 하는 의문에 사로잡힐 때가 있다. 또한 애초에 사내의 사랑과 고통이 환상에 근거한 것이라면, 사내가 바꾸었다고 생각되는 '다른' 세상은 환상 속의 환상이 아닐까. 그러나 다시 한번 뒤집어 생각하면 그 다른 세상을 환상 속의 환상이라고 단정하는 자는 누구인가. 그 단정 또한 환상이 아니라는 보장은 어디에 있는가. 만약 그 단정 또한 환상에 지나지 않는다면 액자 속 사내의 고통과 그의 고통이 바꾸어낸 다른 세상이 환상이라는 보장은 어디에 있는가. 그리고 이러한 질문들의 연쇄까지도 환상이 아니라는 보장은 어디에 있는가…… 그맘때 그는 다시 환상/진실의 대립으로부터 벗어난 혹은 그 대립보다 앞서 있는 액자 속의 사내와 그의 고통을 다시 만나게 된다. 분명한 것은 비록 사내의 고통이 환상의 속임수에서 비롯되었다 할지라도, 사내가 그 고통을 제 몸으로 받아내는 한 그 고통이 다만 환상에 그치는 것은 아니다. 즉 사내는 환상을 제 몸으로 살아냈으며, 그가 몸으로 살아낸 환상은 더이상 환상일 수 없다. 10여 년 전 그는 어느 글에서 문학은 '어리석음의 기록'이라고 쓴 적이 있다. 지금

는 분명 신성의 광채가 깃들여 있다. 그러기에 모든 죄는 '축복받은 죄'가 아닌가.

그는 다시 생각한다, 어리석음의 기록은 더이상 어리석음일 수 없다고. 다른 어떤 글쓰기와 달리 문학적 글쓰기가 갖는 오욕과 영광은 어리석음을 지혜로, 고통을 기쁨으로, 덧없음을 영원함으로 바꾸는 데 있다.[23] 마치 노루의 배꼽에 낀 불결한 때가 더할 나위 없이 관능적인 향기가 되고, 몸속으로 파고들어온 이물질을 밀어내는 조개의 살이 영롱한 보석으로 바뀌듯이, 글쓰기를 통해 지금의 삶은 '다른' 삶이 되는 것이다.

그와 마찬가지로 액자 속 사내의 삶은 모종의 연금술적 과정이었다고 할 수 있다. 사내가 원했든 아니든 간에 그는 비극적인 연금술에 가담하였고 그 결과 고통스러운 그의 죽음과 더불어 세상은 다시 태어났다. 그 것은 마치 수해로 망가져버린 전신망을 복구한 것과 같은 종류의 변화였으며, 사내를 통해 삶을 살아내는 전혀 '다른' 방법이 예시되었던 것이다. 그 방법은 이를테면 자기 고통으로 남 위로하기, 불행으로 행복 만들기, 지옥 통해 천국 가기 등과 같이 '거꾸로 살기'의 방법이다. 지금 다시 사내의 '거꾸로 살기'를 기억하며 그는 자신이 사내의 고통스러운 삶으로부터 얼마나 멀리 떠나왔는가를 확인하지 않을 수 없다. 지금부터 15, 6년 전 그는 자신에게 글쓰기는 액자 속 사내의 거꾸로 살기를 답습하는 유일한 삶의 방식이며, 따라서 화염과 독기로 뒤덮인 세상에서 자신이 잡을 수 있는 유일한 동아줄 같은 것이라고 생각했다. 그러나 첫 시집을 낼 무렵부터 동아줄에 대한 그의 믿음은 흔들리기 시작했고, 어쩌면 그 동아줄이 오래전에 썩어버린 것인지도 모른다는 의심을 갖게 되었다. 그로

---

23) 그런 점에서 그의 글쓰기가 목표로 하는 것은 '환(幻)으로써 환(幻) 닦기' '환(幻)으로써 환(幻) 걷어내기'이며, '괴로움으로써 즐거움 얻기' '미혹함 굴려 깨달음 열기'이다. 도대체 '환상이 아니면 진실을 구할 수 없는' 것이다.

부터 그의 글쓰기는 '글쓰기' 혹은 '거꾸로 살기'와의 불화로서 진행되었을 뿐이다. 바꾸어 말하자면 그의 문학적 삶은 '글쓰기' 혹은 '거꾸로 살기'로부터의 도피로서 지속되었으며, 바구니 속의 두 마리 게처럼 화해할 수도, 별거할 수도 없는 상치된 충동들의 싸움판으로 전락했던 것이다.[24] 오래전부터 그 소모적이고 비경제적인 싸움은 그로 하여금 자신을 도저히 구제할 수 없는 녀석으로 간주하게 했다. 어처구니없게도 그는 이제 자신을 믿지 않는다.

　이제나저제나 그의 머릿속을 떠나지 않는 생각은 액자 속의 사내는 지독히도 삶에 '미친' 인간이었다는 것이다. 사내가 그토록 세상을 사랑했기에 세상은 사내의 피로 물들여졌다. 그는 자신이 언제 어느 곳에서 어떤 일을 하더라도 액자 속 사내의 비극을 기억하지 않을 수 없음을 잘 안다. 비록 그가 공공연히 액자 속의 사내를 신격화하거나 우상화했던 것은 아니지만, 삶에 대한 사내의 애정과 광기는 그의 삶 깊은 곳까지 파고들었던 것이다. 그는 사내에게서 처음으로 '애정의 광기' 혹은 '광기의 애정'이 삶에 대한 관찰과 인식의 '눈' 혹은 '더듬이'로서 작용한다는 사실을 배웠다.[25] 그러나 스스로 그 배움의 내용을 살아내지 않는 한 그 배움

---

24) 그의 눈에 흙 들어오기 직전에야 그는 자신의 게으름에 대해 후회할 것이다. 그러나 지금 그는 후회하지 않는다. 혹은 그는 '머리'로만 후회한다. 그는 '시인은 세상 모든 것에 빚지고 있다'는 말에 절대적으로 동감한다. 그럼에도 불구하고 그는 자신의 직무유기에 대해 지독히도 후회하지 않는다. 다만 그는 『킬리만자로의 눈』의 마지막 장면을 상처처럼 기억한다. 그 소설은 삶을 가까이했지만 껴안고 입 맞추기에 실패한 자들의 혹은 실패할 자들의 '성서'이다.

25) 그 자신이 생각하기에도 '눈'에 대한 그의 집요한 관심은 식물계에 대한 동경과 더불어 그의 글쓰기의 한 축을 이루는 것이다. '눈길'과 '잎새'는 각기 폭력이 제거된 주체와 대상을 뜻하며, '링감'과 '요니'처럼 그것들이 결합할 때 꿈과 세상은 하나가 된다. 그는 현실에

은 도로(徒勞)에 지나지 않는다는 사실을 그는 잘 알고 있다. 그러나 다시 한번 그는 자신의 명철한 앎에 대해 절망한다. 왜냐하면 그의 앎은 글쓰기에 대한 예전의 사랑을 조금도 소생시켜주지 못하기 때문이다. 마치 꿈속에서 문지방에 걸려 넘어져 발버둥치다가 식은땀을 흘리며 깨어나는 것처럼, 글쓰기에 대한 절망은 그가 끝내 삶이라는 엄청난 꿈으로부터 깨어나기 전에는 사그라질 수 없는 것인지도 모른다.[26] 그에게 사랑은 늘 의지와는 상극하는 힘이었다. 마치 물에 떠 있는 고무 튜브를 잡으려 할수록 멀어지듯이, 그가 자신의 글쓰기에 대한 사랑을 재촉할수록 글쓰기는 점점 더 끔찍하고 흉물스러운 것으로 생각될 뿐이다.

그러나 우리 모두가 속아넘어가고, 속았음을 알아도 다시 속아넘어가는 삶이라는 지독한 꿈속에서도 때로 의지와 사랑, 바람과 이루어짐이 만나는 드문 순간이 아주 없는 것은 아니다. 오래전 해군 훈련병 시절 그가 아침 식사 구령이 나기 전에 자신의 총기를 살펴보니, 십자(+)가 새겨진 화약통 마개가 빠져나가고 없었다. 당시 총기의 일부라도 훼손하는 날엔 즉시 귀가 조치한다는 중대장의 엄포가 있었던 만큼 그의 두려움은 말할 수 없이 컸고, 나란히 놓인 다른 총기에서 화약통 마개를 빼낼까 하는 생각이 먼저 들었다. 대체 그 작은 마개를 어디에서 찾는다는 말인가. 그는 아침 먹기를 단념하고 1킬로미터가 넘는 연병장을 제발, 제발, 제발……

서는 결코 이루어질 수 없는, 주체의 '눈길'과 대상인 '잎새' 사이의 행복한 만남을 글쓰기를 통해 시도하는 것이 아닐까.

26) 이 점에서 그가 고속버스 터미널에서 본 컴퓨터 관상은 쪽집게 같은 데가 있다. 그는 '생존을 위한 투쟁을 잘 모르니 (……) 한번 역경에 빠지면 헤어날 능력보다 외부의 손길을 부르는 나약함'을 지니고 있으며, '해결책이 가까운 곳에 있'지만 스스로 찾지 않고 '구원의 손길을 기다린다'는 것이다.

이라고 중얼거리면서 돌기 시작했다. 세 바퀴, 네 바퀴, 그리고 다섯 바퀴 반을 돌았을 때, 그의 눈앞에 반쯤 흙 속에 묻힌 십자형 마개가 빛나고 있었다. 지금 생각해보아도 그 작은 부속 하나를 찾기 위해 넓은 연병장을 헤맨다는 것은 무모한 일이었다. 그러나 그것은 거기 있었고, 그는 그것을 찾아냈다. 그는 남을 아프게 하지 않았고, 자기를 더럽히지 않았다.[27] 그는 알지 못한다. 끝내 그것을 찾지 못했다면 어떤 식으로 일이 해결되었을지를…… 그러나 공포와 절망에 휩싸인 채 실성한 듯이 헤매던 그의 눈앞에서 반쯤 흙 속에 묻혀 반짝이던 십자형 마개는 그가 삶이라는 지독한 꿈속에서 가위눌려 발버둥칠 때마다 자동차 불빛을 받은 형광 표지판처럼 다시 빛날 것이다. 혹은 피땀으로 범벅이 된 액자 속의 사내가 고난의 언덕으로 지고 올라갔던 그 자신의 십자가처럼!

---

27) 그러나 속으로 그는 자신이 한 말에 대해 웃는다. '자기를 더럽히지 않았다고? 남을 아프게 하지 않았다고? 이봐, 너 정말 그렇게 이야기할 수 있어? 그럼 네가 먹고 입고 뱉는 것은 다 뭐야? 넌 원천적으로 더러운 놈이야. 숨이 붙어 있는 한 너는 세상을 더럽힐 거야.' 그는 말이란 함부로 하는 게 아니라는 생각을 해본다.

기억 속 책들의 눈빛

어디에서 이야기를 시작할까. 책들, 어둔 밤의 먼 불빛처럼 오랜 세월이 지나도 기억 속에 지워지지 않는 책들, 발갛게 달아오르는 화롯불처럼 망각의 한편에 묻혀 있다가 아주 얇은 숨결을 불어넣기만 해도 되살아나는 책들, 혹은 눈의 결정체처럼 육각형의 무늬로 남아 있거나, 초등학교 방학책의 사슴이 끄는 눈썰매와 종과 브로치 같은 빨간 열매들과······ 그런 아름다운 모습으로 남아 있는 책들. 그래, 그런 책들이 있었다. 내게도, 다른 사람에게도 있었다. 그렇다고 그 책들이 터무니없이 아름답기만 한, 너무 아름다워 이 세상 것 같지 않은 그런 것들은 아닐 것이다. 그 책들은 마치 아름다운 눈이 그 눈빛 때문에 아름다울 수 있듯이, 그 책들이 내는 고유한 빛 때문에 아름다울 수 있는 것이다. 제자리가 흉방(凶方)에 있기 때문에 길방(吉方)을 비칠 수 있는 '천강성'이라는 별처럼, 그 책들은 고통과 오물 덩어리인 이 세상 예토(穢土)에서 세상살이의 고단함을 잊지 않기에 아름다운 눈빛을 가질 수 있는 것이다.

누구에게나 자기 삶에 지울 수 없는 자국을 남긴 위대한 책들이 있으
리라. 그 책들은 마치 엄한 아버지처럼 우리를 꾸짖고 채찍질하고 담금질
해서 지금의 우리를 벼려놓았을 것이다. 그런 책들이라면 나도 몇몇 스
승들의 이름을 열거할 수 있을 것이다. 도스토옙스키, 니체, 보들레르 등
등…… 나의 이십대는 그들의 매서운 발톱 아래 할퀴어지면서, 때로는 그
들의 손아귀에서 벗어나려고 발버둥치면서 자라났다. 지금도 내가 어느
곳에서 무슨 일을 하건 간에, 그들의 품을 벗어나기 어려우리라는 생각을
해보는 것은 그들의 사고의 내용물이 아니라 사고의 틀 자체를 나의 것으
로 굳혀왔기 때문이다. 그러나 지금 나는 그런 가부장적인 책들을 얘기하
려는 것이 아니다. 지금 내 기억 속에서 얇은 숨결을 불어넣어 되살리려
하는 책들은 '성모승천(聖母昇天)'의 8월, 이 세상 한 분 성스러운 어머니
와 같은 따뜻한 음성으로 나약한 우리를 부르는 책들이다. 언제나 어머니
는 아버지에게 직접 하기 어려운 이야기를 우리를 대신해 해주신다.

처음 라이너 마리아 릴케의 시를 접했던 것은 대학 신입생 시절 고등
학교 때부터 시를 쓰던 친구를 통해서였을 거다. 아직도 내 기억 속에는
1970년대 서대문 네거리 근처의 리어카 위에서 처음 발견했던 릴케 시집
이 있다. 세계 명시선 가운데 하나인 그 책은 작고 시인 장만영씨가 일어
판 릴케 시집을 중역한 것으로서, 분홍빛 혹은 하늘빛 종이 위에 군데군
데 삽화가 들어 있었다. 지금 나에겐 그 책이 없다. 그때 보들레르 시집과
함께 샀던 그 시집, 어색한 한자말이 군데군데 박혀 있어 몇 번을 되씹어
야 이해가 갔던 그 시들은 아직도 나에겐 꿈꾸는 소녀들의 반쯤 감긴 눈
매로 남아 있다. 그 소녀들은 긴 머리칼 속에 얼굴을 파묻고 두 손을 치켜
든 채 "마리아여, 우리에게 무슨 일이 일어나게 하소서" 하며 간구하고

있는 것이다. 1970년대, 80년대의 험악한 시절을 지내오면서도 그 소녀들의 목소리는 내게 늘 남아 있어서, 길을 가거나 길 위에서 머뭇거리거나 주문(呪文)처럼 입술 위로 새어나오곤 했다.

그리고 얼마 후 카프카를 알게 되었다. 당시 나는 종로2가의 양우당이라는 서점에서 두 눈이 등대처럼 빛나는 카프카의 얼굴이 박힌 책을 샀었는데, 그 얼굴은 줄곧 내 눈에서 떠나지 않았다. 몇 년 동안이나 나는 카프카의 얼굴이 담긴 액자를 내 방에 걸어두었는데, 아직도 그 사진은 내게 남아 있다. 그후 나는 그의 '고독의 삼부작'과 여러 단편들을 읽으며 흥분했었지만, 정작 내가 되풀이해 읽었던 것은 그의 일기와 연인 밀레나에게 보내는 편지였다. 괴테와 플로베르의 작품보다는 그들의 일기에 더 매료되었다는 카프카 자신의 고백처럼, 나는 카프카의 작품 이상으로 그의 불꽃 화살 같은 잠언투성이의 일기에 내 영혼과 육신을 내맡겼던 것이다. 그리고 그 빛나는 책, 감옥 속의 야노우흐가 젊은 카프카와의 만남을 회상하며 썼던 『카프카와의 대화』를 나는 늘 끼고 살았다. 카프카 자신도 에커만이 쓴 『괴테와의 대화』를 그토록 사랑하지 않았던가. 그 당시 다방에서나 술집에서나 내가 친구들과 나누던 이야기 속에는 이 책의 음성이 진하게 배어 있었을 것이다. 아직도 그 책을 열면 군데군데 접힌 페이지와 여러 번 둘러친 붉은 동그라미들이 선명하다. 지금 막 아무렇게나 들춰본 페이지에는 다음과 같은 말이 밑줄쳐 있다. "인간이 물건의 사진을 찍는 것은 물건을 감각으로부터 추방하기 위한 것입니다. 내 소설들은 눈 감기의 일종입니다."

내가 처음 니진스키를 알게 된 것은 1970년대 초반 서강대 영문과에 다니던 여학생들을 통해서였을 거다. 금세기 초의 천재적 발레리노 바슬라브 니진스키, 그의 일기 『고독한 영혼의 길』은 너무도 섬세하여 상처받고, 상처받음으로써 사랑의 삶을 증거하는 투명한 영혼의 내적 고백이다. 그는 상처 속에서 눈뜰 수 있었기 때문에 미칠 수 있었고, 미칠 수 있었던 그 영혼의 연약함은 완강한 폭력들을 감쌀 수 있는 넓은 치마폭 같은 것이었다. 세상의 많은 디아길레프들이 그 속에서야 비로소 구원받을 수 있는 눈물의 샘, 그러나 그 샘은 한 사람의 구속자(救贖者)의 희생으로 막혀버리고, 또다른 구속자가 나타날 때까지는 상징적인 사건으로 남는다. 그의 상처는 느낌으로부터 온다. 모든 느낌은 그에게 날카로운 칼끝으로 다가오며, 그 칼끝보다 더 지독한 것은 바로 타인의 느낌 없음이다. "내 아내는 많이 생각하지만 거의 느끼지 않는다. 이렇게 생각하고 나는 흐느끼기 시작했다. 내 목구멍은 눈물로 꽉 차올라 나는 손으로 얼굴을 가리고 흐느껴 울었다." 그가 그의 삶을 그토록 괴롭혔던 것은 세상의 모든 죄는 느낌 없음으로부터 저질러지기 때문이었다. 바로 그 느낌 없음 때문에 병든 니체가 이태리에서 말을 때리는 마부의 채찍을 온몸으로 가로막았던 것이 아닌가.

내가 문학에 맛들이기 시작한 고등학교 2학년 무렵부터 지금까지 시인으로서의 재능 없음에 실망할 때나, 시의 눈으로 세상 바라보는 일이 벽에 부딪칠 때마다 다시 꺼내 읽는 책 가운데 하나는 토마스 만의 단편집인데, 그 단편들 중에서도 「토니오 크뢰거」는 글쓰는 일에 지친 내가 언제나 다시 찾아가 힘을 얻곤 하는 정신의 고향 같은 것이다. 건실한 아버지와 예술가 기질의 어머니 사이에서 태어난 토니오는 어쩔 수 없이 예술의 길과 세속의 길 사이에서 방황하는 모든 떠돌이 인생들의 상징이다. 예술가는 언제나 예술의 길과 세속의 길 사이에 있는 존재이며, 예술은 세속에 대한 그리움으로만 존재한다. 하지만 세속을 떠나지 않는다면 어찌 세속을 그리워할 수 있겠는가. 모든 그리움은 그리움의 대상이 되는 존재를 구축한다. 고향을 떠나지 않는다면 고향이 있을 리 없으며, 떠난 고향에 다시 돌아간다면 이미 고향이 아닐 것이다. 화가 이바노브나에게 '길 잃은 속인'임을 간파당한 토니오는 마침내 고향에 돌아가지만, 금발의 잉게가 누리는 유복한 중산층의 삶을 다시 시작할 수는 없는 노릇이다. 어디에도 속할 수 없고, 어디에도 속하지 않을 수 없는 그 쓸쓸함을 포기할 때 예술은 다만 세속의 장식품이 될 뿐이다.

책들, 내 서가의 가장 따뜻한 곳에서 아직도 측은한 눈길로 나를 바라보는 책들, 그 책들의 눈빛을 나는 잊을 수 없다. 게으른 내가 무관심과 무감각의 늪에서 허우적거릴 때 그 책들은 나에게 '일어나라'고, '그렇게 살아서는 안 된다'고 단호한 음성으로 타이른다. 십대의 랭보가 칠십이 넘은 랭보 연구가의 변함 없는 스승이듯이, 나의 정신이 가장 왕성하게 자라날 때 만난 그 책들은 언제나 나보다 나이가 많다. 아직도 나는 내가 택한 길 위에서 방황하며 그 책들이 가리키는 방향과는 반대편에서 노닥거리고 있으니, 더 나이 들어 내가 감당해야 할 후회는 얼마나 클지…… 언제는 나도 좋은 예술가가 되고 싶었다. 그러나 지금 내가 살고 있는 삶은 내가 살아야 할 삶과 얼마나 멀리 떨어져 있는지…… 그것을 잘 알면서도 내 몸은, 내 정신은 좀처럼 후회하지 않는다. 비교적 안락한 생활에 적당히 만족할 줄 알게 된 나는 이제 서서히 내 기억 속의 책들의 눈빛을 피하고 있는 것이다, 배반하고 있는 것이다. 그렇다면 책들, 이제는 너희가 나를 포기할 때가 되지 않았는지?

동숭동 시절의 추억

어디서부터 추억은 시작되는가. 마치 어린 내 친구가 뾰죽한 꼬챙이로 땅바닥을 긁어 글자를 파놓은 다음, 나에게 손가락으로 더듬어 그 미지의 글자를 확인하라는 듯, 나는 지금 1972년 3월 어느 아침 내 눈에 새겨진 동숭로 거리와 왜정식 벽돌 건물들을 떠올리려고 애쓴다. 그러나 좀체로 그 모습은 살아오르지 않는다. 눈을 두 점 위에 고정시키고 한참을 응시하면, 마침내 입체의 구조물이 떠오르는 요즘 아이들의 그림책처럼, 그렇게 한참을 기다려야 마침내 3월 그 쌀쌀하던 아침나절의 흐린 등굣길이 미라보 다리 아래 구정물과 함께 입체적으로 떠오를 것인가. 그러나 아직은 아니다. 지금 내 눈에 보이는 것은 그때의 동숭동 풍경이 아닌, 최근에 가보았던 문화의 거리 동숭로, 서구 양식의 멋부린 카페와 레스토랑과 소극장들과…… 또 어느 날 텔레비전에서 보았던 초상화 그리는 무명 화가들과 전기 기타 치며 노래 부르는 젊은이들의, 좀체로 우리 것 같지 않은 거리 풍경이다. 어디에서 옛날의 그 마로니에를 다시 볼 수 있을까. 물론 아직 그곳에 마로니에 몇 그루는 남아 있고, 수업이 끝나면 우리들이 늘상 죽치던 아지트, 학림다방이 그 이름만으로라도 남아 있다. 그러나 아니다. 삐걱거리는 목조 계단을 올라가면 타닥거리는 잡음 속에 새어나오던 〈죽음과 소녀〉와, 열어놓은 창문으로 들어오는 버스의 굉음과 먼지 낀 널따란 잎새의 플라타너스 가지들, 그런 것들은 이제 없다. 그때 내가 그러리라 생각이라도 했겠는가. 지금 거기로부터 너무 멀리 떠나와 어느새 사십대 중반에 와 있는 나는 그때의 나를 찾을 수가 없다.

나의 동숭동 시절은 다른 사람들에 비해 비교적 짧은 편이다. 1971년 3월 문리대 불문과에 입학했던 나는 공대가 들어 있는 공릉에서 1년 동안 교양학부를 마치고 이듬해 3월 동숭동 캠퍼스에 들어올 수 있었으며, 2학년을 마치자마자 해군에 입대했다. 그리고 1976년 2월 군에서 제대한 다음에는 내내 관악산 캠퍼스에서 수업을 들었다. 그러나 1년도 채 되지 않는 그 짧은 시절은 여지껏 내가 살아온 세월 가운데 가장 가난하고 풍부하고 열정적이고 진지했던 시간으로 기억된다. 지금까지 읽었던 책들의 상당 부분은 그 시절에 알았던 것들이며, 지금 가지고 있는 생각들의 태반은 그 시절에 형성된 것이었다. 그 시절은 이를테면 나무뿌리의 부름켜에 해당하는 부분이었다. 사람의 신체적 발육이 17, 8세에서 끝난다면, 내 정신의 성장은 내가 만 스무 살이었던 동숭동 시절에서 멎어버렸는지도 모른다. 그 시절에 만났던 선생님들만이 아직도 나에겐 선생님처럼 생각되며, 그 시절에 마음 졸이며 말 걸었던 아가씨들만이 지금도 아가씨들로 남아 있다. 돌이켜보면 그 시절은 돌이킬 수 없는 원체험의 시기였으며, 그 이후의 삶은 덧칠과 개칠의 연속에 불과한 것으로 보인다. 그 부질없는 덧칠과 개칠은 세부적인 변형을 가져올 수 있을지언정, 동숭동 시절에 형성된 내 삶의 전체적 윤곽에서 아무것도 바꾸어놓은 것이 없다. 마치 물렁물렁한 진흙에 한번 형상을 주고 나면 얼마 후엔 무엇 하나 바꿀 것이 없듯이……

그럼에도 불구하고 그 시절의 모습은 다만 몇몇 컷의 흑백 스냅 사진으로 남아 있다. 1971년 1월 대학 입학시험을 치르고 혼자 올라가본 학림다방, 그리고 그날 나와 함께 시험을 치렀던 단발머리 여학생들의 교복의 흰 칼라, 성난 데모대들의 화염병(누군가 ROTC 건물에 불을 붙여야 한다고 소리질렀다), 문리대 학생회지인 『형성』의 편집기자 시험, 국문과 선배와 함께 가보았던 사대 문학회 발표회(그날 우리가 발표한 시는 혹독한 비판을 받았다), 또다른 국문과 선배와의 학림에서의 대화, 비 오는 날의 지루하기 짝이 없었던 영어 시간, 명륜동 시장 골목에서 막걸리를 마신 후 길에서 토하고 운동장 벤치에서 이슬 맞으며 지새운 여름밤, 문리대 문학회에서 만났던 영문과 여학생들의 수줍은 얼굴들(그녀들의 이름을 아직도 나는 기억한다), 고등학교 후배의 소개로 알게 된 서강대 학생들과의 끝없는 대화, 어느 가을날 저녁엔 철학하는 친구와 술을 마신 후 약국 앞에 내놓인 국화 화분을 안고 창경원 뒷담길을 달려갔지…… 그리고 토할 것만 같은 그 세월을 더이상 견디기 힘겨워 나는 군에 입대하고 말았다. 이제 다시는 인생이니, 문학이니 하는 쓰라린 것들을 입에 올리지 않으리라 다짐하면서, 언젠가는 몸도 마음도 건강한 사람으로 다시 돌아오기를 기대하면서. 물론 나 자신과의 그 약속은 지켜지지 않았다. 그 시절의 각인은 지울 수 없을 만큼 깊었던 것이다.

돌이켜보면 그 시절이야말로 몸과 마음의 병이 극도로 깊었던 때이다. 그것은 이제 막 유연성과 탄력성이 붙은 몸과 마음이 극도로 아플 각오와 용기를 한껏 가질 수 있었기 때문일 것이다. 그 당시 내가 앓던 병들은 대개 나의 바깥에서, 세상에서 나에게로 왔고, 아픈 나에게서 가까스로 비명에 가까운 신음소리를 얻을 수 있었다. 그 신음소리는 나의 것이 아니라 세상의 것이었으며, 병 자신의 것이었다. 병은 내 몸을 통해 말했고, 내 마음은 오랫동안 한바탕 굿판 같은 것이었다. 밤낮없이 들려오는 징 두드리는 소리 속에서 나는 나무와 집 들이 시름시름 앓는 것을 지켜보았고, 사람들의 얼굴이 들끓는 벌레들에 의해 갉아먹히는 것을 목격했다. 그리고 나는 아무 일도, 아무 말도 하지 않았다. 나의 무위와 방관은 세상의 병을 더욱 깊게 했으며, 내 입을 통해 나오는 병 자신의 신음소리를 곱절로 증폭했을 뿐이다. 그리하여 마침내 비루먹은 말의 눈처럼 나에겐 뎅그란 눈 하나가 남게 되었다. 설움의 때가 덕지덕지 묻은 그 눈은 낡은 처마 밑 거미줄에 붙어 있는 물방울처럼 수천의 금빛으로 폭발할 날을 기다리고 있었는지 모른다. 그러나 차마 그런 일은 없었다. 다만 1972년 여름 어느 날 저녁 의대 캠퍼스 언덕에서 문리대 뒤 산동네 아파트에 방방이 불 켜지는 것을 바라보면서, 나는 저 창문들이 다 잠자리의 겹눈처럼 많은 눈이라는 생각을 했다. 내가 아픔의 렌즈로 세상을 바라보기 훨씬 전부터 세상은 수많은 겹눈들로 안쓰럽게 나를 지켜보고 있었다.

아직도 그 시절을 생각하고 있으면 식은 내 몸에서 벌겋게 단 갈탄 난로 위에서 끓는 주전자의 물소리 같은 것이 들린다. 어쩌면 그 시절은 내 삶의 비등점 같은 것이었는지 모른다. 아무리 불을 지펴도 더이상 오르지 않는 온도, 겁 없이 치달은 그 온도에서는 소모와 증발 외에는 다른 삶의 방식이 없었을 것이다. 그해 여름날 저녁 술에 취해 내가 수학과 건물 앞 연못에 옷 입은 채로 뛰어들었던 것은 마음의 안팎에서 들끓는 그 열기를 순식간에 무마하기 위한 상징적인 몸부림이 아니었을까. 돌이켜보면 아무도 주체할 수 없는 그 열기가 젊은 우리들의 몸짓 하나하나를 상징적 사건으로 만들었던 것 같다. 그 당시 우리들의 말투, 옷차림, 술버릇 등 어느 하나도 무연하거나 무의미한 것은 없었다. 마치 우연히 손가락이 베여 피 흘리는 형을 보고 갑자기 동생이 코피를 쏟기 시작하는 것처럼, 그 시절 우리가 사용하던 어느 어휘도 우리의 혈관과 맞닿아 있지 않은 것이 없었으며, 그것은 우리의 근육과 핫라인으로 연결되어 있었다. 대수롭잖은 일로 시작된 언쟁과 뒤집어진 술집 탁자, 그리고 참으로 염치없고 싱거웠던 화해, 지금 생각해보면 어쩌면 그토록 진지하게 비경제적인 삶을 살 수 있었는지 궁금할 정도이다.

그 당시 나에겐 부분이 전체였으며 구상과 비구상, 사실과 신화가 다른 것이 아니었다. 내가 책에서 만났던 인물들은 늘 내 곁에서 우리와 함께 들끓었고, 나는 소설 속 인물들의 삶을 무의식중에 되살고 있었다. 가령 당시 내가 짝사랑하던 여학생을 나는 「토니오 크뢰거」의 금발의 잉게와 동일시했고, 연애의 막다른 골목에서 나는 『수레바퀴 아래서』의 주인공처럼 빠져나올 수 없는 질곡에서 신음했다. 행복은 가슴을 다친 『황야의 늑대』처럼 울부짖었다. 그때 우리는 저마다 우리의 삶이라는 영화의 주인공이었고 배우였다. 아무런 대본도 없이 우리의 본능이 연출하는 대로 우리는 끝나지 않는 황당한 이야기를 만들어가고 있었다. 마치 텔레비전 속에 또 텔레비전이 나오듯이, 우리는 우리가 만드는 영화 속에서 또 다른 영화를 보았다. 어느 날은 하루 동안 다섯 편의 영화를 본 적도 있었다. 그날 저녁 잠자리에 들 때는 주인공들이 서로 엉켜 사랑하고 싸우고 헤어지고 다시 만났다. 그리고 그 이후 그들은 한 번도 본래의 제 짝을 찾지 못했다. 오해와 혼동 속에서 삶은 한지에 배어드는 먹물처럼 전혀 예상치 못했던 무늬들을 보여주었다. 겨울 어느 아침 강의실 유리창에서 보았던 성에꽃처럼 삶의 무늬들은 경이적으로 아름다웠고, 그 아름다움을 혼자 다 삭이지 못할 때 나는 손톱으로 박박 문질러 지워버리기도 했다.

당시 나에게 진실이란 체험된 신화였으며, 굶주려 있던 내 몸의 세포들에겐 나날이 허구라는 양식이 필요했다. 물론 아침에 학교 올 때 버스비도 제대로 없었던 시절이었다. 모처럼 돈이 생겨 '은하수'라도 한 갑 사면 벌떼처럼 몰려드는 친구들 때문에 양말 속에 담뱃갑을 숨겨놓기도 했다. 그래도 우리는 아버지나 삼촌들보다는 훨씬 더 유복한 세대였다. 그 시절 우리 어머니들은 저녁 무렵 시장판에 나가 버려진 배춧잎을 주워와서 국을 끓이셨다. 어스름하면 꽁치 굽는 냄새와 함께 가족들은 돌아왔고 오래된 영화 필름처럼 군데군데 얼룩이 진 평화가 산동네를 감쌌다. 때로 그 얼룩들 사이로 어린아이들의 목을 짓누르는 군홧발이 보이기도 했다. 집요하게 현실은 꿈의 사생활을 염탐했고 다음날 아침이면 어김없이 밀고했다. 다방에서나 술집에서나 악에 받친 마음은 애꿎은 몸을 심문했고 거짓 자백이라도 받아내기 위해 갖은 고문의 방법을 동원했다. 마침내 견디지 못한 몸이 내뱉는 지리멸렬한 중얼거림을 나는 문학이라고, 시라고 생각했던 적이 있었다. 그때 카프카와 니진스키와 파베제와 첼란은 나의 스승이었고 선배였고 친구였다. 오랜 세월이 지났지만 지금도 그들의 눈빛은 맞물리지 못한 톱니바퀴처럼 삶과 따로 노는 나를 지켜보고 있다.

지금부터 20여 년 전 나는 거기 있었다. 지금은 돌아가신 선생님들과 직장에서 중견이 된 친구들과 사십대 아주머니가 된 여학생들과…… 그

때 우리가 지금의 우리를 만나면 알아볼까. 그때 우리는 지금의 우리와 같은 사람일까, 다른 사람일까. 같은 사람이 아니라면 그사이 죽음이 있었던가. 그렇다면 얼마나 많은 우리가 죽어갔던가. 그토록 많은 죽음에 우리는 잠시라도 애도한 적이 있었던가. 지금부터 또 20여 년 후 예순이 넘은 우리가 지금의 우리를 알아볼까. 그렇다면 지금 우리의 삶은 순간순간 새하얀 죽음의 눈발에 묻혀가는가. 그때 우리가 지금의 우리를 애도하지 못한다면, 지금이라도 애도해야 할 것인가. 그러나, 아무리 안쓰러운 마음이 애도하려 해도 우리의 눈에는 물기가 어리지 않는다. 너무 오랫동안 헤어져 있다가 다시 만난 노년의 아들 앞에서 더이상 흘릴 눈물도 없이 물끄러미 바라만 보는 팔순의 어머니처럼, 우리의 시선엔 슬픔이 없다. 어쩌면 그것은 우리 잘못이 아니다. 삶은 우리가 슬퍼하기를 바라지 않기에, 끝끝내 바라지 않는 것이 진창 속에서 우리를 기르고 살찌우기 위한 삶의 비정한 전략이기에, 애도는 우리에게 금지된 것이다. 대체 지금이 지금을 애도하는 일이 가능하단 말인가.

어느 해 쌀쌀한 늦가을 바람이 부는 왜정식 벽돌 건물 앞을 한 젊은이가 꼬질꼬질 때묻은 바바리 깃을 올리며 지나갔다. 너무도 많은 질문이 있어서 그의 머리는 끓는 국처럼 뜨거웠다. 아직도 나는 그의 이름을 모른다.

물과 흙의 혼례, 남해 금산

별달리 여행 취미가 없는 나에게 남해 금산은 정신적 지도의 거점을 이루는 몇 안 되는 장소들 가운데 하나이다. 아무 고민도 없이 글도 안 쓰고 10여 년째 붙박여 사는 도시의 고정된 통로만을 오가는 나에게 사람들은 여행이라도 하면 좀 낫지 않겠느냐고 걱정스레 말하지만, 아무래도 여행은 체질적으로 내 몸에 맞지 않는 듯하다. 그렇게밖에 될 수 없었던 까닭을 곰곰이 헤집어보면 새로운 것, 낯선 것 앞에서의 거의 본능적인 거부감도 그 안에 들 수 있을 것이다. 아직 동화(同化)되지 않은 타자 앞에서 나의 자아는 늘 불안함과 거북함을 느낀다. 처음 만나야 하는 사람, 처음 가보아야 하는 장소, 처음 겪어야 하는 일 등 모든 첫 경험들은 나같이 자아의 껍질이 두텁지 못한 사람에게는 위험과 위협으로 존재하는 것이다.

그러나 자의든 타의든 일단 그 피 묻은 첫 경험을 성공적으로 마친 다음에는 자아와 타자 사이를 가르고 있던 빗금은 홀연히 철거되고 만다. 나에겐 별로 많지 않은 친구들이 있지만 그들과의 관계는 사교나 예절의 차원을 넘어서 가족과 혈연의 차원으로 비화된다. 그리하여 타자는 나의 자아가 분비하는 *끈끈한* 거미줄 같은 것에 엉겨붙어 버둥거리며, 여러 겹을 이룬 포위에서 쉽게 빠져나가지 못한다. 이처럼 당돌하고 버르장머리 없는 타자의 틈입에 익숙지 못한 친구들이 경악하는 것은 지극히 당연한 일이다. 또한 그러한 점은 사물들이나 장소들과의 첫 만남에서도 유사하게 반복된다. 차이가 있다면, 그들의 경악감을 구체적으로 확인해볼 수 없다는 점이리라.

꽃이 피고 새가 울 듯이 결코 그렇게 자연스럽지는 못한 나의 사교법은 남해 금산과의 만남에서도 발견된다. 남해 금산은 내 정신의 지독한 타액에 뒤섞여 새우젓이나 어리굴젓처럼 본디의 모습과는 전혀 딴판인 산과 바다로 변형되었는지 모른다. 실제로 남해읍에서 태어난 어떤 친구는 내 시 「남해 금산」을 읽고 나서 왜곡을 해도 너무 했다고 불평을 한 적이 있다. 그러나 어쩔 것인가, 나의 남해 금산은 그의 남해 금산이 아닌 것을. 그것은 나의 잘못도 아니고 그의 잘못도 아니다. 우리의 정신에 의해 변형되지 않은 대상을 우리는 결코 만날 수 없다. 그리고 그 변형은 대상이 가진 이름에 의해 이미 예정되고 결정되는 것이다.

사실 내 정신 속의 남해 금산은 '남' 자와 '금' 자의 그 부드러운 'ㅁ'의 음소(音素)로 존재한다. 모든 어머니와 물과 무너짐과 무두질과…… 문과 먼 곳과…… 몸과 물질의 'ㅁ', 그 영원한 모성의 'ㅁ'을 가리고 있는 남해의 'ㄴ'과 금산의 'ㄱ'은 각기 바다의 유동성과 산의 날카로움을 예고하고 있는 것이 아닐까. 만약 남해 금산이 아니라 금해 남산이었다면 나의 마음이 그토록 기뻐했을까. 어쩌면 바다와 산, 물과 흙은 'ㄴ'과 'ㄱ'

이외의 다른 어울림을 가질 수 없도록 예정된 것이 아닐까. 그들의 첫 만남에서 새어나오는 미묘한 빛은 현(絃) 위에 처음 와 닿는 활의 설렘에서 나오는 신음소리와도 같은 것일까. 그때 산은 바다에게 제 부끄러운 성(性)을 열어 보이고, 미열에 떠는 바다는 제 이마의 땀을 숨기려 하는 것일까. 그러나 어떻든 이 태초의 혼례가 야자수 열매 같은 남국의 풍요로움과 바다의 비단 물결 위에서 이루어짐은 분명하다.

그처럼 남해 금산은 내 정신의 비단길, 혹은 비단 물길 끝의 서기(瑞氣) 어린 산으로 존재했고 앞으로도 그렇게 존재할 것이다. 남해 금산의 흡인력은 너무도 강해서 지상의 모든 꿈을 물거품으로 만드는 '환멸'까지도 핥아버리고 삼켜버린다. 실제로 나는 두 번 남해 금산에 갔었지만 그때마다 그 영산(靈山)의 빼어난 모습은 경이(驚異)라는 말 이외의 다른 표현을 허락하지 않았다. 1985년 5월인가 광주에서 열리는 학회에 참가하기 위해 하루 일찍 집을 떠난 나는 진주에서 차를 바꾸어 타고 남해읍에 도착했다. (아, 이제야 생각난다. 처음 그 산을 알게 된 것은 서정인의 참으로 아름다운 소설집 『강』에서 「산」이라는 단편을 읽고서였다. 이 작품에서 주인공은 야수 같은 남자에게 몸을 빼앗긴 한 여교사와 함께 남해 금산에 오른다.)

남해읍에서 시외버스를 타고 금산 입구에 왔을 때는 이미 어둑한 저녁이어서 산을 제대로 볼 수 없었다. 근처 여관에 자리를 잡고 누웠지만 옆방에서 세 아가씨가 밤새도록 웃고 소곤거리는 바람에 두어 시간이나 눈을 붙였을까. 소설 속의 여교사는 밤새 내 곁에서 낮은 울음을 흔들고 있었다. 불면의 밤이 끝나갈 무렵 나는 아직 어두운 새벽으로 뛰어나가 혼자 산길을 올랐다. 한 30분 허겁지겁 올라갔을까, 숨이 차 바위 위에 앉으려고 뒤돌아보았을 때 눈앞엔 손님을 기다리는 시골 버스처럼 바다가 낮게 내려와 있었다. 꿈이 실현되는 바로 그 순간에도 예감의 자취가 배어 있듯이, 내 마음속의 바다가 잠시 금산 앞바다에 겹쳐졌다. 조금 더 올라가자 거대한 암석 사이 음부(陰部)처럼 갈라터진 동굴 속에 아직 위태롭게 흔들리는 촛불들이 있었다. 그리고 산 정상에는 새털처럼 부드러운 대나무숲 사이 보리암의 절간이 아슬하게 얹혀 있었고, 집채만한 바윗돌 무더기 가운데 군부대가 웅크리고 있었다.

옛 패왕의 전설이 드리운 절간과 레이더 망을 갖춘 군부대가 남해 금산에서는 한 가족처럼 낯설지 않았다. 산은 그토록 깊어서 모든 이질적인 것들이 산의 호흡을 나누어 가지고 있었다. 그날 아침 나는 각질의 내 몸에서 아름드리 나무들의 수액이 올라오는 것을 느꼈고, 거푸 산길 옆 나무들을 껴안을 수밖에 없었다. 그것은 진해에서 훈련병 시절 지나가는 아가씨들의 긴 머리칼을 보고 구토하지 않을 수 없었던 것과 마찬가지로 변태적 사랑의 일종이었을까. 그러나 1990년 겨울방학 때인가 두 명의 선배 교수와 함께 오른 금산은 1985년의 금산과는 무척이나 다른 산이었다. 보리암까지 트인 길을 우리는 차를 몰고 올라갔다. 저녁 무렵이었는데 대나무 잎새를 헤치고 내려다본 바다는 옅은 안개 속에 푸른 유리를 엎어놓은 듯 고요했고, 비누 거품처럼 떠 있는 섬들은 발목을 모으고 깊이 잠들어 있었다.

요즘도 주위 사람들이 남해 금산에 가겠다느니, 갔다 왔다느니 하는 이야기를 듣는다. 그때마다 나는 "아, 그래, 그런 산이 있었지" 하고 중얼거리며, 내 마음속 아주 깊은 곳에서 잘못 건드린 금속의 희미한 음향을 듣는다. 그래, 그런 산이 있었다. 그 산은 얼마 전 어느 회사의 사보에서 본 사진과 더불어 내 의식의 영당(靈堂)으로 자리잡게 되었나보다. 그 사진은 남해의 한 들판 언덕에서 찍은 것인데, 푸른 보리밭 사이로 난 초승달 모양의 길을 따라 꽃상여와 붉고 푸른 깃발들과 고개 숙인 상주들의 행렬이 찍힌 것이다. 그들은 장기짝 같기도 했고 꼬물거리는 개미들 같기도 했다. 아마도 그 사진 바깥에서 그 길을 따라가는 또다른 사람들도 있으리라. 야수 같은 교감선생에게 몸을 더럽힌 한 여자, 그리고 그날 밤 밤새도록 웃고 소곤거리던 세 아가씨들, 그리고 이름을 알 수 없는, 서러운, 더 많은 사람들……

일전에 제주도에 살고 있는 동갑내기 시인이 엽서를 보내왔는데, 그가 남해 금산에 갔더니 산중턱에 나의 시를 리어카 앞에 써붙이고 당귀차나 칡차 같은 음료수를 파는 젊은이가 있더라 한다. 그 젊은이가 아직도 있는지 벌써 떠났는지 알 수 없지만, 그가 남아 있다 하더라도 나에게는 이미 신화다. 사람이든 산이든 세월 앞에서는 신화가 된다. 우리가 서러운 것은 다만 늙어가면서도 영원히 늙지 않는 신화를 끝없이 만들어가야 하기 때문이다. 한 가지 덧붙일 이야기가 있다. 1986년 봄에 두번째 시집 『남해 금산』을 펴낸 다음 나는 남해군 공보실에 시집 한 권을 부쳤으나 종내 소식이 없었다. 그 또한 숙명적인 짝사랑의 대수롭지 않은 예일까.

중세의 가을

월요일 아침 그는 아내와 함께 그가 사는 도시 가까이에 있는 '파계사'라는 절에 들를 생각을 했다. 지난 토요일 서울서 온 손님을 모시고 점심 먹으러 갔다가 들른 이 절이 월요일 아침까지 그의 마음속에서 머뭇거리고 있었기 때문이다. 이를테면 그 절은 '빚쟁이'처럼 그에게서 무언가 돌려받기를 원하고 있었고, 그 자신도 무엇인지 모르지만 그 절에 돌려줄 것이 있음을 짐작하고 있었다. 절이 묻어 있는 산은 지리산이나 설악산같이 큰 자락은 아니었다. 하지만, 어느 여름 미군 헬리콥터가 추락해 인근 경찰과 예비군이 동원돼 수색 작업을 벌였으나 끝내 찾지 못하고, 몇 달 후 산나물을 캐러 올라간 아낙에 의해 잔해가 발견되었다는 말이 있을 정도로 제법 깊은 산이었다. 그리고 보면 소위 명산들만이 깊은 산이 아니고 모든 산들이 나름대로 꽤나 깊은 것이다. 그러한 뜻하지 않은 발견을 할 때마다 그는 자신의 머릿속을 벗어나기가 얼마나 힘든가를 생각해본다. 사실 모든 자잘한 발견들은 두뇌 조직의 어느 한 군데에서 불시에 생겨난 '뇌출혈' 같은 것이다. 그 출혈은 머리의 압제적 질서에 대한 사물들의 반역이다. 도대체 '머리'라는 놈은 제멋대로 세상을 떡 주무르듯이 왜 곡하고서도 한 번도 반성해본 적이 없다. '머리'의 정체와 행태가 백일하에 드러난다 해도 사태는 크게 달라지지 않는다. 다시 그 무정부 상태를 수습하는 것은 여전히 '머리'이기 때문이다. 어쩌면 요즘 그의 무기력은 그러한 사실에 대한 끈질긴 인식에서 오는지 모른다. 더욱 절망적인 것은 그러한 인식까지도 '머리'가 제공하는 애프터서비스라는 사실이다.

 그는 아내와 함께 구입한 지 5년 반이 조금 지난 소형차에 올랐다. 운전대를 잡고서 그는 오늘 산행에는 결단코 말을 줄여야겠다는 생각을 해본다. 그 자신이 생각하기에도 그는 요즘 너무 말이 많다. 그가 내뱉는 말들은 대개 하나마나한 말이거나 말놀음에 지나지 않는 것이지만, 때로 그 말들이 주위의 폭소를 자아내기도 하여 그는 우쭐해한다. 그러고는 아무 생각도 안 한다. 역시 사람이 가진 장기는 동시에 폐단이 된다는 말은 틀린 말이 아니다. 그의 차는 시내를 벗어나 이제 막 노랗게 물들어가는 가로수를 따라 산을 관통하는 순환도로에 들어서고, 제법 가파른 고개 하나를 넘어서자 갓바위와 동화사 쪽을 가리키는 푸른 입간판이 나타난다. 갓바위는 산 정상에 영험이 특출한 갓 쓴 부처님이 있어서 그가 사는 도시뿐 아니라 외지에서도 관광버스를 동원해 기도를 올리러 오는 사람들로 법석댄다. 동화사 또한 최근에 동양 최대라든가 세계 최대라든가 하는 석조대불이 세워진 곳으로 연일 신문 지상에 이름이 오르내리던 절이다. 그는 문득 물에 빠져 죽은 사람을 건져내면 파리들이 먼저 알고 날아앉는다는 이야기를 떠올린다. 혹은 미처 치우지 않은 밥상에서 온통 잔치판을 벌이는 파리떼들…… 그런데 참으로 엉뚱한 생각이지만 파리들은 저 자신이 더럽다는 생각을 해본 적이 없을 것이다. 더러움은 더럽다고 생각하는 사람 마음속에 있을 뿐이다. 입안에 들어오기 전에는 그토록 깨끗해야 하는 음식이 일단 입 바깥으로 나가기만 하면 더없이 더러운 것이 되지만, 음식 자체는 한 번도 더럽거나 깨끗해본 적이 없는 것이다.

그는 혹시 이러한 생각이 도덕적 불감증에서 나왔거나 현실에 대한 방관적 자세에서 기인한 것이 아닌지 잠시 자문해본다. 본디 더러운 것과 깨끗한 것이 따로 없다 할지라도 더럽다거나 깨끗하다는 판단과 그에 따른 행위는 있을 것이며, 그 판단과 행위들이 얽어짜는 그물이 삶일진대, 요즘 기승을 부리는 부패와 타락의 실상을 도외시하거나 본디 없었던 것으로 치부할 수 있을 것인가. 요컨대 모든 것이 지금 '있는' 것이라는 왜곡된 믿음에 의해 빚어지는 죄악들에 대해, 모든 것이 본래 '없는' 것이라는 근본적 인식이 베풀어줄 수 있는 혜택은 무엇인가. 원론적으로 말하자면 모든 것이 '없는' 것이라는 인식은 '있음' 속에 잠겨 있는 철부지 것들에 대한 사랑을 일으킬 것이며, 그 인식이 철저하면 할수록 그 사랑은 더욱 진하고 뜨거운 것이 되리라. 그러나 그에게는 아직 그 둘 사이가 너무도 멀어서 어떤 궤변으로 맞이어놓아도 금세 떨어져버릴 뿐이다. 그가 막연히 짐작하는 것은 그 둘 사이는 논리적 설명으로 연결될 수 있는 것이 아니며, 삶의 숙제는 그 둘이 본디 하나임을 체험으로써 확인하는 것이라는 사실이다. 그리고 그는 문제의 중점은 역시 인식이 아니라 사랑에 놓여 있을 것이라는 추측을 해본다. 사랑, 그 때가 꼬질꼬질 낀 말이 한순간 차 안의 입김에 흐려진 창유리처럼 그의 시야를 가로막는다. 그 말 자체가 그러한 것처럼 사랑은 말끔하고 반들거리는 것이 아니라, 꼬지르레 때 묻은 것을 대상으로 한다. 모든 인식이 확정적이고 결과론적인 것이라면, 사랑은 모든 것을 미결로, 집행유예로 남겨두는 것이다. 사랑의 눈과 귀는 기다림과 불안이다.

그러므로 다시 그의 인식은 한 발짝도 더 나아가지 못한다. 마치 그가 안전벨트로 몸을 싸잡아매고 안간힘으로 액셀러레이터를 내리밟는 중고차처럼 지금 그의 인식은 제 힘을 초과해 헐떡거리고 있다. 그때 아내가 차를 무리해 몰지 말라고 조심스레 귀띔한다. 아니나 다를까, 그의 차가 동화사 매표소 입구를 돌아 파계사로 향하는 가파른 언덕으로 접어들 때, 보닛 가장자리로 무럭무럭 김이 올라왔다. 그는 급히 비상등을 켜고 차에서 내려 보닛을 열었지만 무엇을 어떻게 해야 할지 알지 못했다. 때때로 길거리에서 보닛을 열고 차 속을 들여다보는 사람들을 보면 '참 안됐구나' 하며 사뭇 액셀러레이터를 내리밟던 그에게 이제 처음으로 똑같은 일이 일어난 것이다. 잠시 후 김이 걷히고 그가 확인할 수 있었던 것은 냉각수가 완전 바닥이 나 있다는 사실이었다. 그는 매표소 근처 공중전화로 서비스 센터 몇 곳을 불러보았지만 일손이 달려 비상수리반을 보낼 수 없다고 했다. 마침 매표소 관리인이 산 아래 주유소 근처에 있는 카센터를 전화로 불러주었고, 매표소 세숫대야를 빌려 물을 가득 채우고서 그는 조심조심 차를 몰아 카센터를 찾아갔다. 기사는 보조 탱크나 호스의 조임새에는 이상이 없다고 하며 고개를 갸우뚱거렸다. 그사이 아내는 카센터 앞마당의 개집을 가리키면서 "개 밥통 하나 되게 크지?" 하고 말했다. 개 밥통은 자동차 타이어 속에 들어가는 쇳덩어리였다.

반 시간 남짓 차를 살피던 기사는 마침내 냉각수 계통에는 이상이 없고 온도감지기가 고장나 팬이 안 돌아 그런 듯하니 시내로 나가면 온도감지기를 바꾸어보라고 했다. 그와 아내는 차에 올라 언덕을 다시 오르기 시작했다. 온도감지기에 이상이 있다고? 기사의 말은 차가 아니라 그 자신을 두고 하는 말인 듯싶었다. 팬이 돌지 않아 엔진이 과열되고 냉각수가 졸아드는 일이야 눈으로 확인할 수 있지만, 사십대 중반에 들어선 그의 몸과 정신에 생긴 비상사태는 어떻게 감지한단 말인가. 하물며 그 위험 수위를 조절하는 온도감지기가 고장났다면 말이다. 요즘 그는 도무지 복잡한 생각은 하려 하지 않는다. 그저 그는 실없이 즐거울 따름이다. 즐겁다는 사실 외의 어떤 것도 그의 즐거움을 방해하지 않는다. 그는 자신이 즐겁다는 사실이 부담스럽다. 도대체 즐겁지 않아야 하는데 즐거우니 미칠 노릇이다. 세상이 온통 병들었는데 왜 나는 즐거울 수 있단 말인가. 그는 자신이 속고 있다는 사실을 분명히 알면서도 그 속임수에서 빠져나올 생각을 하지 않는다. 거기서 빠져나오는 일은 알몸으로 찬물에 뛰어드는 것 이상으로 꺼림칙하다. 한때 그는 병원이나 사창가, 영안실, 역전, 장터, 여인숙 등을 찾아다니며, 녹슬고 구부러지고 썩고 병든 것들의 숨소리를 기록하고, 하릴없고 정처없는 것들의 몸짓을 판각하기로 결심한 바 있다. 그런 것들이라면 이제 끔찍하다. 이제 그것들은 팬이 돌지 않는 그의 머릿속에 부채의식으로 남아 있을 뿐이다.

그의 차가 고장을 일으켰던 동화사 입구를 지나 파계사 쪽으로 내려갈 때 부인사(符仁寺)의 모습이 눈에 들어왔다. 서울서 온 손님들을 모시고 여러 번 갔던 터라 그는 그 절을 잘 알고 있었다. 성대하게 치장한 여느 절과는 달리 그 절은 소담한 절터에 주춧돌과 석등의 잔해만이 남아 있어 일종의 퍼즐 맞추기를 해야 옛날의 성세를 짐작할 수 있을 듯했다. 그러나 오랜만에 찾아간 그 절에는 대역사가 한창이었다. 큼지막한 건물이 여러 채 들어서고 자그마한 대웅전 건물도 크레인으로 들어올려져 흰 대리석 주춧돌을 갈아끼우는 중이었다. 눈에 띄게 불어난 비구니들의 바쁜 걸음도 이제 이 절이 동화사나 파계사 못지않은 위세를 갖게 되리라는 전조로 비쳤다. 모든 절들이 서로 최대가 되겠다고 제정신이 아니었고 그 덕에 퇴색한 부처님들도 여러 번 금도금의 곤욕을 치르는 중이었다. 하기야 부인사에서 내려다보이는 작은 마을이 퇴임한 대통령의 고향이고 보면 일대의 땅이 부귀와 공명을 감싸안은 명당인 것만은 사실인가보다. 이 절 또한 신라의 선덕여왕을 모시는 절이어서, 절 한 모퉁이에는 페인트 칠이 덜 마른 듯한, 여왕의 영정을 모신 사당이 있다. 안내판을 들여다보면 한때 잘나가던 이 절이 폐허로 바뀐 것은 고려조 무신 정권에 저항하던 승려들의 본거지였기 때문이라 하니, '부인'이라는 이름과는 달리 무척 풍부한 정치적 함의가 있다 할 것이다.

그러나 그가 참으로 이뻐했던 것은 부인사의 수십 년 묵은 벗나무들의 화사하고 해맑은 흰 꽃들이었고, 간첩들의 암호문처럼 여기저기 흩어져 있는 옛 절의 돌조각들이었다. 그것들은 이제 주변부로 밀려나 '정리'되어 있었다. 그와 아내는 철조망으로 둘러싸인 계단을 내려와 층계 아래 자판기에서 유자차를 빼 마시면서 십여 미터 떨어진 곳에 세워진 간이 공중변소를 바라보았다. 변소의 지붕에는 간혹 도시 근교에서 볼 수 있는 태양열 처리를 위한 유리판이 붙어 있었다. 그 유리판을 통해 모인 열로 변기가 얼어터지지 않도록 난방을 하려는 것인지…… 그리고 보면 이제 문명의 여러 편린들도 '화두'의 차원으로 격상된 듯하다. 그는 문득 용변을 보고 싶은 생각도, 토하고 싶은 생각도, 오체투지하여 절하고 싶은 생각도 아닌, 혹은 그 모두인 메슥거리는 느낌에 몰려 절을 내려왔다. 차 있는 곳으로 돌아오는 길에 밭두렁 여기저기 궁상맞게 쭈글시고 앉은 호박덩이들을 바라보며 아내는 저 호박들이 임자 있는 것이냐고 물었고, 그는 농담처럼 대답했다. 본래 임자가 어디 있나? 제가 임자지. 그는 그 호박들 앞에서 엉덩이를 까고 절하고 싶었지만 아내에게는 말하지 않았다. 다만 길가 과수밭에서 줄기가 휘어지도록 시뻘건 사과 알을 매달고 할딱거리는 키 작은 사과나무들을 보았다. 그 나무들은 여러 해 거듭된 출산에 몸매가 비틀리고 껍질이 갈라져 형편없는 몰골을 하고 있었다. 세 아이를 낳고 난 다음 아내의 배도 그랬었다.

차가 별탈 없이 파계사 입구까지 왔을 때 그는 이 절에 딸린 암자인 자재암에 먼저 들렀으면 하는 생각을 했고 아내도 동의했다. 자재암은 파계사에서 2백여 미터 떨어진 곳에 있었는데 주지 스님의 노후 은거를 위해 현대식으로 지어진 암자였다. 지난해 겨울 그는 한 친구를 통해 주지 스님의 시자로 이 암자를 맡아보는 성진이라는 젊은 스님을 알게 되었고, 그 친구와 몇 번 이 암자에서 차를 얻어마신 적이 있었다. 다소 가파른 산세에 위치한 그 암자는 주변의 오래된 소나무들과 어울려 수월한 풍광을 이루었고, 유리문 새시로 둘러씌워져 바람 한 점 새어들 틈이 없었다. 건물 좌우에는 앰프 시설이 갖추어져 있었으며, 잔디 깔린 앞마당에는 불국사의 석가탑을 본뜬 사층탑이 서 있었다. 흰빛 대리석으로 깎아낸 탑의 날개는 버선코처럼 날카롭게 올라가 있었는데, 그 끝이 왠지 그의 마음을 아프게 했다. 곧 비가 내릴 듯 찌푸린 산속 암자 앞마당에는 머리가 하얗게 센 노인이 간신히 지팡이를 짚고 걸음을 떼놓고 있었다. 이제 노인은 잡아도 아무 반항 없이 무심코 더듬이를 흔드는 늦가을의 풀벌레를 생각게 했다. 아마도 인연이란 한 가닥이 아니라 마치 발목의 아킬레스건처럼 수십 개 수백 개의 근육들로 뭉쳐진 것인가보다. 친구의 말에 따르자면 그 노인은 성진의 속세 아버지였다. 중학교 때 절집에서 학교에 다니는 친구를 따라갔다가 왠지 절이 좋아 머리를 깎았다는 성진은 이제 다리 부러진 방아깨비 같은 아버지와 함께 사는 것이다. 노인의 나직한 한숨 소리가 잔디 끝을 건드렸다.

암자의 나이 지긋한 아낙은 오늘 아침 성진이 본사에 볼일이 있어 나갔다 한다. 성진은 선승이라기보다는 절의 살림을 꾸리는 행정승인 듯했다. 볼 때마다 눈에 총기가 똑똑 듣는 그는 그림이나 서예에도 관심이 있고 노래도 잘한다. 몇 번 기회 있어 그와 곡차를 하고 나면 그의 마음은 아직 십대다. 한창 흥이 나 윤수일의 〈아파트〉를 부를 때면 테이블 위로 뛰어오르려고 몸부림해 말리던 친구들은 술이 다 깨버린다. 성진의 노래에는 무슨 한이나 슬픔 같은 것이 인삼 엑기스처럼 응어리져 있다. 아니다, 그 말은 과장이다. 성진의 노래에는 서러움 덩어리가 탁한 막걸리처럼 목쉰 소리로 빠져나간다. 언젠가 그는 그런 노래를 들은 적이 있었다. 몇 해 전 직장 선배와 함께 경주 어느 술집에서 밤늦게까지 모기에 뜯기며 술집 마담을 기다리고 있을 때, 옆방에서 한없이 구슬프게 들려오던 불국사 젊은 스님네의 노래도 그랬다. 한이란 없애려 하면 더욱 커지는 것인가보다. 그도 이젠 못마땅하거나 불편한 것들과의 관계를 끊으려는 시도가 쓸데없다는 사실을 알게 되었다. 언제부턴가 그는 얼굴에 새 흉터가 생겨도 그리 상심하지 않았다. 그것은 그가 이전보다 관대해져서가 아니라, 어떻든 그럴 수밖에 없음을 받아들이게 되었기 때문이다. 그는 이제 목숨이 붙어 있는 한, 코나 귀 속에 서식하는 세균들과 함께 살아야 한다. 이제 그 세균들은 그의 일부가 된 것이다.

버리지 말라, 애써 버리려 하지 말라. 이렇게 중얼거리면서 그는 어젯밤 비로 거멓게 젖은 자재암 추녀 끝을 치켜다보고 있었는데, 그곳엔 두어 마리 땡삐가 들락거리는 벌집이 달려 있었다. 작은 럭비공 같기도 하고 꽃병이나 항아리 같기도 한 그 벌집은 예쁜 조개껍질로 단장된 듯 정교한 무늬의 거죽을 드러낸 채 튼튼하게 매달려 있었다. 성진이 땡삐 집을 지어주었을 것 같지는 않고, 그렇다고 그 완벽한 집을 땡삐들이 지었다고 생각할 수 없는 노릇이었다. 그와 아내가 고개를 갸우뚱거리고 있을 때, 노인이 허위허위 다가와 이번 여름 한 보름 동안 땡삐들이 그 집을 지었노라고 일러주었다. 스스로 지은 집을 땡삐들이 버리고 날아갈 때까지 성진은 저 벌집을 어쩌지 않으리라. 이태 전 그의 아파트 앞마당에 주먹만한 벌집 하나가 생기고 벌떼들이 분주히 날아다녔는데, 얼마 뒤 나가보니 텅 빈 벌집 군데군데 죽어가는 벌들이 힘없이 붙어 있었다. 담뱃불을 가까이 가져가도 날아갈 힘이 없었다. 대체 그들에게 무슨 일이 있었던가. 자세히 들여다보면 집 짓는 것들은 모두 서러운 것들이다. 언젠가 집은 허물어지고 그 집을 기억하는 것들 또한 하나둘 사라져갈 것이다. 모든 집은 이별의 예감이다. 하지만 집 없이 떠도는 것들은 이별 외의 다른 집이 없으니, 온통 서럽거나 전혀 서럽지 않거나, 어느 하나일 것이다. 그러고 보면 자재암 뒤편의 비비 꼬인 늙은 소나무의 이별 준비는 얼마나 고요하고 짙푸른가. 그 푸른 고요를 시커먼 고압선이 가로지르는 모습에 그는 다시 마음이 아파왔다.

그와 아내가 파계사 경내로 들어왔을 때 연인인 듯 보이는 젊은 남녀와 중년 부인 서넛이 계단을 오르고 있었다. 가파른 언덕에 지어진 절은 여느 절과는 다른 배치를 하고 있었는데, 마주보이는 누각 양옆으로 난 층계를 올라가면 'ㅁ' 자 모양을 한 대리석 깔린 하얀 마당이 나왔다. 맞은편 짙푸른 소나무들이 타고 오르는 아슬한 산세와는 달리 법당들은 아기자기 맞이어 있어서, 흡사 시골 친척집 툇마루에 앉은 듯한 느낌을 준다. 건물 기둥마다 난해한 필체로 씌어진 선시풍의 문구가 붙어 있고, 비어 있는 한 기둥에는 '대학 입시 대비 백일기도 접수중'이라는 쪽지가 바람에 퍼덕거렸다. 그들과 함께 온 중년 부인들은 벌써 대웅전에 들어가 '범어'인 듯한 이상한 주문을 외우고 있었는데, 뒤쪽 종무소 건물에서 거친 중년 남자의 목소리가 들려왔다. "그러기에 뭐랬어, 3백만 원은 더 있어야 해결된다고 하지 않았어!" 그는 사람과 함께 욕망은 산으로 오길 좋아한다고 생각했다. 그리고 산에서 욕망은 신선한 공기를 마시고 도시로 내려간다고. 경내의 석등이나 불탑들을 둘러보며 그는 그가 좋아하는 한 선생님 생각이 나서 입가에 미소를 머금었다. 이따금 함께 절에 오면 그분은 신이 나서 절의 유래와 건축 양식, 부도에 얽힌 이야기들을 해주었다. 몇 해 전까지만 해도 그는 그분의 머릿속에 가득찬 지식들이 '잡학'에 지나지 않는다는 생각을 했고, 조금은 지루하게 그분의 이야기를 경청하는 흉내를 냈다.

지금 그는 자신이 본성적으로 영웅주의자이며 오랫동안 흑백논리에 길들여져왔음을 조심스럽게 수긍한다. 거의 본능적으로 그는 근본과 말단, 구체와 추상, 순수와 오염을 갈라왔으며, 그 작위적인 판가름 위에서 무리한 삶을 고집해왔던 것이다. 이를테면 그가 '살'과 '때'의 구분이 본래 없다는 사실을 깨닫게 된 것은 삼십대 중반 어느 날 목욕탕에서였다. 이태리 타월로 박박 문질러서 피가 나면서도 때를 벗겨내야겠다는 그 심리는 도대체 자연적인가, 문화적인가. 그에 반해 거지는 피부병이 없다는 사실은 얼마나 대단한 깨우침인가. 하지만 '살'과 '때'가 본디 둘이 아니라는 사실은 구체적으로 확인할 수 있지만, 그의 사고 전반에 깊이 배인 치명적인 이분법을 근절할 수 있는 방법이 어디 있겠는가. 이태 전 외국에 나가 도교를 전공하는 교수 밑에서 공부할 때 그는 똑같은 어리석음을 지은 바 있다. 그 교수는 노장의 심오한 사상 대신 민간에 전승된 도교 의례에 대한 강의만을 했다. 그는 선생을 잘못 만났다고 생각했다. 아니다, 그는 제대로 선생을 만났던 것이다. 소위 고급 문화가 무속으로 몰아버린 자질구레한 의례들, 그것들이 말단이 아니라 본질의 뿌리임을 그는 공부가 끝날 때쯤에서야 알게 되었던 것이다. 말단이 없다면 어찌 근본이 있을 것이며, 환상이 아니라면 어디서 진실을 구하겠는가. 그의 눈엔 다시금 그가 좋아하는 선생님의 고운 미소가 떠올랐다. 그분은 다방의 난초한 잎도 너무 이뻐 손끝으로 건드리지 않고는 못 배겼다.

파계사를 내려와 절 입구 휴게소에서 산채비빔밥을 시켜 먹은 그들 부부는 이제 가파른 내리막길을 한가롭게 달려가고 있었다. 핸들을 잡은 그의 머릿속 한구석에는 조금 전 휴게소 주차장에서 보았던 모과나무의 윤기 나는 줄기가 떠나지 않았다. 모과는 못생긴 열매라는 고정관념은 얼마나 근거 없는 것일까. 그 나무에 노란 모과가 달리지 않았던들 모과나무일 줄은 도무지 생각하지 못했을 것이다. 어쨌든 그는 이 세상에서 한번만은 그 정갈한 모과나무 줄기처럼 살 수 없을까 하는 생각을 해보았고, 이내 그 생각이 얼마나 정갈하지 못한가를 깨달았다. 환상이 아니라면, 삶의 출구는 이미 봉쇄되었다. 이를테면 삶은 부처님 손바닥 같은 것이다. 삶으로부터 아무리 멀리 떠나도 여전히 삶이다. 그는 아내에게 말했다. "나에겐 모든 것이 갖추어져 있어. 그런데 왜 불행하다는 생각이

들지?" 아내는 말이 없었다. "나는 현실적으로 부족한 것이 없어. 그런데 부족한 것이 없다는 바로 그 때문에 나는 불행해. 이럴 수가 있어? 난 어떻게 하면 좋지?" 차가 시내로 들어서자 아내는 시장에 들러 아이들 도시락 쌀 찬거리를 사가야겠다고 말했다. 한두 방울 비가 듣기 시작하고 금세 길바닥이 니스 칠한 것처럼 번쩍거렸다. "난 어떻게 하면 좋지?" 아내는 김이 서린 유리창을 휴지로 닦고 있었다. 우산 없이 나왔던 사람들이 종종걸음치는 길 모서리로 카센터 하나가 눈에 들어왔다. 그는 순식간에 핸들을 꺾어 그곳으로 들어갔고, 만이천 원을 내고 문제의 온도감지기를 갈아치웠다. 그는 지금쯤 쓸개나 지라 같은 한 번도 보지 못한 내장기관이 아플 것 같다는 생각을 했고, 실제로 빗방울이 스칠 때마다 왼쪽 옆구리가 쑤셨다.

집으로 돌아왔을 때 그는 거실 앞 베란다에 놓아둔 난초 화분 하나가 서너 조각이 난 채 뒹구는 것을 보았다. 집일을 거들어주는 아주머니가 베란다에서 물청소를 하다가 대걸레 끝으로 살짝 스쳤는데 박살이 났다는 것이다. 전에도 그런 일이 있어 그가 본드로 때워 붙이는 것을 본 아주머니가 여러 번 붙여보려 했으나 허사였던 모양이다. 그는 작업복으로 갈아입고 연장통을 뒤져, 보다 강력한 본드 하나를 찾아냈다. 장갑을 끼면 손이 무디어서 맨손으로 본드를 만졌더니 그의 손은 온통 끈끈한 본드투성이였고 화분 속 난초 뿌리와 돌 알갱이들까지 반죽이 되어버렸다. 가까스로 깨어진 조각들을 이어 화분에 붙인 다음 노란 테이프로 친친 동여매고 나서 보니, 난초 잎새들 군데군데 흰 본드 자국이 말라붙어 있었다. 그는 몹시 난감했다. 저것들을 걸레로 닦으려니 잎새가 다 상할 것이고 그렇다고 그냥 두자니 딱딱하게 깁스를 한 난초가 시름시름 시들어갈 것이다. 생각다못해 걸레에 휘발유를 묻혀 조심조심 닦아내려 하니 역한 냄새가 코를 찌르고, 잎새가 갈라지고 찢겨 차마 난초에게 못할 짓을 하는 것 같아 손을 놓고 말았다. 어쨌든 저 난초 잎새들은 흰 본드 반죽과 한 몸뚱이가 된 것이니, 이제 그 둘을 갈라낸들 이전처럼 성한 모습을 되찾을 수 없을 것이다. 그는 휘발유 냄새가 물씬 나는 때묻은 걸레를 움켜쥔 채 망연히, 얼룩덜룩한 난초 잎새들을 바라보고 있었다. 이제는 별달리 기대할 것도 후회할 것도 없는 사십대 중반의 월요일 저녁이었다.

기억 속 붉은 팬지꽃의 환영

　일전에 그는 우연찮게 '아우라의 상실, 새로운 시작?'이라는 꽤 산뜻한 제목을 내건 토론회에서 몇 마디 할 기회를 갖게 되었다. '범속한 트임'이라는 말과 더불어 오래전부터 그의 뇌리에서 지워지지 않는 '아우라의 상실'이라는 말은 공공연한 장소에 나서기를 꺼리는 그에게 선뜻 그 자리에 나가볼까 하는 마음을 불러일으켰다. 오래전 지금은 계시지 않는 선생님으로부터 처음 전해 들은 '아우라'라는 말은 그에게 그림 속 설악의 풍경처럼 시원(始原)의 그리움으로 남아 있었는데, 그 흔치 않은 외국어 한 마디가 어째서 그토록 오랫동안 자신을 사로잡고 있었는지 아무리 짐작해보아도 좀체로 잡히는 것이 없다. 이를테면 그 말은 '어머니'라는 말과 같이 받침이 없는 음절들로 이루어졌으며, 투명한 유리창과도 같은 'ㅇ'과 오직 흐름만 있을 뿐 상처의 자국이 없는 'ㄹ'음으로 드러나기 때문일까. 그에 비하면 똑같이 받침이 없는 음절들로 이루어진 '애오라지'라는 강 이름에는 무언가 고통스럽게 꼬인 것이 있는 듯하다. 그 말에는 물살에 깎여 반질반질해진 물가의 바윗돌 같은, 이제는 형체를 알아볼 수 없는 '고(苦)'의 흔적이 있다.

손에 닿는 대로 불불사전을 들추어보면 'aura'는 '한 존재에게서 풍겨나오는 것'이라고 정의되어 있고, 그 바로 밑에 'auréole'이라는 단어가나오는데 자세히 따져보지는 않았으나, 어쩌면 '아우라'와 근친관계는 아니더라도 사돈의 팔촌쯤 되지 않을까 싶다. 이 말은 1) 그림에서 예수님이나 성모님의 얼굴을 둘러싸고 있는 금빛 원이나 2) 종이나 천 위에 진얼룩을 닦아내고 난 다음 남아 있는 둥그런 자국을 뜻한다. 이 말이 '금(or)'을 뜻하는 'aur'에서 파생된 것을 감안하자면, 이 말의 두번째 뜻은첫번째 뜻에서 전화된 듯하다. 즉 종이나 천 위에 묻어 지워지지 않는 둥근 얼룩 자국이 성인들의 머리 뒤에 둘러진 금빛 후광과도 흡사하다는 것이다. 그러니까 'auréole'이라는 말 속에는 초월적인 것과 지상적인 것, 신성한 것과 세속적인 것, 정신적인 것과 물질적인 것, 아름다운 것과 더러운 것이 함께 뭉뚱그려져 있는 셈이다. 그러한 한 이 말의 첫번째 뜻은두번째 뜻으로부터 그리 자유스러울 수 없을 것이다. 사실 따지고 보면성인들이 둥근 모자처럼 둘러쓰고 있는 그 후광도 화가들의 때묻은 손으로 그려진 것이 아닌가.

그 점에서 이태 전인가 강원도 양양에서 있었던 일은 그럴듯한 비유로생각된다. 어느 절에서 큰 불사를 일으켜 야외에 석조 불상을 건립해놓았더니 갑자기 하늘에서 오색영롱한 실비가 내려 사람들은 모두 '감로법우(甘露法雨)'라고 입을 모았고 경향 각지에서 몰려든 차들 때문에 법석이었다고 한다. 나중에 생물학자들이 조사한 결과 그 '감로법우'는 근처 가문비나무에 사는 나방이들이 겨울잠을 자기 전에 배설하는 체액으로 밝혀졌다. 물론 사람들의 실망은 대단한 것이었다. 그러나 사실 부처님의 가르침대로라면 진정한 '감로법우'는 나방이의 체액 같은 것이 아닐까. 그리고 그 둘이 서로 다르다고 여기는 분별심이야말로 지상에서 '감로법우'를 맛보지 못하게 하는 장애물이 아닐까. 또한 바로 그 분별심이 분탕질치기에 종정 스님에게서 나온 사리 숫자 때문에 과연 큰스님이었구나 하고 입을 모으던 사람들이 얼마 뒤 한 시골 할머니의 화장에서 더 많은 사리가 나왔다는 이야기를 듣고 당혹하지 않았던가. 길가 전자오락실 앞의 두더지처럼 아무리 쥐어박아도 분별심은 고개를 들이민다. 극단적으로 말하자면 우리가 분별심을 내는 것이 아니라, 분별심이 우리의 삶을 사는 것이다.

'아우라'라는 말이 '오레올'이라는 말과 어떤 정도로 멀고 가까운지 재 보지는 않았지만 막연히 짐작되는 것은 그 또한 양가적 의미를 갖추고 있을 것이라는 점이다. 한 존재가 고유하게 갖는 존엄성과 위의가 '아우라'라면, '아우라의 상실'을 처음 들먹인 사람의 본뜻은 대량 복제 시대에서 예술 작품들 하나하나가 종래에 지니고 있었던 유일성 혹은 절대성을 더 이상 간직할 수 없음을 애석하게 여기는 데 있을 것이다. 비단 예술 작품만이 아니라, 상품화와 기호화로 치닫고 있는 사회에서 인간과 사물, 그리고 그들이 구성하는 삶과 세계 또한 같은 운명을 겪을 것이라는 점은 자명하다. 개별적이고 개성적인 것의 상대화, 익명화, 무차별화로 표현될 수 있는 이러한 사태는 일종의 의미의 공황 혹은 공동화를 초래하는 것이기에 가히 '새로운 혼돈의 시작'이라 할 만하다. 그 혼돈의 시대에서는 종래에 고수되던 진/위, 미/추, 선/악 등의 이분법적 대립이 와해되며, 그 대립들을 가능케 하던 어떤 공리나 척도도 존재하지 않는다. 그리하여 삶과 세계는 다시금 뒤엎어버린 퍼즐이나 블록처럼 몰-의미의 상태로 돌아간다. 당연한 이야기지만 몰-의미는 무-의미와는 다른 것이다.

본질적으로 모든 의미는 차별화의 소산이며, 모든 차별화는 분별심의 투영이다. 아우라 상실의 시대는 잘려나간 나무의 해충처럼 분별심이 터 잡고 움직일 수 있는 근거를 잃어버린 시대를 일컫는 것이다. 이를테면 종정 스님의 사리와 시골 촌부의 사리가 별다를 것이 없다는 사실이 공공연하게 드러난 시대인 것이다. 지금까지 종정 스님의 사리와 시골 촌부의 사리를 갈라놓았던 것은 사람들의 '믿음'이었을 뿐 사리 자체는 한 번도 같거나 다른 적이 없었던 것이다. 이를테면 10여 년 전 KAL기가 추락했을 때 동생을 잃은 한 남자는 고인이 피우다 남긴 SUN 담배 몇 개비를 가지고 사할린 앞바다로 떠났었다. 물론 그 담배에 고인이 무슨 표를 해두어서가 아니다. 동생이 피우던 담배가 이 세상 어떤 담배와도 달랐던 것은 형의 마음속에서였다. 그 담배는 형의 마음속에서 의미화된 담배이고 이미지로 변한 담배이며, 그러기에 담뱃가게에서 살 수 있는 어떤 담배와도 같지 않은 담배이다. 그것은 유일성과 절대성을 지닌 담배, 즉 '아우라'를 지닌 담배이다. 좀더 정확히 말하자면 그것은 아우라를 지닌 담배가 아니라, 아우라로 변한 담배이다.

요컨대 아우라는 한 대상이 본래부터 지니고 있었던 것이 아니라, 부지불식간에 우리가 대상에게 만들어준 것이다. 본시 대상은 아우라를 가져본 적이 없으며, 따라서 잃어버린 적도 없다. 그러므로 아우라 상실의 시대란 우리가 대상에 아우라를 부여할 수 있는 능력을 상실한 시대라고 말하는 편이 합당할 것이다. 혹자는 하나뿐인 예술 작품은 대량 복제된 모사품들과는 질적으로 다른 것이 아니냐고 반문할지도 모른다. 그러나 비록 원본과 사본 사이에 질적인 차이가 있다 하더라도, 그 질적인 차이에 의미를 부여하는 것은 누구인가. 언제 개나 고양이가 거기에 신경 쓴 적이 있었던가. 더욱 근본적으로는 그 질적 차이 또한 인간 의식의 투영이 아닌가. 모르긴 해도 원본과 사본은 한 번도 자기들이 서로 다르다고 생각하거나 주장한 적이 없을 것이다. 문제는 아우라 상실의 시대에서 대상은 한 번도 아우라를 상실한 적이 없음을 분명히 깨닫는 데 있다. 아우라는 주체에 의한 대상의 굴절 내지는 왜곡의 흔적일 뿐이다. 마치 성인들의 머리 뒤에 둘러씌워진 신성한 '오레올'이 또한 종이나 천 위에 남아 있는 둥근 얼룩을 의미하듯이, 대상이 갖는 초월적인 아우라는 주체의 욕망이 대상의 무구성에 가한 흉터일 것이다.

사람과 사람 사이에서 '믿음'이라는 보다 정숙하고 교양 있는 차림새로 모습을 드러내는 욕망은 우리의 모든 지각과 인식, 판단을 결정한다. 다시 말하여 어떠한 지각, 인식, 판단도 욕망의 지배권에서 벗어날 수가 없는 것이다. 그러한 한 앞서 "아우라는 주체에 의한 대상의 굴절 내지는 왜곡이다"라고 한 말은 수정되어야 한다. 왜냐하면 이 말은 대상이 그 자신의 본질을 갖추고서 욕망의 바깥에 실재하는 것을 전제로 하기 때문이다. 그러나 대상이 욕망 속에 있고 욕망과 함께 솟아나는 것이라면, 아우라는 대상의 굴절이 아니라 '펴짐'이며, 왜곡이 아니라 '드러남'이라 해야 마땅하며, 이때 '펴짐'과 '드러남'은 진실과 환상 사이의 돌이킬 수 없는 대립에 앞서 존재하는 것으로 보아야 한다. 그런데 대상의 현현을 가능케 하는 것이 주체의 욕망이라면, 아우라는 주체의 '결핍'의 '펴짐' 혹은 '드러남'이라 할 수 있다. 왜냐하면 욕망(want)은 바로 결핍(want)이기 때문이다. 즉 아우라는 자신이 부재임을 망각한 존재이다. 그 부재는 주체의 결여(manque)이며 그 존재는 대상의 화현(incarnation)이다. 사실 아우라는 유일성과 절대성을 갈망하는 주체가 대상에게 의탁한 꿈이 아니겠는가.

하나 여기서 짚어보아야 할 것은 아우라가 '주체의 욕망'의 소산이라 할 때 소유격 조사 '의'의 의미이다. '주체의 욕망'이란 결코 주체가 관찰하고 제어하고 계획하는 욕망은 아닐 것이다. 오히려 욕망이 작동하는 '자리'의 이름이 주체이며, 그런 점에서 욕망은 '주체의 주체'라고 하는 편이 적절할 것이다. 주체/욕망의 관계는 기껏해야 기저귀 찬 왕과 섭정의 관계이며 '바보제' 날의 주인과 하인의 관계라 할 수 있다. 욕망의 작용은 주체에게 거의 알려지지 않으며 그러기에 주체가 욕망에 가할 수 있는 통제 또한 극히 제한적이다. '아우라'가 자신의 욕망의 소산이 아니라, 대상이 본래 지니고 있는 위의라고 믿는 주체의 맹목성은 바로 그 비근한 예가 아니겠는가. 그렇다면 욕망은 욕망 자신의 주체인가. 즉 욕망에게는 자신을 관찰하고 제어하고 계획하는 능력이 있는 것일까. 가령 알에서 갓 깨어날 때 거북과 함께 있었던 공작이 성년이 되면 거북을 향해 구애의 날갯짓을 한다는 충격적인 보고는 '주체의 주체'인 욕망이 욕망 외적인 요인들에 의해 수시로 일탈과 변형의 과정을 겪게 된다는 사실의 적절한 비유가 될 것이다. 그러나 또한 '일탈'과 '변형'이라 해서 굳이 '바른 길'과 '정해진 모습'이 있다고 생각해서는 안 된다.

욕망의 주체가 무엇이든 간에 확실한 것은 다만 모든 욕망은 '떠돈다'는 점이다. 가령 운전을 좋아하는 사람의 경우 차의 액셀러레이터를 밟는 순간 거의 '성적'인 느낌을 갖게 된다거나, 스포츠에 몰두하는 사람의 경우 처음 겨루는 상대의 공에서 새로운 이성(異性)의 느낌을 맛볼 때가 있다는 고백은 욕망이 떠돈다는 사실의 어렴풋한 시사가 아니겠는가. 그리고 동성 사이에서의 성적 욕구는 욕망이 대상에 고정되어 있는 것이 아니라, 대상들 사이에서 미끄러져간다는 사실의 단적인 예가 될 것이다. 욕망은 주체를 미끄러지게 하면서 스스로 미끄러진다. 욕망의 고정 또한 미끄러짐의 한 과정에 불과하며, 그러기에 삶이 서로 다른 환상들의 연속으로서 꾸려지게 되는 것이다. 욕망이 미끄러지는 한 삶은 동질적인 하나의 환상이 아니다. 삶은 이질적인 환상들의 연쇄이다. 그 환상들 사이에 어떤 인과성도 존재하지 않는 것은 바로 그 환상들을 만들어낸 욕망의 미끄러짐에 어떤 필연성도 없다는 사실의 반영이다. 이때 환상이란 물론 진실과 배치되는 개념이 아니라 진실/환상의 대립에 앞서 있는 환상이다. 환상은 오히려 진실을 만들어내는 능력이라 할 수 있다.

인간이 욕망의 존재인 한 인간은 살아남기 위해 환상을 만든다. 보다 극단적으로 이야기하자면 환상은 살아남기 위해 인간을 만든다. 삶과 세상에 의미를 부여하는 것은 인간이 아니라 환상이다. 비근한 예로 신체의 다른 여러 조직과 똑같은 영양과 산소를 공급받는 '처녀막'에 과도한 의미가 부하될 때, 그것은 신체 전부를 죽이거나 살릴 수 있는 관건이 된다. 가령 우발적으로 파열된 처녀막 때문에 자살하는 아랍의 처녀와, 처녀성의 상실이 성숙의 계기라고 믿는 서구의 처녀 사이에는 결코 융합될 수 없는 두 개의 환상 외의 다른 무엇이 있겠는가. 그런 의미에서 모든 문화는 상호 협약된 환상이라 할 수 있다. 그 협약된 환상 위에서, 그리고 그 환상과 동시에 삶은 형태와 의미를 갖게 된다. 그러기에 모든 삶은 일탈(aberration)이며, 원의적 의미에서의 콤플렉스(complex)이다. 우리는 환상을 통해 먹고 마시고 사랑한다. 더 정확히 말하자면 우리는 환상을 먹고 마시고 사랑한다. 그러므로 설령 아우라와 같은 멋진 환상을 잃었다 해서 결코 슬퍼할 일은 아니다. 환상을 잃었다는 인식 또한 또다른 환상에 불과할지 모르며, 환상의 상실을 슬퍼하는 자 또한 환상이 아니라는 보장은 어디에도 없기 때문이다.

　본질적으로 욕망이 떠돎을 생리로 하는 한 '아우라는 죽었다'라는 표현은 하나의 사태에 대한 정확한 보고라 할 수 없다. 차라리 '아우라는 딴 곳으로 옮아갔다'라고 해야 옳을 것이다. 아우라 상실의 시대는 옮아간 아우라를 미처 발견하지 못했거나, 발견했다 하더라도 그 옮아감을 승인할 수 있는 자세가 갖추어지지 않은 시대를 의미한다. 분명한 것은 죽었다고 생각하는 그 아우라 또한 아직 승인받지 못한 아우라와 마찬가지의 과정을 겪고서 아우라의 반열에 들 수 있었으며, 새로운 아우라는 죽은 아우라를 애도하는 자의 인가(認可) 유무에 관계없이 그 반열에 드는 절차를 거칠 것이라는 점이다. 비유적으로 말하자면 사람에게 정을 붙이지 못하거나 정 붙일 사람이 없는 경우, 동물은 더도 덜도 없이 사람의 역할을 하며 사람의 존엄성과 위의를 갖게 된다. 요즘 우리 곁에서도 볼 수 있는 개들의 결혼식과 장례식, 그리고 죽은 개들에게 올리는 제사는 결코 비정상적인 괴벽이 아니다. 그것이 괴벽이라면 사람이 사람에게 쏟는 정성 또한 괴벽에 불과할 것이다. 혹자는 개나 사람이나 살아 있는 존재들이기 때문에 그러하다고 생각할지 모른다. 그러나 5, 6년 굴리던 차를 팔아버린 사람은 길에서 같은 차종, 같은 색깔의 차만 보아도 가슴이 뭉클하다고 한다.

새로운 아우라의 출현, 보다 정확히 말하자면 아우라를 갖는 새로운 대상의 출현은 문화적 세계에서의 가공할 만한 지각 변동과 동시적으로 이루어질 것이다. 지금까지 가식과 더러움과 사악함으로 타기되던 것들이 진실과 아름다움과 착함의 자리를 차지하게 될 것이다. 예술의 영역을 그 예로 들자면 일찍이 서사시가 소설에게 그 특권적인 지위를 양도한 것과 같이 현재 중심부의 자리를 지키고 있는 장르들은 주변부에서 자라나는 장르들에게 도태될 것이며, 그와 더불어 비예술적 혹은 반예술적으로 치부되던 삶의 세목들이 당당히 예술의 소재로 격상될 것이다. 어쩌면 만화 영화와 공상과학소설은 아직은 합당한 주목을 받지 못한 채 새로운 시대를 예고하고 준비하는지도 모른다. 지금 우리가 도대체 저것도 예술이 될까, 저것도 학문이 될까 하고 고개를 내젓는 것들이 어느 날 문득 대학에서 강의되고 그 분야의 수많은 대가들을 낳게 될지 모른다. 단적으로 말해 그와 같은 변화는 근본적으로 욕망의 자리 이동에서 생겨나는 것이며, 욕망이 '주체의 주체'인 한 그 변화에 대한 주체의 거부나 수용은 사후 약방문 같은 것이다. 과거의 담지자인 주체는 기껏해야 미래는 욕망이 펼쳐가는 지도라는 사실을 어렴풋이 짐작할 뿐이다.

참으로 기이하게도 모든 시대는 스스로를 역사의 종말로 믿고 싶어하는 듯하다. 어느 시대나 '낯선 것'은 '끔찍한 것'으로 간주되며, 다음 시대에 역사의 중심으로 진출한 그 '낯선 것'은 자기의 위치를 고수하기 위해 또다른 '끔찍한 것'을 찾아낸다. 역사는 이분법적 대립이라는 불변의 규칙으로써 삶이라는 끝없는 환상의 유희를 엮어내는 것이다. 그렇다면 아우라 상실의 시대는 빈틈없는 혼돈(chaos)이 아니라 아직 윤곽이 잡히지 않는 코스모스(cosmos)일 뿐이며, 따라서 '아우라의 상실, 새로운 혼돈의 시작?'이라는 논제는 '혼돈의 상실, 새로운 아우라의 시작?'으로 바꾸어놓을 수 있을 것이다. 흔히 인간의 사물화, 생명의 기계화 혹은 사물의 인격화, 기계의 생명화로 특징지어지는 동시대는 '인간의 죽음' 외의 다른 결말을 가질 수 없는 것으로 이야기된다. 하지만 인간에게 욕망이 남아 있는 한 인간은 죽지 않는다. 스스로를 환상이라고 생각하지 않는 하나의 환상이 죽을 뿐이며, 그 죽음과 동시에 새로운 환상이 다시 태어나는 것이다. 마찬가지로, 기계가 인간을 대치하는 시대에서도 아우라는 죽지 않는다. 새벽녘 풀잎 위에 맺히는 이슬방울은 차가운 스테인리스 대야 위에도 맺힌다.

이쯤에서 그의 머릿속을 빠르게 지나가는 생각이 있다. 선인들의 가르침에 의하면 이 세상 모든 것이 헛것에 지나지 않음을 깊이 깨닫고 나면 한없는 자비의 마음이 일어난다고 한다. 그러나 그는 지금 삐걱거리는 머리를 너무 무리하게 돌려서 자못 어지럽고 허탈할 뿐이다. 뒤늦게서야 그는 이제까지의 생각들이 머릿속의 체조에 불과하다는 사실을 깨닫는다. 그리고 슬그머니 '아우라'와 '비(悲)'라는 말을 나란히 세우고서 그의 몸이 본드처럼 녹아들어가 자꾸만 따로 노는 둘 사이를 붙여주고 싶다는 생각을 해본다. 오래전 흐린 봄날 그는 새로 포장된 아스팔트 길을 가고 있었는데, 길 옆으로 아직 꽃이 나지 않은 팬지꽃 모종들이 바람에 떨고 있었다. '아직 꽃 피기엔 이른가보다'라고 생각하는 사이 몸부림하는 잎새 사이로 드문드문 붉은 꽃들이 눈에 들어왔다. 도대체 어떤 기적이 있었던가. 그가 몸을 구부리고 찬찬히 들여다보는 사이, 한동안 그의 눈 속에 남아 있던 붉은 꽃들은 흔적 없이 사라지고, 꽃들이 뭉쳐 있던 자리엔 검은 흙덩어리가 드러났다. 지상에는 한 번도 핀 적이 없으나 한동안 그의 눈속에 머물렀던 그 꽃들은 언젠가 그의 눈꺼풀이 내려덮일 때 영원으로 돌아가리라. 悲!

인터넷의 '인', 참을 '인', 어질 '인'
─ 변화하는 시대의 언어와 문학

　몇 해 전 '후기 산업 사회에도 대상의 아우라가 존재하는가?'라는 주제를 놓고 이야기하는 자리에서 어느 토론자가 "요즘처럼 젊은이들이 인터넷에 들어가서……"라는 말을 받아서 나는 이렇게 이야기한 적이 있다. "그렇군요. 인터넷이 어떤 것인지 몰라도, '들어간다'는 그 말이 참 이쁘네요. 마치 신부가 신방으로 들어가듯이 말이에요. 그런 첨단의 장치 속에도 즐겁고 편안한 방이 있군요." 그후 나도 인터넷을 배워서 지금은 다른 대학에 있는 친구들과 장난 편지를 주고받거나 'Yahoo'라는 검색 사이트에 '들어가서' 세계 각국의 누드 모델들을 섭렵하기도 한다. 본래 컴퓨터라면 지레 겁을 먹고 주눅이 들어 있는 나에게 동료 교수 한 분은 "인터넷의 '인' 자는 참을 '인(忍)' 자예요"라고 넌지시 일러주었는데, 사실 그때 나는 한참 감격했었다. '아, 그럴 수도 있구나. 그토록 현대적인 남의 나라 문자가 마음속에 '입력'된 케케묵은 교훈과 맞아떨어지다니!'

　그러고는 인터넷의 '인' 자는 또 어질 '인(仁)' 자일 수도 있겠구나 하는 생각을 해보았다. 그 생각과 더불어 내 마음속에는 지금은 돌아가신 선생님이 일러주신 '仁'에 관한 이야기들이 떠올라왔다. 마치 '불러오기 Alt+O'를 치자마자 떠오르는 옛날 파일처럼. "'仁'은 사람의 핵심이 되는 거야. 본래 '仁'에는 '핵심'이라는 의미가 들어 있지. 한방에서 복숭아씨, 살구씨를 '도인(桃仁)' '행인(杏仁)'이라고 해. 또 한방에서 '불인(不仁)' 이라고 하면 풍증을 뜻하지. 남에게 어질지 못하면 제 수족이 마비된 거나 다름없어."

최근에 어느 신문에서 인터넷 사용자들끼리 쓰는 은어들을 소개한 적이 있었는데, 지금 내 기억 속에 아무것도 남아 있지 않는 걸 보면 아마도 그들은 나와는 공유할 수 없는 삶을 살고 있음이 분명하다. 그 언어들은 일상어구들을 축약해놓은 것으로, 한편으로는 웃음을 자아냈지만 다소 경박하고 비속해 보였다. 하지만 나 또한 그들의 언어권에서 그리 멀리 있지 않다는 것은 앞서 내가 한 이야기에서 '불러오기' '입력하다'라는 컴퓨터 용어나 컴퓨터에 관련된 어휘들이 등장한다는 사실에서도 확인된다. 물론 최첨단의 과학기기들의 작동 방식이나 그에 관련된 용어들에 의해 우리의 내적 삶이 다시 '포맷'되는 것만은 아닐 것이다. 아까도 밝힌 바와 같이 '들어가다' '나가다' 등 가장 일상적이고 비근한 언어들이 현대적 과학기기들의 작동 방식을 지시하는 용어로서 재징집되는 것이다. 그러니까 '일신우일신(日新又日新)'하는 현대 문명과 유구한 전통의 일상 언어 사이에는 상호적 삼투현상이 있는 것으로 보아야 할 것이다.

이와 같은 상호적 삼투현상은 소위 '지구촌 시대'의 개막과 더불어 서로 다른 문화권의 언어들 사이에서도 왕성하게 일어난다. 얼마 전 한국에 다녀간 미국 교포 시인이 한국에서 '가든'이라 하면 불고기집을 말하고 '하우스'라 하면 비닐 온실을 가리킨다는 것을 알고 어이가 없었음을 토로한 글을 읽은 적이 있다. 하기야 이런 현상이 어제오늘의 일이겠는가. 언어의 교역은 왜곡과 굴절을 동반하기 마련이다. 그러한 현상을 '토착화'라고 바꿔 말해도 되리라. 기독교는 희랍 신화와 철학을 매개로 전파되었으며, 불교 사찰의 뒤켠에는 어김없이 산신각이 자리잡고 있는 것이다. 그러나 다른 한편 교역된 언어가 교역될 당시의 모습을 가장 근사(近似)하게 보존하고 있다는 것도 감안해야 한다. 지금 한국인의 한자 발음이 당나라 때의 발음과 가장 가깝다고 하지 않는가.

현대 문명에 의해 가능해진 소위 '지구촌 시대'는 시공간의 엄청난 축소 혹은 확장으로 정의될 수 있을 것이다. 그러나 그것과 더불어, 그 이면에서는 가장 원초적인 것, 원형적인 것들의 왕성한 동화작용 혹은 소화작용이 동시적으로 이루어지고 있다는 사실을 유념해야 한다. 과학의 발달과 더불어 공상과학소설이나 영화가 활개를 치며, 우주 탐험의 진척과 더불어 비행접시의 목격자는 늘어나는 것이다. 요즘 차를 타고 가다보면 길가 주유소 앞에 한복을 곱게 차려입고 족두리를 쓴 자동인형이 몇 분 간격으로 아주 느리고 공손한 절을 하염없이 하고 있는 것을 볼 수 있다. 왜 하필이면 전통 한복인가? 배꼽티나 핫팬츠면 안 되는가?

얼마 전 영화로 상영된 한 소설에서는 바람난 남녀가 '하우스'에서 한참 성교하는 장면이 나온다. 비닐로 덮었건 반투명 유리로 덮었건 남녀가 사랑을 나누는 곳은 원천적으로 '하우스'이다. 아침이슬은 풀잎에만 맺히는 것이 아니다. 스테인리스 대야나 자동차 보닛 위에도 맺힌다. '아침이

슬＝풀잎'의 등식을 고수하는 자연 찬미자 혹은 로맨티스트들은 이슬이 단지 차가워진 수증기라는 사실, 그리고 그 수증기는 밤새 대지가 머금고 있던 물기라는 사실을 알려 들지 않는다. 그렇다면 텅 빈 하늘에서 비행접시를 보게 하고, 입력된 각도에 따라 움직이는 자동인형에 고운 족두리와 한복을 입힌 인간의 '물기'는 무엇인가. 원인과 결과, 이유와 목적을 알 수 없는 삶, 나는 그것을 간단히 '욕망'이라 부르고 싶다.

빗물이 기와지붕 밑 함석 차양을 따라 흐르듯이 욕망은 언어를 따라 흐른다. 언어는 욕망의 채널이다. 표상 없는 충동, 충동 없는 표상은 존재할 수 없는 것이다. 달리 말하면 거지의 몸에 이가 들끓듯이 언어는 제 몸속에서 욕망을 기른다. 언어가 움직이는 곳 어디에나 욕망의 분비물인 꿈이 발효한다. 혹은 언어와 욕망은 과일의 껍질과 액즙처럼 언제나 함께 존재한다. 지금 이곳의 우리의 삶은 언어를 통한 욕망의 글쓰기이며, 우리 앞에 나타나는 타인과 세상은 욕망의 글쓰기에 의해 태어나는 언어의 직물이다. 언어의 바깥은 없다. 혹은 언어의 바깥까지도 이미 언어이다. 이른바 '불립문자(不立文字)'라는 것도 그것이 언어에 의탁해 운위되는 이상 이미 '불리문자(不離文字)'이다. 마찬가지로 욕망의 바깥은 없다. 욕망의 바깥까지도 이미 욕망이다. 오늘날 누가 '언어' '욕망' '텍스트'의 삼위일체를 부인하겠는가.

다시 한번 말해보자. 언어가 가는 곳 어디에나 욕망은 쫓아간다. 언어가 룸살롱에 가면 욕망도 룸살롱에 가고, 언어가 '멋진 신세계'에 가면 욕망도 '멋진 신세계'에 따라간다. 따라갈 뿐 아니라 그곳을 제 거처로 접수해버린다. 고압선을 떠받치는 쇠기둥이나 고가도로 난간에 집을 짓는 도

시의 까치들처럼, 삶이 계속되고 욕망이 끊이지 않는 한 모든 현대적인 것, 모든 낯선 것은 욕망의 '하우스'이며, 그곳에서 우리는 태어나고 새끼 치고 죽는다. 욕망의 '하우스'는 그것이 언어로 구조화된 것인 한 본질적으로 가상의 공간이며, 오늘날 소위 '가상 공간'은 사실 가상의 가상 공간인 셈이다. 그렇다고 해서 언어의 분절 이전에 가상 아닌 실재가 따로 있다고 생각해서는 안 된다. 실재 또한 언어의 실재 혹은 실재의 언어일 뿐이다.

여기서 한 가지 짚어두어야 할 것은 언어 이전에 실재가 있지 않는 한, 그리고 언어가 폐쇄적이고 자족적인 내부 구조로서 존재하는 한, 언어의 홈을 따라 도는 욕망의 자기 실현은 한없이 지연된다는 점이다. 비록 욕망이 자기 실현을 했다고 믿더라도 그것은 언어 위에서의 일이다. 언어의 홈을 타고 흘러내리는 한 욕망은 근본적으로, 원의적으로 은유적일 수밖에 없다. 욕망의 은유 작용에 의해 모든 새로운 것은 태어나며, 태어남과 동시에 한없이 낡은 것이 된다. 간단히 말해 은유란 아직 알려지지 않은 것을 이미 알려진 것에 대입해서 알리는 방식이 아닌가. 인터넷의 '인' 자는 참을 '인' 자이며 어질 '인' 자인 것이다.

그러므로 욕망이 아무리 멀리 가더라도 그곳은 애초에 욕망이 출발한 자리이다. 고인의 말씀을 패러디하자면 '가도 가도 본래 자리〔行行本處〕'이며 '닿아도 닿아도 떠난 자리〔至至發處〕'인 것이다. 그곳은 바로 미륵의 탄지(彈指)에 의해 되돌아온 선재동자(善財童子)의 본래 자리이기도 하다. 달리 이야기하면 욕망에게는 아무리 멀어도 먼 곳이 없다. 정현종 시인이 번역한 외국 소설의 제목을 빌리자면 욕망의 변함없는 모토는 '어디인들 멀랴'이다. 그 말은 또한 시경의 한 구절을 언급하면서 공자가 덧붙인 말 '어찌 멀리 있으리오〔何遠之有〕'이기도 하다. 욕망이 거처를 바꾼다 해서 욕망의 몸체가 달라지는 일은 없다. 지표와 지하, 지상 어느 곳에 가더라도 물은 같은 물이다. 욕망은 가는 곳 어디에서나 저 보고 싶은 것을 본다. 비 오는 날 흙탕물로 뒤덮인 육중한 트럭의 범퍼 밑이 여자의 음부로 보이는 것은 오직 색광형의 사람에게만 있는 일일까.

내가 생각하는 문학은 바로 욕망이라는 나무에 기생하는 겨우살이 같은 것이다. 그 나무의 다른 이름은 '삶'이며 '무명'이다. 문학은 욕망이 언어를 통해 엮어가는 텍스트에 대한 관찰 혹은 연구이다. 그런데 그 관찰 혹은 연구가 다시 언어를 통해 이루어진다는 점에서 문학은 텍스트의 텍스트, 이런 말이 가능한지 몰라도 메타 텍스트이다. 이를테면 문학은 '옥상옥(屋上屋)'이며 '가상의 가상'이라 할 수 있다. 그렇다면 부정의 부정이 긍정이듯이 가상의 가상은 실재인가. 적어도 문학의 내부에서는 그렇게 여겨지고 믿어진다. 그렇지 않다면 무엇 때문에 악을 쓰면서 굳이 문학을 하겠는가. 그 믿음은 실로 불교나 가톨릭, 신앙촌이나 옴진리교의 믿음과 차이가 없다. 적어도 그 믿음을 함께 나누지 않는 사람에게는 말이다. 그런데 믿음은 어디서 오는가. 대체 욕망에서 나오지 않은 믿음이 있는가. 아브라함이 이삭을 낳고 이삭이 야곱을 낳듯이, 결핍이 욕망을 낳고 욕망이 믿음을 낳고 믿음이 환상을 낳고 환상이 환멸을 낳고 환멸이 다시 결핍을 낳는 것이다.

그런데 텍스트에 대한 텍스트 혹은 텍스트의 텍스트가 어디 문학뿐이겠는가. 언어를 통해 이루어지는 여러 문화 영역들이 문학과 마찬가지 자격으로 메타 텍스트가 아니겠는가. 내가 생각하는 문학이 여느 메타 텍스트들과 다른 것은 이를테면 그것이 '살신성인(殺身成仁)'한다는 점이다. 문학은 여전히, 그리고 끝까지 텍스트의 몸집을 하고서 메타 텍스트가 된다. 그것도 문학 자신은 스스로 메타 텍스트임을 밝히지 않고, 어쩌면 믿지도 않고서 말이다. 마치 사람의 절망을 끝까지 살아냄으로써 신의 아들이 된 예수처럼. 혹은 내장 껍데기에 돼지고기 살점을 다져 넣은 프랑스의 '소시송'이라는 소시지처럼, 문학의 외피도 속알도 그것이 관찰하는 삶이라는 텍스트일 뿐이다. 한마디로 말해 내가 생각하는 문학은 '그릇됨을 부수고 올바름을 드러내는〔破邪顯正〕' 작업을 제 방법론으로 삼는다. 불교적인 문맥에서 그 말은 그릇된 것을 부수는 일 자체가 올바름을 드러내는 것이지, 올바른 것이 따로 있는 것이 아님을 뜻한다. 돌려 말하면 '범속한 트임'이라 함은 범속함을 벗김으로써 트임이 이루어지는 것이지, 범속함 외에 별도로 트임이 있는 것이 아니다.

세상에 변하지 않는 것은 없다. 언어도, 언어를 매개로 욕망이 엮어내는 삶도, 삶에 기생하면서 그것을 해체하는—문학은 여러 기생식물들과 마찬가지로 삶을 재현하면서 고갈시킨다—문학도 변화한다. 그런데 변하는 것들은 모두 변하지 않는 것을 몸체로 삼는다는 사실을 염두에 두기란 쉽지 않다. 모든 변화하는 것들은 변하기 이전의 제 몸을 변화 속에 묻히고 들어간다. 달리 말하면 '만년 노트'의 셀로판지에 남는 자국처럼 변화되기 이전의 것은 변화된 것의 몸체에 영구히 새겨지는 것이다. 사실 변화와 불변은 상반된 것이라기보다 겉과 속처럼 늘 함께 있는 것으로 이해해야 할 것이다. 하기야 '상반'은 이미 '상생'이며 '상성'이 아니겠는가. 그런 점에서 나는 옛 사람들이 '시종'이라는 말 대신 '종시'라는 말을 쓴 것에 깊은 헤아림이 있다고 생각한다. 따지고 보면 '혁명(革命)'이라는 것도 짐승들이 해마다 하는 털갈이의 은유이며, 리볼버 권총처럼 순환하는 것을 뜻하지 않는가.

그런데 사실 언어의 바깥은 없으며 언어의 바깥까지도 언어라 한다면, 우리가 변화라고 하는 것도 '언어의 변화' 혹은 '변화의 언어'일 뿐이다. 이 물샐틈없는 언어의 감옥 속에서는 '환(幻)'이라고 아는 것까지 '환(幻)'이다. 사실은 '감옥'이라는 것도 우리의 답답한 기분을 표현한 말에 지나지 않는다. 스스로 어떤 경계도 갖지 않는 언어야말로 '아미타불'의 Amita, 즉 무한이다. 그 무량의 공간에서 우리의 욕망은 모니터 화면 위에 나타나는 커서처럼 떠돌지만, 우리는 화면 바깥에서 마우스를 쥐고 있는 손의 정체를 알지 못한다. 그 문도 벽도 없는 욕망의 '하우스'에서 지금은 인터넷의 '인' 자는 참을 '인' 자라고 말하지만, 언젠가 다시 참을 '인' 자는 인터넷의 '인' 자라고 말할 날이 올지 모른다. 이맘때 혹시 당신은 F3와 Ctrl+X를 선택하여 삶이라는 파일 전체를 날려버리고 싶은 생각이 들지 않는가. 그러나 삭제된 파일은 백파일로 보관될 것이며, 무시무종(無始無終)의 전원에서 플러그를 뽑아내지 않는 한, 환이 환을 낳는 광란의 행렬은 계속되리라.

그러나, 그렇다 하더라도 다만 환이라 하기엔 너무 아름답지 않은가. 가령 컴퓨터 화면 속의 가상 공간은? 때로 참을 수 없는 삶은 참을 수 없이 아름다운 환을 낳는다. 그 아름다움은 우리가 삶을 견디고 사랑할 수 있게 하는 유일한 힘이다. 다시 한번 말해보자. 인터넷의 '인'은 참을 '인'이며 어질 '인'이다.

제2부

집으로 가는 길

    내가 글판 근처를 기웃거리기 시작한 지도 어언 10년이 넘는다. 그럼에도 시는 당신에게 무엇인가, 시는 당신의 삶과 어떤 등식의 관계를 맺고 있는가 등의 질문을 받으면 이내 말문이 막히고, 내가 어떤 유의 대답을 하더라도 부분적인 진실에 지나지 않으리라는 막연한 예감을 갖게 된다. 하기야 그러할 때의 막막함, 무수히 말하고 싶으면서도 말할 수 없음 이야말로 시에 대한 나의 애정의 가장 근접된 표현일지도 모른다. 대개 우리가 사랑하는 대상의 매혹의 근거를 명확히 밝힐 수 있는 것은 우리의 사랑이 객관화되었을 때이다. 사랑의 객관화는 사랑의 박제화의 길목이다. 사랑은 언제나 사랑을 불러일으키는 요인들을 넘어서 존재한다.

    어떤 근거로 시에 대한 나의 애정을 설명하든, 나의 애정이 시에 대해 어떤 개념적 형태를 부여하든, 나의 애정은 그것들에 앞서 존재한다. 극단적으로 말하자면 나는 시가 무엇인지 모르기 때문에 시에 집착한다. 이렇게 이야기하는 것은 시에 대한 사랑의 맹목성을 강조하려는 뜻에서가 아니라 여하한 합리성, 여하한 결정론을 뛰어넘는 사랑의 위력이 우리 삶의 동력이며 의미이며 깊이라는 점에서이다. 나에게 시의 의미는 시에 대한 나의 사랑의 의미이다. 그리고 시에 대한 나의 사랑은 삶에 대한 나의 사랑의 방법적·구체적 표현이다. 바꾸어 말하자면 시란 삶에 대한 나의 사랑의 구체적·방법적 이행이다. 시는 그것 자체로서 의미를 가지는 것이 아니라, 삶에 대한 사랑을 받아내는 그릇으로서 의미를 갖는다. 시의 의미는 삶 앞에서 시가 스스로를 부정함으로써 얻어진다.

그렇다면 '이젠 삶이란 무엇인가'라는 보다 거창한 문제와 마주치게 된다. 다시금 동어반복의 늪에 사로잡힐 위험을 무릅쓰고 단언하자면, 나에게 삶이란 주어진 현실적인 제약들을 살아내려는 노력에 다름아니다. 내가 살아내려는 노력을 기울일 때 이 제약들은 나의 삶으로 의미화된다. 요컨대 삶은 삶을 살아내려는 노력에 지나지 않는다. 그 노력의 주체는 구체적 현실에 자각적으로 감응하는 '깨어 있는 의식'이다. 나는 그 의식을 '나'라고 부른다. '나'가 현실의 제약들에 피동적으로 순응하지 않는 것은 생래적으로 지금, 이곳이 아닌 세계를 지향하기 때문이다. 또한 그 때문에 '나'는 현재의 상황을 불만족스러운 것으로 여기고 그 상황으로부터 벗어나기를 희망하는 것이다. '나'는 지금, 이곳이 아닌 세계에 대한 믿음의 주체이다. 그러므로 삶이란 지금, 이곳이 아닌 세계에 대한 믿음의 이행이다.

늘상 나의 머릿속을 떠나지 않는 비유를 들어 이야기하자면, 삶이란 '집으로 가는 길'이다. '나'의 '집'은 현실에서는 찾아질 수 없다. 내가 '집'을 발견하는 순간, 보다 정확히 말해 발견했다고 믿는 순간, 삶의 '길'

은 끊어진다. 삶은 '집'이 아니라, '집으로 가는 길'이다. 그러나 역설적이게도 '나'는 현실에서 '집'을 찾는 노력들을 포기할 수 없다. 그러한 포기는 '나' 자신의 존재를 부정하는 일에 다름아니기 때문이다. 그러므로 '나'는 내가 찾아야 할 '집'이 현실에는 존재하지 않는다는 믿음과, 그럼에도 현실에서 찾아야만 한다는 믿음 사이의 모순 위에 존재한다. '나'가 그 모순을 지탱할 힘을 잃게 될 때 출세간의 초월주의나 입세간의 현실주의에 떨어지고 말 것이다. 그 양쪽 극단에서 보자면, '나'의 삶은 '덜떨어진 것'이다. 그러나 그것은 '인간적인' 덜떨어짐이다.

다시 한번 말하자. 집으로 가는 길은 '집을 찾아가는 길'이다. 나를 얽매는 현실 안에서 내가 살아야 할 '집'을 찾으려는 노력이 바로 삶이다. 그러므로 삶은 '숨은그림찾기'이다. 삶은 '나'의 현실이 곧 '나'의 '집'이라는 불가능의 등식을 꿈꾸는 행위이다. '꿈꾸기'는 삶의 고유한 호흡 방식이다. 삶은 불가능을 호흡한다.

그런데 지금까지 나는 현실의 제약과 맞싸우는 '나', 즉 깨어 있는 의식의 편에서 이야기해왔다. 의식과 현실의 관계는 적대적이다. 그러나 양자는 그 관계 속에서만 각기의 존재 의미를 가질 수 있다. 의식의 편에서 볼 때, 현실은 부정적 '현실'이다. 바꾸어 말해 현실은 진정한 '현실'의 부재로서 확인된다. '현실'의 부재가 욕망을 낳고, 욕망이 상상을 낳고, 상상이 믿음을 낳고, 믿음이 '현실'을 낳는다. 이와 같은 순환론적 폐쇄성은 의식이 현실을 적대적인 것으로만 몰아세운 당연한 귀결이다. 다시 말해 의식과 현실의 관계에서, 일방적으로 의식을 우선시킨 필연적인 결과이다. 그리하여 어둠, 불안, 절망 등은 높은 덕목으로 간주되는 반면, 원의적인 의미에서의 이법, 섭리, 자연 등은 고려의 여지 없이 부정되는 것이다.

　그러나, 현실에 대한 의식의 일방적인 승리는 결코 바람직한 혹은 자연스러운 관계는 아니다. 좋은 관계는 서로가 서로를 변화시키고 변화되는 관계이다. 지금까지 이야기된 현실은 의식의 편에서 바라본 현실에 지나지 않는다. 즉 현실은 의식을 제약하는 현실이었다. 그러나 이제 현실의 편에서 바라보자면 문제는 달라진다. 현실은 결코 의식의 제약으로서만 존재하는 것이 아니다. 즉 현실은 의식의 눈이 간파하지 못하는 '세계'의 극히 미세한 부분에 지나지 않는다. 그 '세계'는 나의 깨어 있는 의식뿐만 아니라, 잠들어 있는 의식, 깨지도 잠들지도 않은 의식, 요컨대 나의 전부를 함축한다. 나의 깨어 있는 의식이 아무리 발버둥쳐도 나는 '세계' 속에 갇혀 있다. 그러나 그 갇혀 있음은 깨어 있는 의식의 편에서 느끼는 것이지, '세계'의 편에서 느끼는 것은 아니다. '세계'의 편에서 보자면 그 갇혀 있음은 들어 있음이다. 따라서 역설적이게도 세계는 '나'가 찾아 헤매던 '나'의 '집'이 된다. 이제 '세계'는 '숨은 그림'이 아니라, '되찾은 그림'으로 존재한다.

　그러나 한번 더 뒤집어 생각하면 '세계'가 '세계'로서 존재하는 것은 나의 존재에 의해서이다. 즉 '세계'는 나에 의해 인지됨으로써만 '세계'로서 존재할 수 있다. 그러므로 나와 '세계'는 서로가 서로 없이는 존재할 수 없는 공생적인 관계를 맺고 있다. '세계'는 나에 의해 태어나고 나를 통해 모습을 드러내며, 나는 '세계'를 향해 다가감으로써 나의 '집'을 발견한다. 부분인 내가 전체인 '세계' 속으로 몰입하는 순간이야말로 이 관계의 종국이 될 것이다. 확실히 이 행복한 관계는 앞서의 '나—현실'의 적대적

대립 관계와는 다른 것이다. 그렇다면 이제 '나-현실'의 대립적 관계는 '나-세계'의 화해적 관계를 위해 부정되고 극복되어야만 할 것인가. 미리 결론을 내리자면 결코 그렇지 않다. 앞서 이야기한 것처럼, 현실이란 의식의 눈에 나타나 보인 '세계'의 일부이다. 그러므로 '나'라는 존재가 '세계'를 향해 다가가기 위해서는 현실이라는 관문을 거치지 않을 수 없다. 내가 현실이라는 매체를 통해 '세계'와 만날 때, 현실의 대립항인 의식은 그것이 갈망하는 '집', 즉 '세계'라는 '숨은 그림'을 발견하게 되는 것이다. 요컨대 '나-세계'의 관계가 성립할 수 있는 것은 '나-현실'의 바탕 위에서이다.

내가 글쓰기를 시작한 이래 근자에 이르기까지 나의 사유는 대체로 '나-현실'의 관계에 집중되어왔다. 내가 나의 글쓰기를 '부패의 연구'라고 이름 지었던 것도 그러한 문맥에서이다. 그런데 근래 나는 '나-세계'의 관계에 주목하기 시작했다. 물론, 앞서 밝힌 바와 같이, '나-세계'에 대한 관심이 '나-현실'의 관계의 전면적 부정이 아님은 분명하다. 이러한 변화는 부성적 현실과의 갈등으로부터 모성적 세계와의 화해로의 이전과 궤를 같이하는 것이다. 요즈음 나는 '당신'이라는 이름으로 불리는 '세계' 앞에 서 있다. '당신' 앞에서 나는 여태껏 경험해보지 못한 경건한 느낌을 갖는다. 처음으로 나는 '당신'이라는 '세계'와 연애한다. '당신'은 내가 찾아 헤매던 '숨은 그림'이고, 나의 삶은 '당신'이라는 '집'으로 가는 길'이다. 나는 아직도 정면으로 '당신'의 얼굴을 마주본 적이 없다. 언제나 '당신'은 어렴풋한 모습으로 내 앞에 있다. 하지만 나는 '당신'이 비할 바 없이 깊고 단순하다는 사실을 잘 알고 있다. '당신'의 단순함은 바로 '당신'의 깊이이다. 나는 나의 단순함이 '당신'의 단순함을 호도할까 두렵다. 나의 조바심이 '당신'의 깊이를 가려버릴까 겁난다. 또한 나는 머지않아 '당신'에게서 '당신'이라는 이름까지 벗겨드려야 함을 잘 알고 있다. 그 이름은 내가 '당신'에게 드린 속박이므로. '당신'은 자유이므로.

연애시와 삶의 비밀

어제저녁엔 대구 지역 민족문학학교라는 모임에서 학생들과 이야기를 했다. 문학 얘기를 할 때마다 드는 생각은 이게 무슨 소용이 될까 하는 것이다. 나의 이야기가 문학을 처음 시작하려는 사람들에게 별 도움이 될 수 없으려니와, 대체 문학이란 것이 살아가는 데 어떤 의미를 가져다줄까 하는 의문이 언제나 남아 있다. 한 학생은 문학이 우리의 삶을 '다시 돌아보게 하는' 역할을 해줄 수 있다고 말했다. 그리고 나도 그 말에 동의했다. 어쩌면 그 이상에도, 이하에도 동의할 수 없으리라. 다시 돌아본다? 무엇을? 깊이를 알 수 없는 심연을…… 다시 돌아본다는 것은 심연 위에서 눈을 뜨는 일이다. 그것이 우리를 행복하게 해줄 수 있을까. 평상적인 의미에서의 행복은 아닐 것이다. 그러나 예감처럼 남아 있는 생각은 그것 없이는 어떤 행복도 의미가 없으리라는 것이다. 심연에 바탕을 두지 않은 행복은 마약이나 다름없다.

지금부터 꼭 10년 전 어느 좌담회 자리에서 나는 문학은 나의 유일한

'구원'이라는 말을 한 적이 있었다. 그때 어떤 사람은 전적으로 동감한다는 말을 했고 어떤 사람은 이의를 달았다. 그로부터 10년 후 문학은 내게 유일한 구원도 아니고, 가능한 여러 구원의 방법들 중의 하나도 아니다. 대체 구원이라는 것이 가능한지 아닌지조차 나는 알 수 없다. 그것을 알기 위해서는 우선 이 세상에서의 삶이 어떤 의미를 가지는지 알아야 하고, 이 세상 다음에서의 삶이 가능한지 아닌지 알아야 할 것이다. 이 세상에서의 삶은 캄캄한 어둠 속에서 일순간 켜댄 성냥불 같은 것이다. 과연 문학은 카프카의 말대로 '얼어붙은 호수를 가르는 도끼날' 같은 것일까.

문학을 구원으로 여기는 일련의 생각들은 알게 모르게 문학을 신비화한 결과이다. 언제부터 문학이 그렇게 대단한 것이었던가. 심연을 밝히는 것을 그 책임으로 여겼던 문학이 심연을 은폐하는 환각제 구실을 해온 것은 아니었던가. 그렇다면 문학은 자기기만에 불과한 것이 아니었던가. 문학은 심연으로부터의 공포가 낳은 환상이다. 그 환상은 아주 자족적인 것이어서 그 내부에서 생산과 소비, 질문과 해답 등의 가능한 모든 인간의 삶의 방식들이 소화된다. 이를테면 그것은 '신앙촌' 같은 비이성적 사고에 바탕을 둔 공동체이다. 외부세계로부터의 혐의와 비판은 오히려 공동체 내에서의 신앙의 기폭제가 되는 것이다.

가끔 내가 문학을 택하지 않았더라면 지금 어떤 일을 하고 있을까 하는 생각을 해본다. 그리고 문학이 나에게 바람직한 선택이었는가도 되물어본다. 문학을 통해 내가 얻은 교훈이라면, 간단히 말해 삶은 사랑이며 그 사랑은 먼 것과 가까운 것, 깊은 것과 얕은 것, 무거운 것과 가벼운 것, 있는 것과 없는 것의 구분을 넘어선다는 것이다. 하늘 아래 이 교훈보다 더 큰 것이 있을까. 이따금 문학에 대한 회의에 사로잡혀 있을 때조차 나는 문학이 내게 가르쳐준 소중한 삶의 길을 부정할 수 없다. 그러나 한편으로는 내가 문학을 구실로 하여 현실적으로 결단해야 할 일들로부터 도피해온 것이 아닌가 하는 생각이 든다. 타고난 성격적인 결함, 예컨대 소심함과 겁 많음을 문학을 통해 정당화하고 미화해온 것은 아닐까.

어릴 때 어머니는 나에게 아무 일도 시키려 하지 않으셨다. 웬만한 일이면 아버지나 형이 하였고, 혹은 내가 할 일이 있어도 "아이고, 그애는 못해요"라고 하시면서 막무가내였다. 내가 몸이 약했던 탓이었으리라. 어릴 때부터 받아온 어머니의 지나친 보호는 아직까지도 내가 정신적으로는 어린아이에 불과하다는 느낌을 갖게 한다. 철이 들면서 어머니의 보호가 미치지 않는 곳에서 내가 선택한 위안은 문학이었다. 문학은 나의 성격적 결함과 비사회성을 합리화해주었다. 문학을 빌미로 하여 나는 여러 현실적인 곤경으로부터 도피할 수 있었다. 10여 년 전 내가 문학을 '어리석음의 기록'이라고 불렀던 것도 이러한 문맥에서이다. 지금까지 내가 해온 문학의 상당 부분은 정서적 퇴행의 자기 전시 같은 것이었다.

지금에 있어 문학은 나에게 구원도, 구원의 수단도 아니다. 나는 구원을 믿지 않는다. 그러나 그렇다고 해서 구원이라는 것이 불가능하다고 생각하는 것은 아니다. 나는 내가 알지 못하는 모든 것에 대해 '판단 중지'를 요청한다. 그 대신 내가 아는 부분. 적어도 내가 알 수 있으리라고 여겨지는 부분에 관심과 노력을 기울인다. 문학은 이미 내가 알고 있는 여러 사실들의 공식화된 표현이거나 내가 알아내려고 애쓰는 부분에 대입해보기 위해 임의적으로 만든 도식에 지나지 않는다. 그 표현이나 도식들은 대체로 대칭적이거나 역설적인 구조를 지니고 있다. 왜 그럴까. 아마도 삶의 구조가 그러하기 때문일 것이다.

문학은 삶의 대칭적이거나 역설적인 구조를 드러내 보인다는 점에서 말장난이나 표어와 흡사하다. 문학은 일종의 삶의 형식화이다. 문학은 자기 위안도 구원의 수단도 아니다. 우리의 감정적 호오에 관계없이 우리가 받아들일 수밖에 없는 삶의 여러 조건들의 단순화된 표현이다. 그 표현은 때로 우리를 전율하게 하고 또 때로는 우리에게 삶의 기쁨을 맛보게 한다. 그러나 사실상 기쁨과 전율은 삶을 구조화할 때 빚어지는 동일한 감정의 양면에 불과할 것이다. 삶이 덧없지 않다면 어떻게 소중하겠는가. 덧없는 삶의 확인이야말로 삶에 대한 사랑의 단서가 되는 것이다.

삶이 하나의 심연이라면 그 심연은 공포의 심연만은 아닐 것이다. 삶은 기쁨의 심연이기도 하다. 즉 그것은 공포의 심연이면서 동시에 기쁨의 심연이기 때문에 비로소 온전한 심연일 수 있다. 지금까지 나의 글쓰기는 대체로 심연의 공포스러움을 드러내는 데 주력해왔다. 그러므로 온전한 글쓰기였다고 할 수 없다. 글쓰기가 삶의 형식화 작업이라면 당연히 글 쓰는 자의 주관적 감정은 배제되어야 한다. 지금까지 써온 글들을 대할 때마다 드는 자괴감은 바로 자신의 나약한 성격으로 인하여 삶과 세상의 상당 부분을 왜곡했던 것이 아닌가 하는 의구심에서 비롯되는 것이다.

삶이 문학을 통해 드러내 보이는 구조가 대칭적이거나 역설적이라는 사실은 삶의 구조가 지극히 단순한 것이리라는 추측을 가능케 한다. 이미 구조라는 개념 자체가 단순화를 뜻하는 것이 아닌가. 단순한 것은 복잡한 것을 낳을 수 있어도 복잡한 것이 단순한 것을 만들어낼 수는 없다. 이해한다는 것은 복잡한 것을 단순화시키는 작업을 뜻하며 단순화란 곧 구조화를 뜻한다. 삶이 문학을 통해 이해된다고 하는 것은 삶 속에 구조화의 가능성이 내재해 있다는 것을 의미하는 것이 아닐까. 삶의 복잡성은 문학을 통해 구조화될 수 있는 단순성 위에서만 존재하는 것이 아닐까. 그렇다면 삶의 심연이란 바로 그 단순성의 깊이를 의미하는 것이 아닐까.

근래 나의 머릿속을 떠나지 않는 몇 가지 비유들이 있다. 성(性)과 물과 길 등이 그것이다. 이 가운데 어느 하나라도 제대로 이해한다면 나는 세계를 바로 이해할 수 있으리라. 마치 아르키메데스의 점과 같이 이러한 주제들은 삶의 심연을 드러내는 데 있어 관건이 되는 것처럼 여겨진다. 불붙은 기름이 남김없이 소진되듯이, 이 가운데 어느 하나에 정통한 사람에게 세상의 비밀이란 따로 없으리라. 즉 이러한 주제들 속에 존재하는 이치가 바로 세상을 이루고 있는 이치일 것이라는 생각이다. 그 이치를 몸에 익힌 사람은 결코 '무리'하지 않을 것이다. 그는 세상과 삶의 이치에 순응할 것이다. 삶의 온당한 기쁨과 의미는 '순리'를 통해서만 얻어질 것이다. 물론 '순리' 속에는 '무리'와의 싸움까지도 포함되리라.

가령 길은 우리에게 많은 것을 생각하게 해준다. 길과 삶은 하나로 맞물려 있다. 길은 인간이 만든 것도 자연이 만든 것도 아니다. 길은 인간과 자연의 대화이다. 대화에는 결론이 없다. 끊어짐과 이어짐이 있을 뿐이다. 삶과 마찬가지로 길은 끊어졌다고 믿는 순간 다시 이어진다. 길은 삶의 완벽한 비유이다. 길에 대해 이야기한다는 것은 곧 삶에 대해 이야기하는 것이 된다. 누가 나에게 길에 대해 말해달라, 그러면 나는 그에게 삶에 대해 이야기해줄 수 있으리라. 모든 길은 삶의 길이다. 바꾸어 말하면 우리들 개개인의 삶은 낱낱이 서로 다른 길이다. 길들은 서로 만났다가 또 헤어진다. 길들의 만남은 이미 헤어짐을 전제로 하는 것이다. 헤어지지 않는 길을 본 적이 있는가. 그렇다면 길들은 만나지도 않았으리라.

길이 우리들 삶의 생김새를 비유적으로 드러내준다면 물은 그 삶을 무리 없이 살아갈 수 있는 바람직한 방도를 일러준다. 그 방도가 바람직한 것은 물이 삶의 이치에 순응하기 때문이다. 때로 과격하고 횡포한 것으로 우리 눈에 비치는 물조차도 사실은 삶의 이치에 순응하는 과정의 한 단면에 지나지 않는다. 물은 삶의 길을 간다. 물의 순응은 물의 자유이다. 물이 가는 길은 우리의 조바심과 의구심에도 불구하고 우리의 삶이 가는 길이다. 물은 가는 곳마다 그 모습을 바꾼다. 삶에 집착하는 것은 물의 한 가지 모습에 집착하는 것과 다름없다. 만약 물의 속성들을 낱낱이 마음속에 익힌다면 나는 삶을 이해할 수 있으리라. 뿐만 아니라 나의 모든 행위들은 '무리'하지 않으리라.

물과 길이 우리들 삶의 통시적인 이해를 가능케 하는 것이라면, 성(性)은 공시적 이해를 가능케 해준다. 만상은 음양의 이치에서 크게 벗어나지 않는다. 미미한 세균들의 번식에서부터 천체의 질서에 이르기까지 음양의 화합으로 설명되지 않는 부분이 있을까. 이 세상에서 남녀간의 사랑이야말로 가장 단순하고 가장 포괄적인 삶의 원리가 아닐까 하는 생각이 든다. 그런 의미에서 연애시는 삶의 비밀을 밝히려는 모든 시의 원형이라고 할 수 있다. 남녀간의 사랑 속에 숨어 있는 원리들을 밝힌다는 것은 곧 삶과 죽음, 정신과 물질, 이 세상과 저 세상의 관계를 밝히는 일이 될 것이다.

나에게 글쓰기는 가능한 여러 삶의 방식들 가운데 하나이다. 나의 삶이 가능한 여러 길들 중의 하나라면 글쓰기는 그 길을 가는 일이 된다. 내가 지나온 길이 유일한 올바른 길이 아니었듯이, 지금 내가 가고 있는 길 또한 유일한 올바른 길은 아닐 것이다. 길에는 정답이 없다. 서로 다른 길이 있을 뿐…… 마지막 숨을 거두는 순간에 내가 가게 될 길 또한 그러하리라. 하나의 환상에서, 다른 환상으로, 그리고 또다른 환상으로 나의 길은 이어지는가, 그렇다면 환상 아닌 현실이 따로 있다는 말인가…… 그러나 길은 아무것도 말해주지 않는다.

아버지 · 어머니 · 당신

1

다른 여느 존재와 마찬가지로, 나에게 아버지라는 존재는 극히 현실적인 차원에서 시작하여 고도의 상징적인 차원을 포괄하는 매우 복합적인 존재이다. 말을 바꾸면 나의 시에서 아버지는 현실의 내 아버지이면서, 동시에 모든 사람들의 아버지이며, 하느님 아버지이기도 하다. 처음 시를 시작할 당시, 내가 이러한 생각을 갖게 된 것은 프란츠 카프카의 작품을 대하면서이다. 그의 작품들 가운데 특히 「변신」이라는 소설을 읽으면서, 나는 개체와 전체, 물질과 정신, 개인과 집단 등의 문제가 결코 둘이 아니며, 나 자신의 가족 관계만을 철저히, 적나라하게 드러낼 수 있다면 인간과 신의 관계라는 종교적 문제까지도 해명할 수 있으리라는 생각을 하게 되었다. 왜냐하면 기독교를 비롯한 여러 종교에서 신과 인간의 관계는 대체로 가족 관계로 환치되어 나타나기 때문이다. 인간의 상상력은 언제나 그의 체험에 의해 지배되며, 인간의 꿈은 그의 기억이 재현되는 한 양태라 볼 수 있다. 우리나라 사람들이 극락을 기와집으로 묘사하는 반면, 아프리카 사람들은 천국을 초가집으로 그리고 있다는 사실은 이를 입증하는 것이다. 그런 점에서 나는 철저한 리얼리즘만이 완벽한 심볼리즘에 도달하는 지름길이라고 믿었다. 일체의 정신주의적 가능성을 엿보지 않고 현실의 있는 그대로에 충실하는 것만이 궁극적으로 물질을 정신으로, 현실을 상상으로, 가족의 문제를 종교의 문제로 전환시킬 수 있다고 나는 생각했다. 그것은 이를테면 시소나 도르래의 원리와 같은 것이다. 「그해 가을」이라는 시에서 내가 "아버지, 아버지가 여기 계실 줄 몰랐어요"라고 했을 때, 그 아버지는 현실의 내 아버지이면서 동시에 하느님 아버지이기도 하다.

2

아버지라는 존재와 마찬가지로 어머니라는 존재 역시 나에게는 현실의 내 어머니이면서 동시에 모든 사람들의 어머니, 이를테면 기독교의 성모 마리아와 같은 존재로 생각된다. 처음 아버지의 문제에 매달릴 무렵, 나는 성모 마리아의 기원이 소아시아의 대지모신(大地母神)에 있음을 알게 되었다. 아버지-어머니-아들이라는 삼각형의 구도는 현실의 가족 관계에서뿐만 아니라, 신들이 거주하는 천상의 세계에서도 그대로 적용된다. 그러므로 현실의 내 어머니의 이상적 변모가 성모 마리아라면, 성모 마리아의 역사적 화신은 현실의 내 어머니라 할 수 있다. 지금까지 두 권의 시집을 내오는 동안, 어머니와 아버지는 나에게 서로 일치할 수 없는 두 개의 다른 세계를 대표하는 존재들로 여겨져왔다. 이제는 일흔이 넘어

고향에서 사시면서 이따금 한 아버지로서 내가 이룬 가정을 둘러보러 오시는 두 분은, 그러나 내가 그분들 사이에서 태어났다는 사실 하나만으로도 지금의 나를 이루는 두 분신임이 틀림없다. 영락한 선비의 집안에서 삼대독자로 태어나, 그맘때는 누구나 그랬듯이 어려운 형편에서 학교를 마쳤던 나의 아버지는 금융조합, 능금조합 등의 서기를 거쳐 나중에는 건축 회사의 경리 사원으로 일하셨다. 내향적이며 민감한 성격을 지닌 아버지는 천성적으로 교사나 예술가에 어울리는 분으로, 평생을 자식들의 교육에 바쳐왔다. 그와는 달리 이지적이며 강인한 기질을 가진 어머니는 매사에 엽렵하며 경우 바르게 처신하는 분이다. 어머니는 어떤 어려운 일 앞에서도 그분 특유의 침착성을 잃지 않으셨다. 어릴 때부터 나는 어머니의 흔들림 없는 보호막 아래서 자라났고, 성인이 된 지금까지도 어머니 앞에서는 한갓 어린아이에 불과하다. 정신적으로나 육체적으로나 내가 아파할 때 어머니는 나보다 곱절 아파하시지만, 그러나 어머니가 아파하실 때 나의 아픔은 어머니의 아픔에 절반도 못 미친다. 「또 비가 오면」이라는 시에서 "사랑하는 어머니 비에 젖으신다/사랑하는 어머니 물에 잠기신다"라는 구절은 허약한 아들로 인해 힘들어하시는 어머니에 대한 죄책감으로부터 비롯된 것이다.

3

누구나 엇비슷하겠지만 지금까지도 나는 아버지에 대한 거리감을 지울 수 없는 반면, 어머니에 대해서는 그렇지 않다. 어머니는 내가 이 세상에서 겪어내야 할 괴로움을 대신 짐 지는 분으로 여겨져왔다. 어머니는 누이이며 친구며 애인과 같았다. 달리 말하자면 나는 누이나 친구나 애인에게서 끊임없이 어머니의 얼굴을 찾아왔던 것이다. 그럼에도 불구하고 10여 년의 결혼 생활을 해오면서 어머니에 대한 나의 관심과 사랑은 점차로 엷어져가는 것이 사실인 듯하다. 그것은 결혼하기 이전의 나로서는 도저히 상상할 수 없는 일이었다. 먼 훗날에 있을 어머니와의 이별을 생각하면서 잠을 이루지 못했던 밤들도 이제는 참 멀리 있다. 이제 나는 한 여인의 남편이며 세 아이들의 아버지이다. 그간에 새삼스럽게 깨닫게 된 것은 내가 아버지에 대해 느끼던 거리감은 어쩌면 나 자신이 너무도 아버지를 닮았기 때문에 오는 것이 아닌가 하는 사실이다. 내가 아버지에 대해 거부했던 점들이 바로 나 자신 속에 있으며, 그 때문에 지금까지 아버지에 대해 불편한 느낌을 숨길 수 없었던 것이 아닐까. 요즘 들어 막연한 걱정거리로 떠오르는 것은 이제는 내 아들이 나에 대해 똑같은 거리감을 갖게 되리라는 점이다. 그러나 그것은 내 잘못도, 내 아들의 잘못도 아닐 것이다. 이제 나는 아버지와 어머니의 아들이라기보다는, 아내와 아이들의 남편이며 아버지라는 생각을 의식적으로, 혹은 무의식적으로 갖게 된다. 그것은 어느덧 내가 정신적인 유년기를 벗어난 단계에 와 있다는 증거인지도 모른다. 그런 의미에서 최근 들어 내가 써온 연애시들은 성년이 된 아들이 혼자 힘으로 감당해야 할 세상에서 처음으로 건네보는 어눌한 사랑의 고백이라 할 수 있다. 당신이라는 존재를 사랑의 대상으로 삼음으로써, 나는 지금까지 보호받아왔던 어머니의 사랑으로부터 멀리 떠나오게 된 것이다. 「서해」라는 시에서 "아직 서해엔 가보지 않았습니다/어쩌면 당신이 거기 계실지 모르겠기에"라는 구절은 당신을 당신 자신으로 존재하게 하기 위해, 내가 지켜야 할 금기(禁忌)를 되새겨본 것이라 할 수 있다.

당집 죽은 대나무의 기억

동네 아파트 단지로 들어가는 복개 도로 입구에는 붉은 벽돌 2층 양옥 앞에 죽은 대나무 하나가 서 있다. 분명 무슨 점쟁이나 무당이 살고 있다는 표지일 텐데 사방 둘러보아도 '산신동자'니 '천녀 역학원'이니 하는 간판 하나 없다. 늘 닫혀 있는 감청색 대문 한쪽에 우유나 요구르트를 받는 주머니가 늘어져 있고, '조선일보 절대 사절'이라는 서툰 글씨의 종이쪽지가 반쯤 널브러져 있다. 어쩌면 그 집 2층에 세들어 살던 점쟁이 혹은 무당인 '그' 혹은 '그녀'는 오래전에 이사를 갔는지도 모른다. 아직도 그 대나무가 담장 옆에 버티고 서 있는 것은 쓰레기 종량제 실시 이후 길기만 한 그 몸체를 뽑아버리는 일이 번거로워진 까닭인지 모른다.

누런 흙빛으로 바래 먼지와 매연을 뒤집어쓰고 사각사각 마른 잎새를 흔드는 죽은 대나무, 근래 몇 년 동안 육체적으로나 정신적으로나 시로부터 멀리 떠나 있던 사람에게 시는 정확히 그 오갈 데 없는 대나무의 올곧고 깡마른 몸체로 다가온다. 한때 그는 그 붉은 벽돌 2층 양옥, 시의 집에 세들어 살았지만, 언제부턴가 다시 돌아오지 않았고 시 혹은 죽은 대나무는 버려졌다. 그렇다고 그의 무관심이 시를 죽였던 것은 아니다. 당집의 대나무처럼 시는 애초부터 죽어 있었다. 하기야 당집을 찾는 절박한 사람들 눈에 그 대나무가 죽은 대나무로 비칠 리 없듯이, 시를 믿는 사람들에게 시의 죽음은 있을 수 없는 사건에 속하는 것이리라.

분명한 것은 그에게 시는 글 쓰는 사람, 혹은 글 읽는 사람들의 '절박함'과 '믿음'이라는 두 물줄기가 만나는 지점에서 자라나는 희귀한 식물이라는 점이다. 유사한 희귀식물들의 예는 삶 어디에서나 찾아볼 수 있지만, 시라는 식물의 특성은 한 번도 '죽은' 언어 문자의 영역을 넘어서 자랄 수 없다는 데 있다. 죽어서 비로소 꽃 피는 나무, 혹은 우리 사랑하는 이들의 주검에 돋아날 저승꽃, 그러므로 어느 누구도 어느 시대도 시를 죽일 수는 없다. 시는 애초부터 죽어 있었던 것이다. 이를테면 시의 생명은 사후적(事後的)이며 사후적(死後的)이다. 시는 시가 죽었다는 생각들 이전부터 죽어 있었으며, 시가 죽었다는 생각들 이후에도 죽어 있을 것이다.

오늘날 시는 죽었는가, 죽었다면 누가 시를 죽였는가 등속의 질문들이 잇따르는 것은 애초에 시를 살아 있는 어떤 것으로 전제하는 데서 출발했기 때문일 것이다. 또한 그 물음들은 특정 사회 속에서의 시의 위의, 문화의 여러 영역들 사이에서의 시의 위치 등을 염두에 두고 하는 질문들이리라. 그러나 유독 그에게 그 질문들이 공소하게 들리는 것은 죽음이 곧 시의 본질이라는 뿌리 깊은 생각에서이다. 극단적으로 이야기하여, 만약 시가 극진히 대접받고 숭배받는 시대가 있다면, 그 시대의 시는 루비와 사파이어로 장식한 십자가와 마찬가지로 모순에 지나지 않을 것이다. 십자가와 시의 위의는 최초의 형극으로부터 한치도 벗어나지 않는 데 있다.

그에게 그 최초의 형극은 겨울날 유원지 공중화장실의 얼어붙은 똥막대기나 겨울비 내리는 학교 운동장에 등을 깔고 드러누운, 드러누울 수밖에 도리 없는 웅덩이 물이거나, 비탈을 굴러내리다 저희들끼리 엉켜 멎어버린 바윗장이나, 횟집 수족관 추운 바닥에 덕지덕지 쌓여 외눈깔을 껌벅이는 도다리들이나, 도살장으로 향하는 트럭 위에서 아무것도 모른 채 암컷 뒤를 핥다가 가끔 경중경중 올라타는 수퇘지들이나, 허물어진 골목담 휑하니 뚫린 구멍과 낙서들이나, 연립주택 옥상 위에서 빨래를 내거는 뚱뚱한 새댁의 빵그랗게 부풀어오른 배나, 태국에 보신관광 나간 우리 형제들이 마구 잘라놓은 곰 발바닥이나……

애초에 모든 형극은 최초의 형극이었다. 그가 돌아보건 아니건 형극은 거기 있었고, 그가 살아 있건 아니건 형극은 그의 몫이었다. 매 순간 그의 삶은 형극으로부터의 도피였고, 시는 마지못해 돌아본 형극 앞에서의 순간적인 죽음이었다. 그는 결코 보지 말아야 할 것을 이미 보았고, 자기와 남을 괴롭히면서 끝까지 보지 말아야 할 것을 거듭 보아야 했다. 어쩌면 그것은 병적인 자기 학대나 타인을 볼모로 하는 악취미의 한 형태로 여겨질 만하리라. 마치 자기가 짜놓은 여드름 기름기를 오래 바라보거나 자기 손바닥으로 모은 방귀 냄새를 정신 없이 맡고 있는 사내의 우스꽝스러운 행동처럼. 그렇다, 언제부턴가 시는 그의 환부였다. 문제는 보다 근본적으로 그 환부가 삶 자신의 것이라는 점에 있다.

얼마 전부터 떠오른 생각이지만 그에게 시는 가래침 같은 것이었다. 먼지와 매연, 미세한 세균들을 덮어싸고 입안으로 올라온 침. 스스로 더러워짐으로써 제구실을 다하는…… 시가 우리 삶의 더러운 것들을 기억하고 스스로 더러운 기억으로 나타날 수밖에 없는 것은 삶 자체가 병들어 있기 때문이다. 그렇다고 해서 그는 시가 삶이라는 병을 치유할 것으로 믿지는 않는다. 그가 확인하는 것은 다만 시는 끊임없이 삶을 소독 혹은 정화하는 것이며, 그럼에도 불구하고 삶의 병은 더 깊어지지도 나아지지도 않는다는 사실이다. 이를테면 시의 역할은 밑 빠진 독에 물 붓기이다. 역설적으로 말하자면 시의 역할은 삶의 병을 유지시키는 데 있다.

그러나 삶이 병들었다 해도 그 병이 유지될 수 있는 것은 삶이 어느 정도는 건강하기 때문이다. 병이 병을 유지할 수는 없는 것이다. 그런 점에서 일전 그가 동네 앞길에서 본 수족관 집 간판 문구는 많은 것을 생각하게 한다. '희귀 관상어 사료 일체'라는 문구 맞은편에 '횟집 도구 일체'라는 문구가 네온으로 빛나고 있었다. 삶은 그와 크게 다른 것일까. 삶을 죽이는 것이 삶이라면, 삶을 살리는 것도 삶이다. 입과 항문이 하나인 하등동물의 경우처럼 선과 악, 증오와 사랑, 병과 건강은 같은 뿌리에서 나오는 것이다. 이 같은 그의 생각은 잔잔한 물가에서 물을 마시는 사슴의 앞다리를 느닷없이 낚아채 물속으로 들어가는 악어의 동작처럼 황망히 그를 휩싸곤 했다.

본질적으로 시는 그에게 헛구역질 같은 것이었다. 토할 수도 없고 억눌러 삼킬 수도 없는 삶, 시는 칼이었고 칼에 베이는 생무의 흰 섬유질이었다. 시는 헛도는 플라스틱 병마개 같은 것이었다. 자세히 살펴보면 그곳엔 미세한 금이 가 있다. 그러나 다시 역설적으로 말하자면 시라는 병

마개가 헛돌기에 삶은 영원히 닫히지 않는 것이다. 결코 만날 수 없는 시와 삶 사이의 그 미미한 거리, 무한히 가냘픈 빛이 새어들어가는 그 거리만큼이 그에게 희망으로 남았다. 그 희망 때문에 시의 헛구역질은 임박한 출산의 전조로 여겨지는 것일까. 혹시라도 어미 소의 배에서 갓 나온 송아지가 앞발로 땅을 딛고 일어서는 순간의 힘이 시에게는 남아 있을까.

오래전부터 "땅에서 넘어진 자는 땅을 짚고 일어난다"라는 선인의 경구는 그의 머릿속을 떠나지 않는다. 세상에 이보다 자명한 말이 있겠는가. 너무 자명해서 쉽게 잊히는 말. 내가 벽을 밀 때 벽은 나를 미는 힘을 갖는 것이며, 휘어진 길을 따라 빛나는 형광 표지등은 다가오는 차의 불빛을 받아 빛나는 것이다. 그렇다면 지금의 절망에서 희망이 나오는 것이 아니라 지금의 절망이 곧 희망이며 지금의 희망이 절망이다. 오르막과 내리막, 깊이와 높이는 같은 것을 두고 이르는 말이듯이, 삶과 죽음은 본래 하나이다. 오직 '나'로 인하여 본래 하나가 둘이 된 것이다. 그러나 둘이 아니라면 어찌 하나가 있었겠는가.

그렇다면 최초의 형극은? 그 이름만이 형극이었을 뿐 지복이었다는 말인가. 그러나 그는 그렇게 생각하지 않는다. 그러한 생각은 시 아닌 희귀식물들, '절박함'과 '믿음'이라는 두 물줄기에 뿌리내렸으나 '죽은' 문자 언어의 영역을 넘어서 자라는 다른 희귀식물들 속에서나 찾아볼 수 있는 것이다. 문자 언어의 영역에서는 지복을 낳는 형극, 그 자신 형극인 지복까지도 형극이다. 달리 말하면 그 영역에서는 본래 한몸인 형극/지복을 낳는 구조 자체가 형극인 셈이다. 본래 형극이 지복이었다면 무엇 때문에 다시 형극이라고 했겠는가. 또한 형극과 지복이 한몸이라 하더라도 이미 그 몸속에 새겨진 형극의 흔적은 영원히 지워지지 않을 것이다.

한마디로 말해 문자 언어에서의 형극은 분별지로서의 형극일 뿐 그 이상도 이하도 아니다. 그는 불립문자를 믿지 않는다. 삶이라는 형극은 문자 언어와 동시에 포착되며 문자 언어에 의해서 구성된다. 문자 언어가 나아간 마지막 경계가 삶의 경계이다. 따라서 삶의 경계를 살피는 일을 그 역할로 떠맡는 시는 문자 언어로 문자 언어의 경계를 헤아려야 하는 불가능에 도달한다. 도대체 제 눈으로 제 눈을 보는 일이 가능한가. 왼손이 왼손을 때리는 일이 가능한가. 그런 점에서 애초부터 모든 시는 실패한 시에 불과하다. 비유컨대 시는 팬티 입고 똥 누는 일이나 마찬가지로 무모하고 어리석은 것이다. 그러나 문제는 불가능하다 해서 그만둘 수 없다는 데 있다.

그에게 삶은 가능성의 희망까지도 아우른 불가능의 총체이다. 그는 먹고 자고 옷 입고 공부하고 성교한다. 그가 하는 일은 모두 삶이 그를 통해서 하는 일이다. 어디서 와서 어디로 가는지 모르는 삶의 파도는 한순간 그를 통해 지나가지만, 그는 파도가 아니다. 파도의 한순간일 뿐이다. 혹은 삶은 매스 게임이 펼쳐지는 운동장에서 차례차례 몸져누웠다가 일어나는 소녀들의 몸을 타고 지나가는 흐름 같은 것이거나, 요즘 가수들이 추는 춤처럼 한쪽 손가락 끝에서 어깨를 타고 목을 넘어 다른 쪽 손가락까지 가는 흐름 같은 것이다. 그 파동은 그를 만나고, 그를 통해, 그를 버리고 지나가지만 그가 없이는 결코 이어질 수 없다.

때로 그는 자신이 탄피 같은 것이라고 생각해본다. 탄환이 발사되면 탄피는 쓸모가 없다. 총탄이 총구를 벗어나는 순간 탄환은 탄피와 분리되고, 다음 순간 탄환은 또다른 탄피가 될 것이다. 탄환과 탄피는 양파의 속과 껍질처럼 처음도 끝도 없는 연쇄의 띠를 이룰 뿐이다. 그러니 그가 죽지 않기를 바라는 것은 탄피가 탄환이기를 고집하는 것과 마찬가지로 터무니없는 일이다. 예식이 끝나면 다음 커플에게 자리를 비워주어야 하듯이, 생식이 끝나면 다른 생식을 위해 생식의 자리를 떠나야 한다. 가혹하다고? 가혹하기 때문에 시간을 늘여준다는 것은 더욱 가혹한 일이 아니겠는가. 끝없이 예식은 계속되어야 하고 그 때문에 예식장은 존재하는 것이다.

그 냉혹한 사실에 비하면 우리 시대에 시는 죽었는가, 시가 무엇을 할 수 있는가, 시는 우리를 구할 것인가 등의 질문이 그에게는 일종의 호들갑이나 응석으로 여겨진다. 왜 우리는 애초부터 언어를 통해서는 언어 바깥으로 나갈 수 없다는 사실을 인정하려 들지 않는 것일까. 어째서 언어에 이용되면서도 언어를 사용한다고 굳게 믿는 것일까. 어쩌면 이 같은 맹목이야말로 삶의 파동이 우리를 지나갈 수 있는 최적 조건이 아니겠는가. 우리는 삶이 맹목적이라 생각하지만 실은 우리 자신이 맹목적일 뿐이다. 삶은 한 번도 맹목적이거나, 맹목적이지 않은 적이 없다. 우리가 삶에게 눈을 달아주거나 달아주지 않거나 삶과는 무관한 일일 것이다.

그러므로 "주여, 저들은 저들이 하는 일을 모르나이다"라는 사람의 아들의 말은 사람의 형상을 한 모든 이들에게 적용될 것이다. 가령 배꼽티를 입은 아가씨에게 티셔츠와 반바지 사이로 드러난 자신의 배꼽은 보조개나 마찬가지로 사랑스러운 흉터에 지나지 않을 것이다. 그러나 처음 생명이 흘러들고 처음 분리가 시작된 자리로서 배꼽은 끊임없이 자신의 메시지를 전하고 있는 것이다. 그와 마찬가지로 우리가 던지는 모든 언어에는 삶의 의도가 개입하고 간섭한다. 개입하고 간섭할 뿐만 아니라, 적국의 방해 전파처럼 차단하고 덮어씌우기까지 한다. 그 결과 우리는 사랑을 하면서도 사랑에 마취된 줄 모르며, 밥을 먹으면서 밥에 홀린 줄을 알지 못한다.

그에게 삶은 일종의 기계 같은 자기 증식 체계에 지나지 않는다. 그가 개입하거나 간섭할 수 없는 반복의 체계, 혹은 그의 간섭과 개입까지도 반복의 한 형태로 흡수하는 완벽한 반복의 체계. 북미 대륙에서 남미 대륙으로 떼 지어 이동하는 바다새나 알래스카에서 오십천 상류까지 거슬러오르는 연어들에게처럼 그에게도 삶은 반복의 체계를 각인하였고 반복의 체계로 입력되었다. 마치 어느 한때 우리가 가장 먹고 싶고 맛있게 먹는 것은 바로 우리 몸이 필요로 하는 음식이듯이, 그의 취미와 선택, 애정과 무관심, 금욕과 자포자기까지도 그에게 각인된 원초적 반복의 작동에 의한 것인지 모른다. 한 치 틈새 없는 완벽한 반복 체계 앞에 그는 무릎 꿇는다.

그러나 다시 완벽한 삶의 반복 체계 앞에 그가 무릎 꿇는다 해서 그 체계 자체에 무슨 변화가 있을 리 만무하다. 철모에 비껴 맞고 튀어나가는 총알처럼 언어는 반복의 체계 내부로 파고들 수 없다. 언어 자체가 이미 반복의 체계 속에 헛돌고 있으며, 반복 체계가 곧 언어의 체계인 것이다. 언어에 대한 언어의 이야기는 여전히 언어일 뿐이다. 그러므로 애초에 모든 발화는 착오이고 잉여이며 빗나감이다. 그러나 시는 바로 그 착오와 잉여와 빗나감으로 인해 설자리를 얻는다. 이를테면 언어의 걸림돌이 시의 주춧돌이 되는 셈이다. 그렇다면 다시 "땅에서 넘어진 자는 땅을 짚고 일어난다"라는 선인의 경구는 유보 없이 긍정되어야 할 것인가.

문제는 '믿음'에 있다. 그 점에서 시는 그에게 신앙촌이나 통일교, 옴진리교와 크게 다르지 않다. 끝내 환상이 현실일 수 있다는, 현실이어야 하고, 현실이지 않을 도리가 없다는 막무가내의 믿음. "아이, 부끄러워" 하면서 치마를 들어 눈을 가리는 여자아이나, 팬티까지 오는 짧은 치마를 입고 앉아 억지로 치마끝을 끌어내리려 애쓰는 처녀들의 몸짓처럼 시에 대한 믿음은 이미 자기모순에 예정되어 있다. 시 또한 '절박함'과 '믿음'에 뿌리를 내린 다른 희귀식물들과 마찬가지로, 막무가내의 믿음이 돌이킬 수 없는 절박함에 미세한 틈새를 만들어주기를 기다리거나 이미 만들었다고 안도하는 것이 아닐까.

이맘때 그는 어느 일간신문 광고에 나란히 실린 두 소설책 제목 '반복'과 '푸르른 틈새'를 생각해본다. 그에게 글쓰기는 무패이며 불패인 삶의 완벽한 반복 체계에 미세한 틈새를 내는 무모한 일이 아니었을까. 그것은 여린 손톱 끝으로 스테인리스 강판에 제 이름을 새겨보려는 아이의 안간힘 같은 것이었을까. 아직도 그는 "믿음으로 세운 천국을 믿음으로 부술 수도 있다"고 믿음의 전능함을 믿고 있는가. 참으로 희한한 것은 철면피한 삶과 막무가내의 믿음이 감쪽같이 닮아 있다는 점이다. 삶이 삶을 반성하지 않는 것처럼 믿음은 믿음을 반성하지 않는다. 양자는 공히 자기 자신 외에 다른 지반을 갖지 않는 무한한 자기 증식 체계인 것이다.

다시 문제는 '믿음'에 있다. 생각해보라, 우리는 확인할 수 없는 사실들을 믿을 뿐이다. 확인에 의해 믿음이 부서질지라도 믿음은 언제나 확인 앞에 있다. 삶의 반복 체계 너머를 확인할 수 없는 한 믿음은 그 반복 체계와 동시에, 함께 있다. 그러므로 삶과 믿음이라는 영원한 배필은 다시금 독과 약, 떠남과 만남, 어지러움과 다스림 등의 쌍으로 무한히 재생산되는 것이다. 그렇다면 이제껏 그의 논의는 애초의 출발점에서 한 발짝도 나아가지 못한 것이 아닌가. 그렇다, 삶이 끝내 고칠 수 없는 반복의 체계인 한, 삶에 대한 그의 사유는 제자리걸음에 불과하다. 그러나 그 제자리걸음은 다시금 그의 믿음 속에서 의미 있는 반복, 즉 '변주'로 여겨질 수 있다.

반복은 철면피하다. 그러나 변주는 살아 있다. 변주는 죽음의 질서인 평행선을 갈라놓는 빗금 같은 것이다. 이제나저제나 반복은 하나이지만 변주는 병든 눈에 나타나는 헛꽃처럼 순간순간 달라진다. 천변만화의 꽃들이 헛것이라 해서 이쁘지 않을 까닭이 있겠는가. 노래 가사의 흉내를 내자면 누가 반복을 아름답다 했는가. 어떤 사물도, 어떤 존재도 이미지의 변주 없이 나타날 수 없다. 이를테면 변주는 그것 없이는 반복의 체계 전체가 드러나 보일 수 없는 '푸르른 틈새' 같은 것이다. 당연히 틈새에서 올라오는 빛은 하늘과 땅의 푸른빛일 수밖에 없다. 그러나 다시 한번, 반복이 없는 변주가 있을까. 언제나 생은 죽음 다음에 온다.

요즘도 퇴근 때면 그는 번번이 누런 흙빛으로 바랜 채 먼지와 매연을 뒤집어쓰고 사각사각 마른 잎새를 흔드는 죽은 대나무를 본다. 어쩌면 간판만 내렸을 뿐 점쟁이 혹은 무당인 '그' 혹은 '그녀'는 아직 그곳에 살고 있는지 모른다. 하기야 담뱃재를 바닥에 떨면 방 전체가 재떨이가 되듯이 무당이 가 있는 곳 어디나 당집이 아니겠는가. 그리고 남의 병을 제 병으로 앓는 사람이면 누구나 무당이 아니겠는가. 문득 그는 태국에 보신관광 나간 우리 형제들이 마구 잘라놓은 곰 발바닥 하나하나에 큰절 올리고 싶은 마음이 든다. 아마도 시의 흔적은 날 때부터 그의 몸에 쓸모 없이 붙어 있는 배꼽처럼 끝내 지워지지 않으리라.

문학 언어의 안과 밖

— 아픈 어머니에서 숨은 아버지에로

1

　어쩌면 이미 들어보신 적이 있는 이야기인지 모른다. 한 아이가 어찌나 개구쟁이고 개망나니짓을 하는지 그 엄마가 나무 십자가 하나를 내주면서 "네가 나쁜 짓 할 때마다 못을 하나씩 박으렴. 그리고 네가 착한 짓을 하게 되면 박힌 못을 하나씩 빼려무나" 하고 일러주었다. 그 십자가에 빼곡이 못이 박히게 된 훗날 아이는 정말 착한 사람이 되기로 마음먹었고, 드디어 박힌 못이 다 빠지던 날, 기쁨에 넘쳐 엄마에게 달려갔다. 하지만 엄마는 그리 기쁜 안색이 아니었다. 의아히 여기는 아이에게 엄마는 말했다. "애야, 그 많은 못들은 다 빠져나갔지만, 남은 못자국이 내 마음을 아프게 하는구나." 어쩌면 이 이야기는 실수와 패배와 회한의 연속이며 범벅인 우리네 삶에 딱 들어맞는 은유로 생각될지 모른다. 아무리 많은 시간이 흘러도 우리가 저지른 잘못들의 흔적은 우리가 사랑하는 사람, 우리를 사랑하는 사람의 가슴속에 날카로운 못자국처럼 깊이 패어 끝내 사라지지 않을 것이다.

　일찍부터 나에게 시를 쓴다는 것은 날카로운 못들이 뽑혀나간 뒤에도 깊숙이 패어 있는 그 못자국들을 삶 속에서 발견하고 확인하고 감식하는 일이었다. 발견하고 확인하고 감식할 뿐만 아니라, 때로는 손가락을 쑤셔 넣어 너덜거리는 생채기들을 잡아뜯고, 못이 빠져나간 구멍을 억지로 넓혀보기도 하는 것이었다. 그렇게 해서 무엇 하나 속 시원히 해결되는 것도 아니고, 못자국을 때워 붙일 가능성이 있는 것도 아니다. 다만 상처가 거기 있고, 상처가 거기 있다는 이유만으로 우리 모두는 자유로울 수 없기 때문이다. 언젠가 내가 '시는 상처받은 것들에게 올리는 제사'라고 생각했던 것도 같은 맥락에서이다. 그 제사는 가톨릭 교회에서의 미사처럼 매일매일 올려지는 것이며, 하루에도 몇 차례 아침저녁으로 올려질 수 있고, 올려져야만 하는 것이다. 그 '매일 미사'에 의해 최초의 상처는 윤기 나는 놋주발처럼 항시 빛날 수 있는 것이다. 그런 의미에서 시인은 나날이 상처의 성찬식을 집전하는 영원한 사제라 할 수 있다.

　그런데 상처란 우리네 삶의 다른 이름이 아니고 무엇이겠는가? 개인의 상처, 사회의 상처, 원죄와 마찬가지로 원초적인 상처, 혹은 상처라고 이름 붙일 수 없을 만큼 아무런 피 흘림의 흔적도 보여주지 않는 상처, 혹은 우리 몸의 급소처럼 늘 거기 있지만 조금이라도 건드리지 않으면 아무런 아픔도 없는 상처…… 언젠가 나는 비슷한 맥락의 다른 글에서 그 상처들을 이렇게 열거해본 적이 있다. 겨울날 유원지 공중화장실의 얼어붙은 똥막대기나, 비 내리는 학교 운동장에 등을 깔고 드러누운 차가운 물 웅덩이, 횟집 수족관 추운 바닥에 덕지덕지 쌓여 외눈깔을 껌벅거리는 도다리들이나, 도살장으로 향하는 트럭 위에서 아무것도 모른 채 암컷의 뒤를 핥다가 이따금 겅중겅중 올라타기도 하는 수퇘지들…… 혹은 멀쩡히 앞을 내다보다가 갑자기 양동이 물처럼 오줌을 쏟아붓는 암소의 쭈글쭈글한 음부…… 오줌을 쏟고 난 한참 뒤에도 음부 가까이 털에는 오줌 방울이 엉켜 떨어지지 않았다.

내 첫 시집의 시들 가운데 하나인 「어째서 이런 일이 벌어졌을까」에서 그 상처는 "어째서 육교 위에/버섯이 자라고 버젓이 비둘기는 수박 껍데기를 핥는가/어째서 맨발로, 진흙 바닥에, 헝클어진 머리, 몸빼이 차림의/젊은 여인은 통곡하는가"로 기억된다. 단적으로 말해 식물도 동물도 인간도 그들 속에 자리잡은 근원적인 상처로부터 자유로울 수 없으며 애초에 삶을 지닌 모든 것들은 병들어 있는 것이다. 삶 자체가 병이며 죽음은 삶의 병으로부터 해방되는 순간이다. 따라서 "숟가락은 밥상 위에 잘 놓여 있고 발가락은 발끝에/얌전히 달려 있고 담뱃재는 재떨이 속에서 미소짓고/기차는 기차답게 기적을 울리고 개는 이따금 개처럼/짖어 개임을 알리"는 지극히 평범하고 정상적인 삶은 사실 '완벽한 허위' '완전 범죄' '축축한 공포'일 따름이다. 과장하자면 삶은 언제 어디서나 거대한 공룡처럼 입을 벌리고 우리를 삼키려 드는 상처에 대한 눈감음이며, 상처로부터의 도피이다. 누가 그 원초적 상처로부터 자유로울 수 있겠는가.

그런데 어째서 이런 일이 벌어졌을까. 도대체 그 까닭을 어디서 추적할 수 있을까. 분명한 것은 앞서 '완벽한 허위' '완전 범죄' '축축한 공포'를 획책하는 삶의 세목으로 열거된 숟가락, 발가락, 담뱃재, 기차 등은 한 번도 자신이 병들었다거나 치유되어야 한다고 생각해본 적이 없다는 점이다. 따라서 삶이 치유될 수 없는 상처로, 세상이 경계 없는 병원으로, 인간이 집행 유예된 사형수로 포착되고 인식되는 것은 "끊임없이 왜 사는지 물었고 끊임없이 희망을 접어 날렸"던 이 시의 시적 화자 '나'의 의식 속에서이다. '나'는 "여러 번 흔들어도 깨지 않는 잠"을 자면서도 "고통과 불행의 정당성을 밝혀냈고 반복법과 기다림의 이데올로기를 완성했"던 것이다. 여기서 우리가 확인하게 되는 것은 끊임없이 왜 사는지 묻는 일과, 끊임없이 희망을 접어 날리는 일, 그리고 고통과 불행의 정당성을 밝혀내는 일과, 반복법과 기다림의 이데올로기를 완성하는 일이 시적 화자 '나'의 불행한 의식의 표리를 이룬다는 사실이다. 그렇다면 다시 그 표리는 언제, 어느 '빅뱅'의 순간에 형성된 것일까.

2

"태초에 신이 세상을 만들 때, 이미 말씀이 있었다. 그 말씀이었던 분은 신과 함께 있었고, 신이었다. 그러므로 그분은 태초에 신과 함께 있었다. 신은 그분을 통해 만물을 만들었으며, 아무것도 그분 없이는 만들어지지 않았다. 그분에게 생명이 있었고, 생명은 사람들에게 빛을 주었다. 빛은 어둠 속에서 비추었고, 어둠은 빛을 받아들이지 않았다."(요한 1, 15) 군이 난삽한 종교적 텍스트를 인용하면서 논의를 끌어가는 것은 그러나 종교적 신념의 존재 여부에 관계없이, 이 텍스트가 '언어-삶-세상'이라는 또다른 삼위일체의 형성 과정을 설명할 수 있는 흥미로운 단서로 이용될 수 있기 때문이다. 종교적 교리의 문맥을 떠나서 이 텍스트로부터 내가 끄집어내려 하는 생각들은 다음 세 가지로 요약된다. 1) 언어 이전에 어떤 시초도 있을 수 없다. 2) 모든 존재는 언어와 동시에 형성된다. 3) 언어와 더불어 빛과 어둠, 진실과 허구, 삶과 죽음 등 근원적 이항대립이 성립한다.

  우주의 최초 발생에 대한 여러 과학적 가설들과 마찬가지로, 애초에 언어를 매개로 한 인간의 '자아 인식'과 '세계 인식'의 시작에 대한 여러 시나리오들도 원의적 의미에서의 '은유'에 불과할 것이다. 내 생각으로는 '언어-삶-세상'이라는 삼위일체의 성립은 혹시 요즘 어린아이들의 장난거리들 가운데 하나인 '매직 아이'라는 것에 가장 근접하는 것이 아닌가 한다. 산재하는 여러 점들 가운데 특정한 몇 개의 점에 시선과 의식을 집중하고 마냥 기다리기만 할 때, 그 어느 순간 느닷없이 떠오르는 삼차원의 공간, 그 놀라운 입체 구조물은 바로 지금 이 순간 우리가 살아 숨쉬고 괴로워하는 이 세상 삶에 대한 적확한 은유가 아닐까.

  여기서 먼저 지적되어야 할 것은 여러 점들이 산재하는 '매직 아이'의 평면 공간과, 그 점들을 매개로 해서 떠오르는 가상적 입체 공간 사이에는 어떤 연속성도, 동질성도 존재하지 않는다는 점이다. 바꿔 말하자면 그 사이에는 어떤 중간 과정도 개재될 수 없는 것이다. 실제의 평면 공간으로부터 일단 가상의 입체 공간이 떠오른 이후에는, 그 입체 공간이 그것을 가능케 한 평면 공간과 나란히 병치될 수도, 병치된 상태로 상정될 수도 없다. 그것은 0/1의 이진법적 대립으로 존재하는 컴퓨터 언어에서와 마찬가지로 양자는 각기 다른 하나를 배제함으로써 성립할 수 있다. 그처럼 언어라는 '매직 아이'를 매개로 해 부풀려진 '삶-세상'이라는 가상 공간은 그것을 태어나게 한 여러 구체적 물질적 조건들과는 어떤 동질성도, 연속성도 갖지 않는다.

또한 일단 '삶-세상'이라는 가상 공간 속에 들어서면 그 공간을 가능케 한 이전의 여러 구체적 물질적 조건들에 대한 어떤 인식도 탐구도 불가능하다. 가상 공간 이전에 대한 탐색은 여전히 가상 공간 내부에서의 제자리걸음, 혹은 가상 공간 자신의 확대 재생산에 불과하며, 근원에 대한 모든 탐색은 원의적 의미에서의 '은유'의 작용, 즉 가상 공간 내부에서의 자리 이동에 지나지 않는다. 비유컨대 잠수정의 벽을 아무리 얇게 깎아내서 물 가까이 다가간다 하더라도 물과 직접 접촉할 수는 없는 노릇이다. 시간적인 맥락에서 말하자면, 생전의 세계 혹은 사후의 세계에 대한 어떤 탐색도 '생사'가 지배하는 현재의 가상 공간으로부터 한 발짝도 나아가지 못하는 셈이다.

이처럼 언어라는 거푸집을 통해 마치 옥수수빵처럼 부풀어오른 인생이라는 가상 공간을 두고, 불가(佛家)에서는 '몽중생사(夢中生死)'라고 하지 않았을까. 자신이 만든 허깨비 호랑이에게 도리어 환술사가 잡아먹히는〔幻虎還呑幻師〕 아이러니가 일어나는 이 가상의 세계에서는, 한 장의 종이가 이미 안과 밖의 양면을 지니는 것처럼 모든 존재가 불가피하게 부분적일 수밖에 없으며, 자신과 상치되며 상충되는 또다른 존재와 더불어, 그리고 그 존재와 동시적으로만 성립할 수 있다. 또한 거미줄처럼 얽혀 있는 언어 직물로 구성되는 이 '삶-세상'이라는 가상 공간에서 모든 존재는 언술들이 겹쳐지며 만나는 지점으로 존립하는 것이다. 즉 모든 존재는 언어를 통해, 언어 안에서, 언어와 함께 성립하는 존재이며, 그러한 한 결코 언어 이전의 '실재'와 혼동될 수 없는 것이다.

3

　그렇다면 지금까지 나의 진술들, 언어라는 '매직 아이'를 매개로 해서 떠오르는 '삶–세상'이라는 가상 공간에 대해 내가 펼쳐온 주장들은 그 가상 공간으로부터 벗어나 있는가. 단적으로 말해 언어적 가상 공간에 대한 사유 또한 언어적 가상 공간의 일부로서 즉시 그 가상 공간으로 환원되며, 그렇지 않다고 여겨지는 모든 사유들은 종교적 믿음의 영역에 속하는 것이다. 모든 종교는 궁극적으로 언어로써 언어를 벗어날 수 있다는 믿음 위에 존재한다. 말을 바꾸면 그 믿음 위에 서 있는 모든 사유들은 종교적이다. 그러나 실상 모든 종교적 사유들은 가상 공간 속의 가상 공간이며, 가상 공간의 자기 재생산이라 할 수 있다. 지상에서 아무리 멀리 던져 올린 돌팔매라도 지상으로 돌아오기 마련이다.

　그런 의미에서 「어째서 이런 일이 벌어졌을까」의 화자가 "천국은 말 속에 갇힘/천국의 벽과 자물쇠는 말 속에 갇힘/감옥과 죄수와 죄수의 희망은 말 속에 갇힘/말이 말 속에 갇힘, 갇힌 말이 가둔 말과 흘레붙음"이라고 했던 것은 바로 철저히 차단된 언어 감옥으로부터의 어떤 탈출도 불가능함을 의미한다. 지금 이곳에서의 삶은 언어를 통한 욕망의 글쓰기이며, 우리가 만나는 대상들은 욕망의 글쓰기에 의해 태어나는 언어 직물이다. 즉 폐쇄적인 언어 체계 이전에 어떤 실재도 있을 수 없으며, 이른바 '불립문자(不立文字)'라는 것도 언어에 의해 상정되는 이상 '불리문자(不離文字)'일 따름이다. 요컨대 언어의 바깥은 없다. 이처럼 완벽한 언어의 감옥에서는 모두가 환(幻)이며, 환이라고 아는 것까지 환이다. 이것은 곧 "왼손이 왼손을 부러뜨릴 수" 없는 것과 같이 돌이킬 수 없는 불가능의 상황을 의미한다. 그러니, 화자의 말처럼, 어찌 "시가 시를 구할 수 있을까".

이처럼 삶 혹은 세상과 언어는 철저히 배를 맞대고 있다. 삶이 가는 곳 어디에나 언어는 따라다닌다. 언어는 길바닥에 한바탕 게워놓은 토사물 콩나물 대가리에도, 교미가 끝난 수캐의 성기 끝에서 흘러내리는 허연 정액에도, 설날 아침 치매 할머니가 손자에게 내미는 꼬깃꼬깃 접은 옛날 돈에도, 작부집 아가씨의 벌어진 다리 사이 담뱃불로 지진 흉터에도…… 언어는 삶의 가장 먼 곳과 가장 미세한 곳과 가장 어두운 곳을 살피는 망원경이며 현미경이며 내시경이다. 요컨대 모든 삶은 언어로서의 삶이며, 언어는 삶 이상으로 고결할 수도, 삶 이하로 추악할 수도 없다. 언어는 삶의 밥이며 똥이다. 삶의 모든 상처는 언어에 의해 생겨나고 언어 위에 기록되고 언어로써 각인된다. 삶은 언어와 '함께' 언어 '안에' 언어를 '통해' 먹고 배설하고 연애하고 생식한다. 여타 예술에 비해 문학이 보다 노골적이고 섬세하며, 보다 상스러우며 성스러운 것은 바로 이 같은 삶과 언어 사이의 필연적 불가분리성 때문이다.

이같이 철두철미 몸을 맞댄 삶과 언어라는 짝꿍 사이에서 사실 시적 화자 '나'가 할 수 있는 일은 극히 제한되고 거의 무가치하다고 할 만하다. 비 온 다음날 육교 위에 자라나는 버섯과, 다 긁어먹고 팽개친 수박 껍데기를 핥는 비둘기와, 진흙 바닥에서 맨발로 헝클어진 머리칼로 통곡하는 젊은 여인을 바라보며 화자는 "어째서 통곡과 어리석음과/부질없음의 표현은 통곡과 어리석음과 부질없음이/아닌가"라고 자문하지만, 근본적으로 그의 물음은 망가진 잉크병의 뚜껑처럼 헛돌 뿐이다. 요컨대 언어라는 '매직 아이'에 의해 떠올라온 '삶-세상'에 대한 화자의 문제 제기는 근원

126

적 상처를 치유하기 위한 모색의 단초라기보다는, 화자 자신의 자조적 표현을 빌리자면, 한갓 '귀족적' 유희에 지나지 않는다. 「어째서 이런 일이 벌어졌을까」의 마지막이 "식은 밥, 식은 밥을 깨우지 못하는 호각 소리"로 끝나는 것은 바로 이 때문이다.

애초에 '식은 밥'은 호각 소리에 의해서건 아니건, 깨어나는 것이 아니다. 실상 고통스러운 것은 잠들어 있지도 깨어 있지도 않은 '식은 밥'을 억지로 깨우려는 화자의 시적 노력이며, 자신의 노력이 근원적으로 실패하리라는 막막한 예감이다. 「어째서 이런 일이 벌어졌을까」의 제2부에서 화자가 자신을 고유명사나 보통명사로서가 아니라, '덧없이' '어느 날' '집요하게' 등 일련의 사태나 동작을 수식하는 부사들로서 정의하는 것은, 그가 보고하려는 '삶-세상'의 상처가 치유 불가능할 뿐 아니라, 그 보고의 노력조차 도로에 그치리라는 점을 암시한다. 비록 그가 "당대의 폐품들을 열거하"고 "나날의 횡설수설을 기록하"기 위해, 자신의 시에서 일체의 '종지부'를 제거한다 해도, '삶-세상'의 상처에 대한 그의 면밀한 보고는 실패할 수밖에 없다. 결국 그는 자신이 "'부패에 대한 연구'를 완성 못하리라"는 사실을 누구보다 잘 알고 있다.

4

요컨대 언어와 더불어 태어난 '삶-세상'이라는 가상 공간을 언어로써 탐구한다는 것은 불가능하다. 그것은 '부패에 대한 연구'의 대상과 도구 모두가 언어이기 때문이다. 그렇다면 시의 언어, 문학의 언어는 무엇이며 무엇을 할 수 있을 것인가. 대체 치유할 수 없는 상처의 근원에 대한 문학 언어의 추구와 규명이 불가피하게 실패한다면, 그것이 마치 비눗방울 안에서 비눗방울 바깥으로 구멍을 뚫어보려는 노력과 마찬가지로 무모한 일이라면, 문학은 그 무의미한 좌절 외에 달리 무엇을 할 수 있을 것인가. 그러나 이제 문제를 바꾸어놓고 생각해보자. 지금 우리가 살고 있는 '삶-세상'이 어느 한순간 언어를 매개로 하여 '매직 아이'의 가상 공간처럼 떠오른 것이라면, 그 매개가 되는 언어를 통하여 '삶-세상'의 부패를 낱낱이 열거하는 대신, 이제 언어 자체의 엉킴을 통하여 '부패에 대한 연구'를 계속해보는 것이 어떨까. 즉 '삶-세상'의 가상 공간을 일단 괄호로 묶어두고, 언어 내부의 상호 얽힘을 파헤쳐봄으로써 '삶-세상'의 숨은 그림들을 찾아내보는 것은 어떨까.

언어는 언어 바깥의 '삶-세상'을 지시하고 의미하는 것이 아니라, 제석천의 구슬망처럼 무한히 스스로를 되비추는 행위를 반복할 뿐이다. 근본적으로 언어는 자기 반영적이다. 그렇다면 이제 시인은 일체의 지시 대상으로부터 해방된 언어들의 불꽃놀이, 언어들 자신의 글쓰기, 언어들의 만화경 놀이, 언어들의 숨은그림찾기, 언어들의 스크래치 기법을 시도할 수 있는 새로운 대안을 갖게 되는 것이 아닐까. 또한 그를 통해 시인은 자신이 열망하는 나날의 '상처의 성찬식'을 보다 생생하고 거룩하게 집전할 수 있지 않을까. 마치 땅속에서 뻗어가는 칡덩굴이나 우유 항아리 속에서 자라나는 유산균 덩어리처럼, 혹은 기하급수적으로 번져나가는 암세포처럼, 걷잡을 수 없는 언어의 자기 증식, 언어 자신의 글쓰기를 통해 앞서 「어째서 이런 일이 벌어졌을까」에서 좌절된 '부패에 대한 연구'는 계속될 수 없을까?

내 첫 시집의 또다른 시편인 「口話」는 일단의 무장 탈영병들과도 같은 족쇄 풀린 언어들의 난동으로 이루어진다. 그 난동은 일련의 유치하고 무해한 투정과 소원의 남발로 시작된다. "앵도를 먹고 무서운 애를 낳았으면 좋겠어/걸어가는 시가 되었으면 물구나무 서는/오리가 되었으면 구토하는 발가락이 되었으면/발톱 있는 감자가 되었으면 상냥한 공장이/되었으면 날아가는 맷돌이 되었으면 좋겠어". 그러나 그 천진난만한 언어의 난동 속에는 어느새 "느낌표와 송곳이 따라와 노래의 그물에/잡히기 전에 어디 숨고 싶어 체위를 바꾸고/싶어 돋아나는 뾰루지 속에 병든 말이/울고 있어 병든 말을 끌어안고 임신할까봐"에서처럼 상처받은 것들에 대한 기억과 연민이 스며든다. 그리고 이 시의 제3부에서 현실의 삶을 짓누르는 고통과 억압은 한층 고조된다. "모든 게 신비였다 길에서 오줌누는 여자아이와/곱추 남자와 전자시계 모든 게 신비였다 채찍 맞은/말이 길게 울었다 모든 게 신비였다 사람이 사람을/괴롭히고, 그러나 죽지 않을 만큼 짓이겼다."

특히 이 시에서 채찍 맞고 길게 우는 '병든 말'은 진물 흘리며 꿈꾸는 '껍질 벗긴 소나무', 지평선을 핥는 '배고픈 강', 웃고 있는 '깨진 유리병', 늘어진 팔로 허우적거리는 '버드나무' 등과 더불어 상처받은 '삶-세상'의 서러운 세목들로 출현한다. 이 치유할 수 없는 비극성의 밑바닥에는 "거미줄을 타고 대형 트럭이/달려오고" "큰 새들이 작은 새의 눈알을/찍어 먹"는 원천적인 폭력성이 자리잡고 있다. 또한 순박한 사람들이 후려치는 돌에 맞아 '돌과 함께 떨어지'는 시적 화자 또한 동일한 폭력의 희생자라 할 수 있다. 그 폭력이 더욱 비극적인 것은 폭력의 주체가 다름아닌 '순박한' 사람들이며, 사람이 사람을 괴롭혀도 "그러나 죽지 않을 만큼 짓이"긴다는 사실에서 온다. 그리하여 아무도 이 비극적 세계로부터 탈출할 수 없으리라는 짐작은 "뒤집어진 차바퀴가 헛되이, 구르는 힘이여"라는 화자의 탄식에서도 확인된다. 화자가 아무리 죽고 싶어해도 "짓궂은 배가 고프고", 그의 육신은 "끌려다니며 잠들" 뿐이다.

이처럼 「口話」에서 시의 주체는 시인이 아니라 언어이다. 비유컨대 시의 언어란 시인의 살갗 여기저기에 돋아나는 '뾰루지' 같은 것일 테고, 시인의 시인됨은 그 속에서 울고 있는 '병든 말'의 울음소리를 끝내 망각하지 않는 데 있으리라. 그렇다면 시란 그 뾰루지 속에서 울고 있는 "병든 말을 끌어안고 임신하"기가 아닐까. 그러나 이제 그것을 언어 쪽에서 이야기하자면, 오히려 시인이란 언어의 살갗에 돋아나는 뾰루지 같은 것이고, 시란 도리어 뾰루지 속의 병든 말이 시인을 끌어안고 임신하기라 함이 옳을 것이다. 그리하여 이토록 절친한 시인과 언어 사이의 교접은 현실과 허구, 실재와 비실재의 경계를 무화시키며, 그런 의미에서 또하나의 '호접몽(胡蝶夢)'이라 할 수 있으리라. 만화경 속 작은 색종이들의 현란한 어울림이나 스크래치 기법으로 긁어낸 물고기의 신비한 색채와도 같은 시라는 환은 결국 시인을 매개로 한 언어의, 언어에 의한, 언어를 통한 자기 쓰기의 결과가 아니겠는가.

5

그리하여 「口話」에서 다섯 번이나 거듭되는 화자의 감탄처럼 "모든 게 신비"이다. 길에서 오줌누는 여자아이도, 곱추 남자도, 전자시계도, 채찍 맞고 우는 말도, 타인에 의해 죽지 않을 만큼 짓이겨지는 사람도, 죽음도, 죽은 꽃도, 끝없는 사막 위를 타박거리며 가는 낙타도 신비이다. 물론 그 신비는 언어의 악성 종양에 의해 만들어지는 부패와 고름 덩어리로서의 신비이지만, 그것의 비밀이 끝내 밝혀지지 않고 끝없이 지속될 것이라는 점에서 영원한 신비이다. 이처럼 언어의 자기 쓰기를 통해 홀연히 신비가 드러날 때, 혹시 체호프는 "갑자기 모든 것이 명료해졌다"라고 중얼거리고, 로댕은 "모든 것은 순례의 대상이 된다"라고 단언한 것이 아닐까. 어떻든 그 신비는 언어라는 비눗방울 내부의 신비이며, 그런 점에서 원천적으로 환이다.

그렇다면 다시 한번 '삶-세상'이라는 가상 공간에 대해 아무리 언어로 이야기한들 환에 환을 보태는 일 외에 달리 무엇을 할 수 있을까. 「口話」에서의 표현을 빌리자면, 그것은 끊임없이 '체위(體位)'를 바꾸는 것과 마찬가지로 어떤 질적인 변화도 가져올 수 없다. 화자가 염원하는 '정교회(正敎會)의 돔', 즉 환 이전의 실재는 결코 결정적으로 찾아질 수 없는 것이다. 언어가 만들어내고 언어로 만들어진 환, 과연 그 환의 바깥 세계가 있다면 그것은 바로 「口話」에서 화자가 도달하고자 하는 '먼 나라'이며, 그 먼 나라는 또한 '지도가 감춘 나라'이기도 하다. 마치 언어가 나타나는 순간 언어 이전의 실재가 숨어버리듯이, 지도가 만들어지는 순간 그 '먼 나라'는 종적을 감추어버린다. 이 시에서 화자가 그 '먼 나라'의 "먼 먼 저 별에 술 한잔 따르고 싶더라"고 중얼거리는 것도 결국 '삶-세상'이라는 가상 공간 그 이전의 세계에 도달하려는 불가능한 염원으로 읽을 수 있을 것이다.

그러나 그것이 다만 불가능한 염원에만 그치는 것일까. 혹시 그 실현 불가능한 염원 자체가 언어로 지어진 환 이전의 세계가 우리에게 접근할 수 있는 신비로운 통로가 될 수는 없을까. 그 점에서「口話」제1부에서 "이맘때 먼먼 저 별에 술 한잔 따르고 싶더라"는 소망을 밝힌 화자가 건성으로 내뱉는 다음과 같은 말은 의미심장하게 받아들일 수도 있으리라. "내 그리움으로/별아, 네 미끄럼틀을 만들었으면 좋겠어." 언어 이전의 실재에 대한 그리움이 어쩌면 그 실재가 언어 이후의, 언어 속의, 언어로 구조화된 우리에게로 다가올 수 있는 미세한 틈새가 될 수는 없을까. 생각해보자. 언어 이후는 물론 언어 이전까지도 언어이며, 언어 내부는 물론 언어 외부까지도 언어이고, 그러한 한 어떤 형태의 '삶-세상'도 환이 아닐 수 없다면, 대체 환이 아닐 수 없다는 인식은 환일까, 아닐까. 만약 그 인식이 환이라면 지금까지 우리가 이해한 '삶-세상'이 환이라는 확증은 무너질 것이며, 그 인식이 환이 아니라면 우리는 최소한 하나의 환 아닌 실재에 맞닿아 있는 셈이다.

어쩌면 다음 이야기 또한 이미 들어보신 적이 있는지 모른다. 아프리카의 어느 부족에서나 소년들의 성년식은 매우 고통스럽게 치러진다. 몹시 혹독한 입문 의식을 거치고 나서야만 가족과 부족을 책임질 수 있는 굳건한 성인으로 태어날 수 있기 때문이다. 달도 뜨지 않은 캄캄한 밤 어른들은 온갖 맹수들이 득실거리는 정글 속에 열두어 살짜리 소년을 혼자 두고 마을로 돌아간다. 생각해보라, 그 시련의 밤에 하얗게 질려 몸부림치고 아우성치는 어린아이의 공포가 어떠하겠는가…… 그러나 마침내 희부윰하게 날이 밝아오고 주위가 드러날 때 아이가 처음으로, 맨 처음으로 보게 되는 것은 아빠의 얼굴이다. 밤새 떨고 있는 아이 곁을 아빠는 한시도 떠나지 않고 있었던 것이다. 어쩌면 언어를 통해, 언어를 넘어 우리가 찾아 헤매는 '실재'는 '삶-세상'이라는 환의 늪 가까이, 아주 가까이서 우리를 지켜보고 있는지 모른다. 그러나, 이 또한 비유이며 믿음의 영역에 속할 뿐이다.

그리하여 이제 나의 이야기는 상처받은 어머니의 아픔에서 시작하여, 어둠 속 보이지 않는 아버지의 모습으로 끝이 난다. 당연히 이 모든 이야기는 언어의, 언어에 관한, 언어를 통한 이야기이다.

울음이 끝난 뒤의 하늘

3월 어느 날 저녁 무렵 친지들 몇몇과 어울려 이야기하다가 커피 숍을 나오는데, 맞은편 언덕 하늘 위로 검은 구름들이 늘여놓은 엿가락처럼 휘어져 뻗쳐오르고, 그 위로 잔잔한 못물 같은 그리 넓지 않은 트인 공간이 눈에 들어왔다. 희지도 푸르지도 않은 박명의 넓이는 군데군데 실밥이 삐져나온 무명 천조각처럼 하늘 한쪽에 걸쳐 있었다. 3월이었는데 아직 목젖 아래로 스물스물 기어드는 바람은 차고 거짓말처럼 성긴 눈까지 뿌리고 있었다. 밀린 일감과 미뤄둔 공부와 한꺼번에 달려드는 세월의 주름살에 찌들어 내가 그날 무심코 바라보았던 그 하늘의 한쪽 자리는 한참을 끌던 울음이 끝난 뒤의 정적처럼 고요하기만 했다. 그러나 그 자리는 그냥 고요하기만 한 것이 아니라, 이제 막 무슨 색다른 일이 벌어질 조짐 같은 것을 숨기고 있는 듯하여, 내 마음속 나도 모르는 내가 벙어리 입 모양을 지으며 무슨 말을 하려고 했다. 아직 언어가 되지 못한 소리들은 폭죽 같은 기쁨이나 공장 폐수 같은 슬픔 사이를 절묘하게 스치며 내 몸을 흔들었다. 분명코 무슨 일이 있을 것 같았다. 여러 송이 꽃봉오리들이 슬로 비디오로 꽃잎들을 열고 찻잔 모양의 고요한 속을 보여주거나, 혹은 내가 모르는 소녀들이 눈까지 내려오는 머리칼을 뒤로 젖히며 어쩌면 알 듯한 얼굴을 보여줄 것 같기도 했다. 분명히 맞은편 언덕 나무들의 잔가지까지 보일 만큼 아직은 어둡지 않았는데, 나는 잠시 캄캄하기만 한 음부(陰部) 혹은 명부(冥府)인 듯한 곳에서 가까스로 가쁜 숨을 몰아쉬고 있었다.

그러나 그날 저녁 아무 일도 없었다. 나는 친지들을 따라 인근 식육식당에서 질긴 등심 같은 것을 씹었고 잡담과 잡념 속을 벗어나 빨리 집에 돌아가 뒤집어 자고 싶다는 생각을 하였을 뿐이다. 그리고 며칠 동안 내가 다시 그날 저녁 일을 생각하며 내 속에서 꿈틀거리던 그 눈먼 짐승에게 말 걸어보려 해도 좀체로 여의치 않았다. 사실 오랫동안 나는 나도 모르는 녀석, 그 눈멀고 귀 어둡고 말 더듬는 나의 다른 몸과의 대화를 끊고 지내왔다. 문득문득 그놈이 징징거리며 쥐어짜는 소리를 하거나 으으 입 벌리고 낯선 표정을 지을 때마다 서둘러 그의 입을 틀어막고 "이 자식, 언제까지 이럴 거야?" 하고 으름장을 놓다간 서둘러 한숨을 내리쉴 뿐이었다. 아마도 그러한 나의 반응은 거의 생리적이거나 본능적이었으리라. 나도 알지 못하는 내 속의 내가 나를 향해 고개를 내밀 때마다 내 눈은 내 의지와는 무관하게 자연적-자동적으로 닫히고 만다. 어쩌면 머릿속에도 의식의 과전류를 차단하는 두꺼비집 같은 것이 있어서 섬약한 이성과 감성을 보호하고 있는지도 모른다. 그러나 사실 '보호'라는 말은 온실에서 자란 꽃나무처럼 생명력과 저항력이 떨어지는 이성과 감성 쪽에서 하는 말이지, 비이성과 초감성(나도 모르는 나, 내 속의 '그'를 달리 정의할 수 있는 방법은 없을 것이다) 쪽에서 보면 '배제' 혹은 '억압'일 것이다.

그러나 다시 그 억압과 배제가 순전한 적대감에서 비롯되고 마무리되는 것은 아니리라. 우리가 짓는 행위와 행위의 표상인 개념들은 양면테이프 같은 것이다. 설사 그 양면을 철석같이 홑면으로 믿고 사용한다 하더라도, 우리도 모르는 사이 끈끈한 뒷면은 제외된 다른 쪽에 달라붙는다. 달리 말하자면 언제나 나는 그를 따돌림으로써 나일 수 있지만, 내가 그가 아니라면 어찌 그를 따돌릴 수 있었겠는가. 따돌리기 이전에 나는 그였고 따돌려진 뒤에도 그가 나라는 사실은 다만 가리어질 뿐이다. 그러므로 내가 그에게 내뱉는 "이 자식, 언제까지 이럴 거야?"라는 원망 섞인 푸념은 터무니없게도 "내 어찌 너를 잊을 수 있으랴!"라는 애정 어린 고백의 배면일 수도 있지 않을까. 그렇다면 그는 누구인가. 과연 그가 누구인지를 밝히는 일이 가능할까. 왜냐하면 밝힘은 또한 밝혀지지 않는 것과 배를 맞대고 있으므로. 확실한 것은 다만 그는 내가 아니라는 사실이다. 다시 말해 그는 나의 부정으로서만 존재할 수 있는 것이다. 그는 내가 아니다, 그러므로 나는 그다. 그는 개념으로 사고하지 않는다. 그는 이미지로 사유한다. 그의 사유는 운동이고 실천이다. 그에게 기도와 기적은 동시적인 일이다. 나에게 사소한 것들은 그에게 소중한 것들이며, 나에게 죽음인 것은 그에게 생명이고, 나에게 현실인 것은 그에게 꿈이다. 그의 나이는 우리 종족의 나이이며 인류의 나이이다. 누가 그를 다른 이름으로 부른다 할지라도 나는 그를 나의 '몸'이라고 부르리라.

그러므로 몸이여, 내가 죽어 너에게 묻혀도 너는 오래 살아남으리라. 비록 나의 삶이 너의 사막의 미세한 티끌에 지나지 않더라도 살아서 나는 무수한 죽음의 얼굴을 한 너를 기억할 것이다. 그 죽음의 얼굴들은 언제나 나에게 먼지를 뒤집어쓴 국도변 탱자나무 울타리의 흰 꽃들로 떠오른다. 그 꽃들은 날카로운 가시 사이로 낮은 비명처럼 스며나왔고, 내가 오래 그 변두리를 머뭇거리다 그곳을 떠난 뒤에도 밤의 흰 피처럼 괴어 있었을 것이다. 때로 그 꽃들이 아픈지, 나의 몸이여, 네가 아픈지 나는 알지 못한다. 아프지 않은 기억은 없기 때문이다. 혹은 몸이여, 지난여름 산굼부리 검은 돌담 곁에서 찍은 우리들의 사진을 기억하는가. 수평으로 밀려오는 바닷바람 앞에서 서둘러 그곳을 떠나려는 풀잎들의 행렬은 얼마나 부드러운 탈출이었던가. 기진한 풀들의 몸부림은 분화구 언덕 전체를 한 폭의 부드러운 수의로 만들었고, 거기 누워 잠들면 구멍 많은 돌들 사이에서 다시 깨어날 수 없을 것 같았다. 몸이여, 그때 내가 너의 허리를 감았을 때 나는 더이상 젊지 않음을 알았고, 그때 네가 짓는 미소는 화석처럼 나의 뇌리에 새겨졌다. 내가 너에게 말 걸어도 입술은 움직이지 않고, 네가 손짓해도 나의 발은 검은 돌처럼 떨어지지 않았다. 그때 '사랑한다'라는 말 한마디는 얼마나 어려웠던가.

언젠가 나의 죽음은 정지된 화면처럼 찾아오리라. 풀잎들의 아우성도 들리지 않는 그곳에 퀭한 눈 하나만 남으리라. 모든 것을 보았으나 아무것도 사랑할 수 없었던 눈, 끝끝내 사랑의 형벌에서 풀려나지 못할 눈, 아무도 그 눈을 감겨주지 못하리라.

삶의 빛, 시의 숨결

살아 있음의 가장 구체적인 표지는 호흡일 것이다. 우리 친구 하나는 어릴 때 잠잘 적마다 어찌나 숨결이 가지런하고 고요했는지, 할머니가 놀라 가슴에 귀를 대보곤 했다고 한다. 명상하는 사람들의 말을 빌리자면, 호흡은 늘 현재에 있다. 혹은 호흡은 현재에도 있지 않다. 호흡이 현재에 있는 한, 과거도 미래도 있지 않으며, 과거와 미래가 있지 않기에 현재라는 칸막이도 생기지 않기 때문이다. 호흡은 현재와 비현재에 동시에 존재한다. 보다 정확히 말하자면 호흡은 현재와 비현재 이전이다. 그 이전이라 함은 우리의 머리가 만들어낸 개념의 칸막이들보다 앞서 있다는 뜻이다. 그러나 우리들의 머리가 만들어낸 개념의 칸막이들이 없다면 어떻게 호흡이 앞서 있을 수 있겠는가. 또한 호흡이 들숨과 날숨으로 이루어져 있다는 점은 의미심장하다. 받아들임과 내줌의 간단없는 과정이 물질적이거나 비물질적인 삶들의 변함 없는 질서라는 사실은 눈꺼풀의 열림과 닫힘에서 바다의 밀물과 썰물에 이르기까지 두루 확인된다.

시 쓰는 사람에게 시는 호흡과 가장 가까운 것이리라. 가까운 정도가 아니라 시가 호흡이다. 이처럼 무모한 단언은 그 둘 사이의 닮은 점들 때문에 다소간 납득될 법도 하다. 호흡은 매 순간 죽음 위에 내딛는 한 발자국이다. 육체의 호흡이 끊어지는 것만이 죽음이 아니다. 정신이 호흡을 그친 순간부터 죽음이 시작되는 것이다. 육체의 호흡과 마찬가지로 정신의 호흡도 무한정 길 수는 없다. 명상의 대가들처럼 오랜 수련을 통해 호흡의 시간을 늘일 수도 있을 것이다. 그러나 그 시간은 상대적으로 길 뿐이다. 그와 같이 시가 장편소설처럼 길어진다 하더라도, 또 그러한 현상이 주위 환경 속에서 필연적이고 당위적인 것으로 받아들여진다 해도, 시의 시간은 삶의 시간처럼 짧다. 시를 무작정 길게 펼쳐 보이려는 노력 또한 짧음이라는 시의 숙명을 근거로 하고 있다. 그렇다고 시를 짧게 써야겠다고 다짐하는 것도 우스꽝스러운 일이다. 우리가 경악할 때 몸의 호흡은 급박하지만, 우리가 안도할 때 몸의 호흡은 고요해지지 않는가.

'시-몸-호흡-시간!' 춤은 죽음의 잔디밭 위에서 둥글게 돈다. 죽음이 없다면 그 춤이 가능하겠는가. 그 춤이 없으면 죽음은 무슨 힘으로 뽐내겠는가. 시의 아버지가 머리라면 시의 어머니는 몸이다. 그런데 나는 자꾸 시를 머리로 낳으려 한다. 머리로 낳은 시들은 억지 호흡처럼 답답하고 지루하고 뻣뻣하다. 그 시들에는 한줄기 삶의 빛이 지나가지 않는다. 그러나 몸이 시를 낳는다 해도 무염수태(無染受胎) 같은 것은 아니다. 몸제 혼자서 만든 시들은 무정란처럼 결단코 부화하지 못할 것이다. 공치기로 비유하자. 머리의 지시에 따라 손목이 치는 공은 좀체로 시원스럽지 못하다. 그러나 몸이 밀어낸 공은 얼마나 부드럽고 힘차고 날카로운가. 이제나저제나 부드럽고 힘차고 날카로운 한줄기 삶의 빛이 지나가는 시들은 드물다. 머리와 몸이 서로를 믿지 못하기 때문이다. 머리와 몸이 들숨과 날숨처럼 만나야 함을 머리로만 알아서야 무슨 소용일까.

삶의 오열
— 제2회 김수영문학상 수상 소감

　항시 우리에게 가깝게 느껴지고, 때로 우리가 게을러질 때 우리들 삶의
뚜렷한 지표가 되어주는 한 시인의 이름과 음성이 깃들인 상을 받게 된다
는 것은 더없이 행복한 일이다.
　내 생각으로는 김수영 문학의 탁월성은 여태껏 별개의 것으로 여겨져
왔거나, 혹은 그 양자 사이의 필연적인 연계성이 거의 문제시되어오지 않
았던, '예술'과 '예술가 자신의 삶'이라는 두 개의 항을 예술 작품 안에서
근접시키려는 힘든 싸움을 벌여왔다는 점에 있는 듯하다. 그러한 싸움의
노력은 한편으로는 상투적·일상적 가짜 의식 속에 갇혀 있는 자아를 당
위적 현실 앞에 대면시키려는 고통스러운 작업으로 나타나고, 다른 한편
으로는 작위적이고 경직된 시 형식 속에 삶의 거칠거나 부드러운 숨결을
불어넣어줌으로써 시가 결코 보석 세공 같은 것은 아니라는 점을 확인시
키려는 작업으로 나타나기도 한다. 이러한 점에서 김수영 문학의 요체는
진실, 혹은 진실한 것에 대한 무구한 열정이 아닌가 한다. 그 열정이 그의
문학에 거리낌없고 주저 없는 상상력의 움직임을 용이하게 해주었고, 그

의 세대의 다른 시인들에게는 찾아볼 수 없는 폭넓은 안목과 자유로운 사고의 틀을 부여해준 것이라 생각된다.

진실에 대한 열정이라는 점에서 지금까지 나는 그에게서 많은 것을 배워왔고 배우고 공유하고 있다고 여겨진다. 물론 그 진실이 사회적 공동체적 진실로 한정되고 배타적으로 수용될 때 나는 목이 죄는 듯한 거북함을 느낀다. 그러나 문학이 어차피 한 시대를 함께 겪어나가는 사람들의 의식적인 혹은 무의식적인 삶의 어쩔 수 없는 오열이라는 점에 나는 동의한다. 어쩌면 시인이란 막을 수 없는 그 울음이 흘러나오는, 벌어진 입이 아닐까. 내 생각으로는 어느 시대, 어느 민족의 삶이든 모든 삶은 거대한 상처이며, 그때 문학은 '지금, 이곳에서 내가 너와 함께' 나누고 좌절하고 극복하였던 상처의 기록이며, 기억의 현재진행형 같은 것이다. 한 번의 치명적인 시선으로 우리들 삶의 속절없음을 겨누고…… 그리고, 마지막 침을 허비한 벌처럼 힘없이 눕는 것은 당대의 예술가들만이 누리는 행복의 몫이 아닐까. 또한 그 몫이 바로 향가와 읍기와 흑인 영가를 꿰뚫는 그 무겁고 슬픈 가락으로 남는 것이 아닐까. 어떻든, 사랑이란 구체적으로 사랑하는 것을 말하며, 환멸도 풍자도 해탈도 아닌, 다만 팽팽한 맞섬이라는 사실을 나는 나 자신에게 설득하려 한다.

변변치 못한 시인 하나를 수상자의 열에 서게끔 무리한 노고를 아끼지 않으신 심사위원 선생님들께 감사드리며, 보다 역량 있는 젊은 선후배 시인들 앞에서 결례를 하게 되어 미안한 마음이 들 뿐이다.

가히, 불안하고 기쁘다.

세상과의 연애

— 제4회 소월시문학상 수상 소감

　우선 미욱한 사람을 수상자의 반열에 서게 해주신 선생님들께 감사드리며, 이 자리를 빌려 근간에 제 머릿속에 남아 있는 몇몇 생각들을 되짚어봄으로써 문학이라는 특이한 도정 속에서 여태껏 제가 걸어온 길과 걸어가야 할 길 사이의 이음새를 밝혀보고자 합니다.

　지금부터 4, 5년 전입니다만 제가 두번째 시집을 출간할 무렵, 저도 남들처럼 비교적 부끄럽지 않은 연애시집 하나를 가졌으면 하는 막연한 소망을 품었더랬습니다. 그 소망의 연원은 저 자신의 내부에서 혹은 외부에서 이루어진 여러 상황들로부터 미루어 짐작할 수 있겠지만, 제 나름으로 추체험하여 논리화하자면 악성(惡性) 신화와 상징들이 횡행하는 '아버지의 세계'로부터, 세상의 온갖 노폐물들을 투명한 샘물로 바꾸어주는 '어머니의 세계'로, 그리하여 이제는 성장한 아들로서 함께 살아가야 할 '당신의 세계'로의 이행 과정의 한 징조가 아니었는가 생각됩니다. 사실상 저의 문학 생활은 일종의 퇴행(退行) 연습이었으며, 앞으로도 퇴행의 순진함 혹은 어리석음 속에서 이루어질 것이라는 생각을 해봅니다.

그러니까 제가 연애시를 쓰고 싶다는 소망을 품게 된 것은 지금까지 극단의 폭력과 극단의 인종으로 갈라놓인 세상—그것을 갈라놓은 것은 다름아닌 저 자신이었지요—을 '당신'이라는 유일무이한 존재로 받아들이고 싶다는 숨겨진 욕망의 표현이었는지 모르겠습니다. 어떻든 제가 세상을 연애의 대상으로 바꾸어 보게 된 이후 저의 말투는 달라졌습니다. 지금껏 그토록 어색하게만 들렸던 '……습니다' '……어요' 등의 공경스러운 어조는 무척이나 신기하고 또한 무척이나 자연스럽게 여겨지게 되었습니다. 그것은 마치 처음 사랑에 눈뜰 때의 그 눈에 비친 세상의 모습과도 같았습니다. 최근 4, 5년 사이의 저의 글쓰기는 '……습니다' '……어요'라는 어미(語尾) 앞에 서둘러 무언가를 채워넣어야 한다는 긴박감 같은 것으로 지속되었다는 느낌까지 듭니다.

　　모든 다른 연애와 마찬가지로 세상과의 연애 또한 고통을 그 숙명적인 조건으로 하고 있습니다. 결여(缺如) 혹은 별리(別離)로 불리는 고통이 그의 사랑하는 아들 연애를 낳고 연애는 고통을 빌미와 담보로 하여 세상을 낳습니다. 세상은 연애를 통해 이루어져왔고, 연애를 통해서만 이루어져갈 것입니다. 병과 병마개, 눈과 보이는 것, 남자와 여자, 불과 얼음, 삶과 죽음, 그 모든 것들은 팽팽한 시간의 외줄을 타며 뜨겁게 연애합니다. 갈라져 있는 그것들은 둘이 아니기에 하나가 되려 하며, 하나가 아니기에 만날 수 있는 근거를 얻습니다. 덧없음은 영원함의 속살이며, 꿈은 결핍의 열매입니다. 혹시라도 그들이 끝내 만나 하나가 된다면 세상은 끝나고 말 것입니다. 언젠가 제가 남녀 사이의 연애만 잘 관찰하면 세상의 원리를 끌어낼 수 있으리라 생각했던 것도 바로 그 때문입니다.

　　세상과의 연애를 통해서 제가 깨우친 바가 있다면 삶의 의미는 끊임없는 배움에 있으며, 그 배움은 공경하는 마음 없이는 이루어질 수 없다는 것이었습니다. 보다 더 자세하게 살피자면 배움은 다름아닌 공경하는 마음을 배우는 것입니다. 그것은 선현들이 모든 공부는 공경 경(敬) 자 한자에 있다고 하신 말씀과 같은 맥락에서입니다. 그리하여 지금까지 제가 함부로 괴물 같은 세상 앞에 갖다붙인 완강한 물음표를 이제 저 자신에게 옮겨놓으려 합니다. 앞도 뒤도 알 수 없는 막막한 세월 속에서 구원도 해탈도 아닌 막막한 걸음걸이, 우리는 모두 그 길을 가고 있습니다. 그 막막함을 함부로 제멋대로 제 편한 것으로 바꾸어버리지 않고 그 길을 끝까지 가는 것, 모든 공부는 입을 틀어막고 우는 울음 같은 것입니다.

그러나 최근 들어 그토록 친근하게 느껴지던 '……습니다' '……어요'의 어미는 이제 왠지 낯설게만 여겨집니다. 마치 어느 날 한 여자에 대한 사랑이 걷잡을 수 없이 사라져가는 것같이, 그 간절했던 느낌들은 속수무책으로 빠져나갑니다. 그러나 사라진 것들이 없어지는 것은 아니겠지요. 마치 바닥으로 스며 흐르는 건천(乾川)이라는 것처럼, 세상 깊숙한 구석에 숨어 흐르며 살아 있는 것들의 연한 뿌리를 적시겠지요. 머지않아 제가 지금까지 세상에게 씌워왔던 '당신'이라는 불편한 굴레를 벗길 날이 올 것입니다. 그 굴레는 제가 만든 굴레이면서 동시에 저 자신의 굴레였습니다. 이제 세상은 '그' 혹은 '그것'이라는 삼인칭으로 불릴 것이며, 막연하게나마 앞으로 하게 될 일이 '인생 연구'로 요약될 수 있으리라 생각하는 것도 그 때문입니다. 그러기 위해 우선 가보아야 할 곳이 병원이나 기차역, 시장, 사창가 등이 아닌가 합니다.

지켜봐주시는 분들께 늘 기대에 못 미쳐 송구스러움을 전하며 두서 없는 말씀 줄이겠습니다.

제3부

고통과 갈등의 시학

1

갑: 여기 오래 있었더랬어?

을: 응.

갑: 비가 올 것 같은데.

을: 그럴지도 모르지.

갑: 그래, 비가 올 거야. 이제 그만 일어나지 않겠어?

을: 아니.

갑: 누구를 기다리는 건 아니겠지.

을: 아니.

갑: 가자구.

을: 응.

갑: 마차가 지나가는군. 말의 다리는 진흙투성이야.

을: 그렇군.

갑: 말이 불쌍하지 않아?

을: 불쌍해.

갑: 그래서?

을: 불쌍하다니까.

갑: 이봐, 내가 올 걸 알고 있었지?

을: ……

갑: 날 기다리고 있었나?

을: 응.

갑: 전번엔 사정없이 나를 내쫓고서도? 내가 보고 싶었나?

을: ……

갑: 내 얼굴을 쳐다봐. 이런, 떨고 있군!

을: ……

갑: 내가 두려운가?

을: 응.

갑: 아직도 나를 좋아하고 있어?

을: ……

갑: 말해봐.

을: 그래, 좋아해. 하지만 나는 네가 뭘 원하는지 다 알고 있어.

갑: 나는 아무것도 원치 않아. 다만 네가 불쌍하게 생각될 뿐이야. 자, 내 얼굴을 쳐다봐. 어서, 내 얼굴을 바로 보란 말이야…… 너는 겁먹고 있어.

을: 그래, 그게 어쨌다는 거지? 너는 허깨비일 뿐이야. 내가 너를 겁내는 건, 아니 너를 혐오하는 건 네가 허깨비이기 때문이야. 너는 내 약한 성격을 미끼로 해서 기생하고 있어. 내가 너에게 빠져들고 싶지 않은 건

150

당연한 일이야.

갑: 이봐, 하지만 너는 나를 두려워하고 있어. 그것만으로도 내가 존재한다는 증명이 되잖아. 나는 허깨비가 아니야. 너는 네가 없이는 내가 존재할 수 없다고 믿지만, 내가 없이는 너도 존재할 수 없어. 눈감으려고만 하지 마. 그렇다고 해서 문제가 해결되는 게 아니야. 나는 너를 사랑해.

을: 너의 사랑? 그게 다 고통투성이라는 것을 나는 잘 알고 있어. 나는 고통받고 싶지 않아. 가, 가란 말이야!

갑: 고통을 피하는 길은 고통 속으로만 열려 있는 거야. 넌 왜 내가 너에게 고통을 강요한다고만 생각하지? 그건 어쩔 수 없는 일이야.

을: 고통 없이 사는 사람들도 얼마든지 있어. 고통 없는 삶도 삶이라는 걸 부정하지는 않겠지? 그래, 고통을 받는다 해서 무엇이 달라지지?

갑: 흥, 너는 굉장한 낙천주의자가 되었군. 언제부터 그렇게 되었지? 네가 어떻게 생각하든, 아무것도 달라지는 게 없다는 것을 너도 잘 알겠지?

을: 아니야, 고통은 얼마든지 피할 수 있어. 게다가 나는 힘들게 살고 싶지 않아. 왜 나 혼자만 모든 책임을 떠맡아야 해?

갑: 너만이 떠맡는다고? 이 많은 사람들 가운데 네가 그렇게 유별난 존재라고 생각하니? 너는 그들 가운데 하나일 뿐이야.

을: 그래, 내가 별것 아니라는 사실은 나도 잘 알고 있어. 그러기에 나도 고통받고 싶지 않은 거야.

갑: 너는 참 비겁한 녀석이야. 자신을 속일 수 있을 만큼 비겁해. 너의 비겁함이 내 숨통을 죄는군.

을: 이제 그만해. 내일 또 이야기하자구. 내일 이야기해도 늦지 않아.

갑: 그래, 알았어. 내일 보자구. 좌우간 내일은 결판을 내야 하니까……

2

을: 왜 또 왔지? 너하고는 계산이 끝난 줄로 알고 있는데. 해도 너무하는군.

갑: 나를 잊어버리고 싶겠지. 하지만 그게 불가능하다는 건 너도 잘 알고 있잖아. 그건 내 탓이 아니야. 난 너를 돕고 싶어.

을: 돕고 싶다고? 그래서 나를 괴롭힌다는 얘긴가? 난 더이상 괴로워하고 싶지 않아. 너 없이도 얼마든지 살 수 있어. 이봐, 왜 자꾸 나를 괴롭히는 거지?

갑: 넌 왜 내가 널 괴롭힌다고만 생각하지? 물론 괴롭겠지. 그건 나도 알아. 그렇지만 달리 어떻게 할 도리가 없잖아. 눈을 뜬다는 것, 그건 이미 괴로움이야. 문제는 네가 거짓 속에서 편안히 살 건가, 아니면 진실 속에서 괴로워하며 살 건가 하는 선택에 달려 있어.

을: 그게 바로 네가 나를 옭아매는 수법이지. 아니야, 진실 속에서도 얼마든지 행복하고 편안하게 살 수 있어. 난 그런 사람들을 많이 보았어.

갑: 물론 그런 사람들도 있지. 아무튼 행복한 사람들이야. 하지만 너 자신에 대해서 생각해봐. 내 말을 반박하려고만 들지 말고 말이야. 넌 괴로움 없이 이 삶을 생각할 수 있니?

을: ……없어. 그래서 어쩌자는 거지? 넌 내 약점을 이용하고 있어. 더러운 녀석!

갑: 아무래도 좋아. 그렇지만 이봐, 내가 널 이용해서 무얼 하겠어? 난 아무것도 필요 없어. 그건 너도 잘 알 거야. 난 너를 돕고 싶어. 네가 이 삶을 괴로움 없이 생각할 수 없는 한, 난 네 곁에 있을 거야. 내가 할 일은 그것밖에 없어.

을: 필요 없어. 너만 없으면 난 편하게 살 수 있어. 넌 언제나 괴로움만 가져와. 내 괴로움은 모두 네가 가져온 거야. 난 너 같은 건 필요 없어.

갑: 이봐, 고집 부리지 말고 내 말을 잘 들어봐. 네 괴로움은 내가 가져온 게 아니야. 나는 네 괴로움이 오는 길로 따라왔을 뿐이야. 내가 너에게 괴로움을 주어서 무슨 좋은 수가 생기겠니? 난 너를 돕고 싶어.

을: 그건 네가 언제나 하는 소리지. 넌 내 괴로움과 한통속이야. 난 네 말을 믿지 않겠어. 네가 무슨 소리를 해도 난 듣지 않을 거야.

갑: 내가 네 괴로움과 한통속이라고? 그렇게 말할 수도 있겠지. 어쨌든 좋아. 하지만 내 말을 잘 들어봐. 넌 지금 네가 괴로워하는 걸 다 네 괴로움 탓으로 돌리고 있어. 그건 잘못된 생각이야. 이봐, 네 괴로움에겐 아무 잘못도 없어. 넌 지금 너를 괴롭히는 것들과 네 괴로움을 혼동하고 있어. 네가 네 괴로움을 피한다고 해서, 너를 괴롭히는 것들로부터 벗어나는 건 아니야. 네 괴로움에겐 아무 죄도 없어. 그러니까 우리는 모두 피해자인 셈이지. 이봐, 네가 너 자신을 불쌍하게 생각한다면, 너의 괴로움도 불쌍히 여겨야 해. 네가 너의 괴로움을 온전히 사랑할 때, 비로소 너의 삶을 사랑할 수 있는 거지. 너를 괴롭히는 것들까지 말이야. 그런데 지금 너는 네 괴로움을 학대함으로써 너 자신을 학대하고 있어.

을: 난 괴로움 받고 싶지 않아.

갑: 누구나 마찬가지야. 괴로움 속에서 살아 있을 건가, 거짓 속에서 잠들 건가?

을: 난 괴로움 받고 싶지 않아.

갑: 그건 네가 결정할 문제가 아니야. 괴로워할 건가, 잠들 건가?

을: 난 정말 괴로워하고 싶지 않아.

갑: 해야 해. 그게 진실이니까. 잠들 건가, 깨어 있을 건가?

을: 제발 나를 내버려둬. 도대체 나더러 어떻게 하란 말이야?

갑: 결단을 내려야 해.

을: 결단을 내리라고? 이 파렴치한 녀석! 넌 내가 가엾지도 않니?

갑: 난 너를 사랑하고 있어.

을: 그런 사랑이라면 지긋지긋해. 어디든지 꺼져버려. 다시는 내 앞에 나타나지 마.

갑: 하지만 넌 내일이면 또 날 찾아올걸. 이봐, 오늘은 꼭 결단을 내려야 해.

을: 오늘은 못하겠어. 내일 할게. 내 약속하지. 제발……

갑: 안 돼. 오늘 해야 돼. 지금, 당장!

을: ……대체 이 괴로움은 언제나 끝이 나는 거지?

갑: 너의 삶이 끝날 때…… 묵묵히 기다리는 거야.

무위의 늪에서

　　어제는 첫눈이 내렸다. 아파트 단지의 꼬마들이 쥐 울음소리 같은 끽
끽거리는 소리를 질러, 창을 열었다. 창 열리는 소리는 날카로운 모서리
에 걸려 찢기는 옷을 생각하게 했다. 어쩌면 그것은 먼지 속에 묻혀 쥐죽은
듯이 놓여 있는 내 정신의 실밥을 뜯어내는 소리와 같았다. 창을 열고 쌀
쌀한 날의 고요한 바깥을 살피는 것은 아무래도 꺼림칙한 일이다. 마음이
불편하다. 그것은 끝없이 깊고 어두운 어린 시절의 곳간 속을 들여다보는
듯한 느낌을 갖게 한다. 혹은 사그라지는 모닥불을 나무 막대기로 헤적이
듯이, 상처의 가장자리를 제 손으로 헤쳐보는 것. 그것은 마치 알루미늄
대야를 손톱으로 긁을 때의 약간은 소름 끼치는 느낌을 갖게 한다.

　　그럴 때는 꼭 두 가지 상반되는 생각이 든다. 하나는 어떻게든 더 오랫
동안 그 짓을 계속해야만 한다는 어떤 준엄한 계율 같은 것이고, 다른 하
나는 다시는 이런 짓을 하지 말아야겠다는 겁먹은 목소리이다. 대체로 나
는 겁먹은 목소리의 뜻에 따르고 만다. 그렇지 않은 경우는 약간의 술기

운이 남아 있거나, 정도 이상으로 괴로워서 어서 몸 바깥으로 뛰쳐나가고 싶다는 생각이 들 때이다. 어쩌면 내가 이 느낌을 과장하고 있는지도 모른다. 그러나 어떤 콤플렉스도 합리적인 설명을 거부하듯이, 어떤 느낌도 아무리 과장해도 지나치지 않다. 느낌이라는 것 자체가 이미 과장일 것이다. 작은 바늘구멍을 통해 거대한 산을 바라볼 수 있듯이, 모든 느낌은 깊이를 알 수 없는 어둠을 향해 열려 있는 것이다.

대상이 무엇이든, 나는 그것을 정시(正視)해야만 한다는 것이 두렵다. '두렵다'는 말보다는 차라리 '싫다' '지긋지긋하다'는 말이 더 적합할지 모른다. 확실히 나는 과장하고 있다. 그러나 어떻든 오랜만에 용기를 내어 창밖을 내다보고, 그리고 다른 생각을 하지 않고 계속 바라본다는 것은 무척 힘든 일이다. 원수를 사랑하라는 말 이상으로 힘들다. 그렇다. 바라본다는 것, 관찰한다는 것은 인내력 없이는 불가능하다. 그 인내력은 무감각이나 배짱 같은 데서 오는 것이 아니라, 최초의 떨림으로부터 오는 것이다. 사랑이란 애초에 떨림이다. 한없이 떨리면서, 그러나 그 자리를 떠나지 않는 것, 그것이 관찰일 것이다.

눈은 아파트 단지 건너편 산등성이를 휘감으며 희끗희끗 비껴 내리고 있었다. 나는 자신에 대한 배신감을 다시 한번 확인하면서, 창을 닫고 아침나절에 샅샅이 읽었던 신문을 다시 꺼내들었다.

다시 무위의 늪에서

아내가 출근을 한 다음 나는 이불을 개고 신문을 읽기 시작한다. 밖에서는 아파트의 조무래기들이 끽끽 소리를 지르며 놀고 있다. 담배 한 대를 붙여 문다. 내가 밥벌이를 못한 지도 어언 1년이 가까워온다. 작년 11월에 회사를 그만두고 남은 공부를 끝내려고 아버지 집에서 빌붙어 지내다가, 아내가 취직이 되어 이곳으로 이사를 온 것이다. 지난여름에는 한차례, 정신이 몸을 빠져나가려는 소란을 피웠다. 이제는 그 일도 마무리가 되어가지만, 그렇다고 해서 마음이 홀가분해진 건 아니다. 오래 놀고 있으니 가까운 친척이나 아는 사람들을 만나면 면구스럽다. 놀고 있다는 것은 평계를 댈 수 있지만, 이 아까운 시간에 아무 일도 하지 않는다는 것은 변명할 여지가 없기 때문이다.

요즈음은 아무 생각도 하지 않는다. 자못 사무사(思無邪)의 경지에 가까이 가는 느낌이다. 만사가 이래도 좋고 저래도 좋다. 아무 생각도 하지 않는다. 그 대신 열심히 텔레비전을 본다. 아침 신문에서 꼭 텔레비전 프로그램을 확인한다. 깊이 생각하는 일이 귀찮다. 귀찮다는 말보다는 싫다는 말이 더 적합할 것 같다. 손톱으로 양재기를 긁을 때처럼 꺼림칙한 느낌. 아니 그것은 좀 과장된 것이다. 외형적으로는 그렇게 괴로운 일이 아니다. 좀 지긋지긋한 것일 뿐. 언제까지나 이렇게 피해다닐는지, 피하면서 사는 일이 정말 가능할는지 나도 모른다. 하루하루를 편하게! 이것이 요즘 내 신조다. 물론 내가 그 신조를 철저히 믿고 있는 건 아니다. 나도 그 뻔뻔스러운 말이 싫다. 그렇지만 하루하루 지나다보면, 어느덧 그 신조에 악착같이 달라붙어 있는 나 자신을 발견한다. 이따금씩 그런 나 자신이 남에게 발각될 때는, 쥐구멍에라도 숨고 싶은 생각이 든다.

하지만 내가 이 무기력의 상태에서 일어나보려는 생각까지 포기한 것은 아니다. 나도 몇 번은 탈출을 시도해보았다. 종일 시내에 나가 혼자 돌아다녀도 보고, 옛날처럼 시내에서 집까지 걸어와보기도 했다. 그런데 아무 생각도 나질 않는다. 빨리 집에 돌아가야겠다는 마음뿐이다. 그리고…… 글쎄, 약간은 괴롭다. 그 괴로움은 내가 정말로 괴로워하고 있지 않다는 데 대한 변명 같은 것이다. 그 괴로움은 마음을 편하게 해주는 것이어서, 나는 일찍 잠자리에 들게 된다. 그러니 정말 어쩔 수가 없다. 이런 어이없는 시도를 한 후에는, 더욱더 깊이 무위의 늪 속으로 빠져들어간다. 그 속에서는 아무 일도 일어나지 않는다. 만남도, 이별도, 삶도, 죽음도, 희망도, 절망도 없다. 행복하냐고? 글쎄, 좀 답답하다는 생각이 든다. 물론 숨이 막힐 정도로 몹시 답답한 것은 아니다. 그리고 조금은, 잘못 살고 있다는 느낌과 왠지 미안하다는 느낌. 잘못 살아온 내 삶과, 내가 빚지고 있는 다른 사람들의 삶에 대하여.

내가 왜 이렇게 되었는지 나도 모를 일이다. 아니, 나는 분명히 알고 있다. 내 정신이 배가 고프지 않기 때문이다. 먹어도 먹어도 투정을 하던 정신이 이제는 잔뜩 부른 배를 쓰다듬으며 트림을 한다. 녀석이 팔다리를 쭉 뻗고 팔자 좋게 누워 있는 꼴이 눈에 선하다. 녀석은 누가 옆에서 아파 죽어가도 눈 하나 깜짝 않을 것이다. 녀석은 누가 칼로 찔러도 멀거니 웃고만 있을 것이다. 녀석이 꿈꾸는 것은 그럴듯한 일자리와 뭇 사람들의 칭찬뿐이다. 녀석은 만족하면 이내 코를 골며 잠이 든다. 이럴 수가 있을까. 예전에 나는 녀석을 철저히 굶기기로 작정했었다. 지금 생각해보면 그때가 제일 행복했던 것 같다. 그때는 이 세상 사람들이 깊은 바다 밑에서 형형색색의 지느러미를 흔들며 헤엄치는 물고기처럼 신기했다. 나는 그들을 수중 촬영했다. 그때는 사람들이 여름밤 수은등에 달라붙는 밤나비들처럼 허망하고 안타까웠다. 그때 내 인생은 한없이 불밝았다. 내 정신은 환히 빛나는 가로등이었다. 그리고 아무것도 아니었다. 내 정신이 가는 곳마다, 살아 있는 모든 미물들이 흐느적거리며 조용히 춤추었다. 사는 것이 바로 춤이었다. 그러나 이젠 아무것도 안 보인다.

이제 내 정신은 나보다 크고 뚱뚱하고 힘센 괴물이 되었다. 나는 녀석을 꾸짖을 용기가 안 난다. 그저 옆에 가서 "일어나, 제발 일어나!" 하고 울먹일 뿐이다. 그러다가 녀석이 벌컥 화를 내기라도 하면, 입을 다물고 우두커니 서 있을 뿐이다. 참 한심한 일이다. 그러나 정말 한심한 것은 내가 아니고 그 녀석이다. 녀석은 저의 집에 불이 났다는 것을 모른다. 집이 다 탈 때까지 불길이 꺼지지 않으리라는 것을 모른다. 그 불길과, 불길 속에 속절없이 비치는 이 세상 사람들의 삶이 얼마나 소중하고 아름다운 것인지를 모른다. 지금 이 순간에도 불길은 타오르고 있다. 내가 녀석을 깨울 때도, 깨우는 것을 포기할 때도, 그리고 녀석과 함께 곤한 잠을 잘 때도 불붙은 우리들의 삶은 끊임없이 재가 되고 있다. 그래서 나는 녀석에게 경고한다. 녀석은 내 말을 믿지 않는다. 사실 나도 내 말을 믿지 않는다. 아무도 믿지 않는다. 이것은 확실히 엄청난 재난이다. 아무도 발등에 붙은 불을 끄려고 하지 않는다.

이 재난에서 빠져나갈 수 있는 길은 단 하나뿐이다. 그것은 지독하게 후회하는 일이다. 돌이킬 수 없이 후회하는 것이다. 내 정신이 불난 집에서 후닥닥 뛰쳐나올 정도로 후회하는 것이다. 나는 후회하고 싶다. 결정적으로 후회하고 싶다. 그러나 나는 아직도 후회할 때가 아니라고 우기고 있다. 나는 내가 앞으로도 결코 후회하지 않으리라는 것을 잘 알고 있다. 후회하기를 바라는 만큼 아니 그 이상으로 마음 편하게 살기를 바라기 때문이다. 나는 후회하고 싶지 않다. 나는 괴로움 없이 살고 싶다. 안락사(安樂死)가 나의 지극한 꿈이다. 나는 이 꿈을 힘 안 들이고 실현할 것이다. 나는 결코! 후회하지 않을 것이다. 아, 누구한테 개처럼 걷어차였으면 좋겠다. 코피가 나도록 얻어터졌으면 좋겠다. 제발, 아프지만 않게만……

자성록 · 1993

1

　근래 나의 문학과 삶에 대한 회의와 무력감, 방향 감각의 상실로 인해 나 자신도 수습할 수 없는 지경에 이르러 인생의 여러 선배들과 만나 숙의하고픈 마음이 문득문득 솟아나기도 하였지만 결국 아무런 결실을 맺지 못하게 된 것은 무엇보다 자신의 문제에 대해 가장 정확히 알고 이야기해줄 수 있는 선생은 자기일 뿐이리라는 막연한 짐작에서이기도 하다. 그것은 한편으로는 다소 오만하고, 그러므로 문제 해결을 가로막는 방법으로도 비칠 수 있겠지만, 결코 자신에 대한 맹목적인 과신에서 나온 것이 아니라는 점은 분명히 할 수 있을 듯하다. 오히려 타인에게 내 문제를 이야기함으로써 얻어내려 하는 위안과 자기 보상 심리와 그럼으로써 다시금 문제 자체를 은폐시키는 폐단을 벗어날 수 있는 장점을 지닌 방법이기도 하다. 나는 이 글이 어디까지, 언제까지 진행될지 아직은 모르고, 또 이러한 자기 성찰의 결과 나 자신이 스스로 갇힌 정신적인 혼란에서 조금씩 벗어날 수 있는 길을 모색할 수 있을지 없을지에 대해서도 알지 못한다. 다만 그럴 수 있기를 바랄 뿐이다. 그런 의미에서 '법등명, 자등명'이라는 부처의 말씀은 나에게는 변함 없는 등불이 될 것이다. 다시 한번 바라 마지않는 바는 이 글을 써나가는 과정에서 추호도 자기 은폐나 자기기만, 자기 위안에 빠지지 않도록 노력하는 것이다.

2

확실히 전에 비해 내가 문학에 대한 입맛을 조금씩 되찾은 것은 분명하다. 어쩌면 이 사실은 지금 내가 애써 믿고 싶어하고 또 그럼으로써 나 자신에게 납득시키려 하는 일종의 자기 암시일 수도 있다. 왜냐하면 첫 시집을 낸 이래 내가 문학으로부터 점점 멀어져온 가운데도, 속 깊은 곳에서는 문학에 대한 애정이 식지 않고 도사리고 있었을지도 모르기 때문이다. 가깝지 않다면 왜 멀어지려 하겠는가. 그러나 의식의 밑바닥에서는 동일할지 모르겠으나, 어떻든 의식의 표면으로 보아서 문학에 대한 나의 마음가짐이 다름은 분명한 듯하다. 나는 다시 문학 속에서 살고 싶다. 내가 다시 문학에 대한 입맛을 되찾게 된 까닭으로는 그 막연한 욕망 외에 여러 요인을 살필 수도 있을 것이다. 모든 것을 정식화하고 이성화시키는 유가적인 원리로부터 구분과 대립을 한 칼날에 무화시키는 불교적 위생학으로의 진입, 그것조차도 나의 전통적 세계관에 대한 공부의 자연스러운 진전에 의해 이루어진 것이라기보다는 속 깊은 곳에서 나를 부추기는 문학에 대한 애정이 꾸며낸 사건인지도 모른다. 어떻든 불교적 세계관을 통해 김현과 황지우와 최승호의 유마주의와 다시 만났으며,

"환(幻)이 아니면 진(眞)을 구할 수 없다"는 채근담의 공식이나 "환으로써 환을 제거한다"라는 원각경의 근본주의와 합류했고, 그것이 다시 문학적 방법과 일치함을 확인하게 되었다. 단적으로 말하자면 나는 다시 내가 천대해왔던 이미지들의 탁월성 앞에 무릎을 꿇게 되었던 것이다.

3

내가 최근에 써오는 시들에 대해서는 그리 주목해 언급하는 경우를 거의 보지 못했다. 안타깝게도 이제 나의 목소리와 나의 이야기는 사람들의 관심을 끌지 못하게 된 것이다. 나는 이제 1980년대 대표 시인도 아니고, 대표 시인들 가운데 한 사람도 아니다. 이것은 내가 믿고 싶지 않음에도 불구하고 분명한 사실이다. 아마도 어떤 결정적인 변화와 변모가 있기 전에는 옛날의 주목을 다시 받기에는 역부족일 것이다. 그 점에서 오늘 아침 마침내 묶어 문학과지성사로 부친 시집 초고 『호랑가시나무의 기억』도 마찬가지일 것이다. 지금 시집을 묶어 내려 하는 마당에서도 나는 내 시의 현황을 잘 알기 때문에 큰 기대를 할 수 없다는 것을 알고 있고, 그럼에도 불구하고 막연한 환상을 기대하는 나 자신을 설득시키려 하는 것이다. 가령 이 시집에 묶인 「11월」「파리」「옛날의 불꽃」「슬픔」 등에 대해 최근 여러 잡지에서 전혀 언급이 없었으니, 그것들이 시집에 묶여 나온다 해서 상황이 달라지리라고는 기대할 수 없는 것이 사실이다. 확실한 것은 지금의 내 시는, 그리고 사실 『뒹구는 돌은 언제 잠깨는가』 이후의 지금까지 내 시들은 이미 사람들이 생각하는 좋은 시의 범주에서 멀리 벗어나 있다는 것이 부정할 수 없는 진실인 것이다.

4

왜 이렇게 되었는가에 대해서 내 나름대로 짐작할 수 있는 것은 크게 몇 가지로 나누어 생각할 수 있을 것이다. 우선 첫 시집 이후 내 시가 추상화의 과정을 밟아왔고, 김현 선생의 지적처럼 위태로울 정도로까지 관념의 경계로 치달아왔다는 것을 지적할 수 있을 것이다. 최근의 구체적 삶을 지향하는 나 자신의 반성이 없는 것은 아니지만, 그럼에도 불구하고 지금의 나 또한 구체성을 빙자한 관념의 횡포에서 벗어나고 있지 못한 것이 부정할 수 없는 사실이다. 이러한 관념성은 애초부터(나의 소년기부터) 시작되는 철학에의 경도와 집착에 연유될 것이며, 1986년 이후 빠져들기 시작한 유가 사상, 특히 주역 등 동양의 문화와 사고에 의해 더욱 강화되어왔다고 볼 수 있다. 그렇다고 해서 동양 문화 자체가 추상적이라는 것은 아니다. 그것은 말할 나위 없이 구체적인 것이다. 다시 말하자면 동양 문화를 흡입하는 나의 자세가 추상적이라는 것이리라. 어떻든 언젠가 내가 했던 농담처럼 "나는 동양을 얻고 문학을 잃었다. 얻은 것은 사상이고, 잃은 것은 문학이다." 유감스럽게도 이 말은 사실이다. 나는 앙상한 관념의 뼈대만을 갖게 된 것이다. 그 관념의 뼈대로 나는 지금까지 내 삶과 내가 공부하는 불문학을 해석하려 애써온 것이다. 이것이 나름대로 가진 가치가 전혀 없는 것은 아나, 적어도 나의 글쓰기에는 결정적인 해독을 미친 것이 사실이다.

5

이와 더불어 구체적 삶과 세상살이에 대한 염증도 큰 이유로 들 수 있을 것 같다. 첫 시집 이후 나는 내가 그때까지 세상의 조악한 모든 것을 다루어온 것에 대한 내심의 혐오감과 부끄러움을 감출 수 없었고, 되도록이면 그로부터 떠나고자 많은 노력을 했던 듯하다. 첫 시집 이전까지만 하더라도 나는 밥이나 똥, 성, 화장실, 부패 등 인생의 가장 지저분한 장면들을 문학이 다루는 것에 대해 얼마나 기뻐했고 자랑스러워했던가. 그렇다면 내가 돌연히 달라진 그 까닭은 무엇일까. 아마도 내 시집 이후 쏟아져나온(그것이 내 시집의 여파나 영향이라고 생각하는 것은 결코 아니다) 그러한 유의 시들과, 특히 메스처럼 첨예한 다른 시인들의 시 작업을 보고 나서, 나는 그들과는 달라져야겠다는 의식을 나 자신도 모르게 가졌기 때문이 아닐까. 어떻든 그러한 이유로 해서 나는 현대가 아닌 고대, 서양이 아닌 동양을 의식적으로 선호했고, 그 결과는 지금의 시들로 나타난 것이다. 그때 내가 그들과 궤를 달리하려고 결심했던 것(이러한 종류의 결심은 결코 의식적인 차원의 것이 아니라, 본능적이고 무의도적이라는 점을 염두에 두자)은 어쩌면 내가 그들처럼 하더라도 그들을 따라갈, 혹은 그들과 경쟁할 능력이 없었기 때문이 아닐까. 분명히 그런 점은 있는 듯하다. 그러나 그 이유 때문만은 아닐 것이다. 나는 그들과는 달라야겠다는 그 무의도적인 결심이 오늘의 나를 낳았는지 모르겠지만, 그 당시 나는 또 우리 눈의 색안경을 바꿈으로써 삶을 변화시킬 수 있고, 변화시켜야 한다는 생각을 굳게 하고 있었던 것이다.

6

그래서 삶은 달라졌던가. 나는 나 자신의 삶을, 그리고 남들의 삶을 바꾸어버렸던가. 현실적으로 지금의 내 시가 독자들에게 설득력을 잃고 있다는 사실은 그 질문에 부정적인 답을 암시하고 있는 것 같다. 나는 삶을 바꾸려고 노력했고 그 결과 삶은 바뀌지 않고 시만이 바뀐 결과가 되었다. 그것도 나쁜 방향으로…… 그렇다면 내가 왜 굳이 삶을 바꾸려 했던가. 그것이 현대적 삶이 감당하게끔 강요하는 고통을 피하기 위해서일까. 그렇다. 일차적으로는 그렇다고 대답하지 않을 수 없다. 나는 현대적 삶의 고통이 불가피한 것이 아닐 수 있다는 생각을 하였고, 어쩌면 그것이 왜곡된 서양적 비관주의의 잘못된 결과일 수 있으며, 한마디로 말하여 그것은 쓸데없는 고통일 수 있다는 생각을 하였던 것이다. 나는 진정한 고통을 비겁하게 피한 것이 아니라, 허위의 고통을 껍질째 까부수고 왜곡되지 않은 삶, '순천안명(順天安命)' '낙천지명(樂天知命)'의 삶을 마련하려고 했던 것이다. 나의 이 생각이 원초적으로 잘못된 것이었을까. 혹은 나는 내 견디지 못하는 고통을 작위적으로 회피하려고 했던 것일까. 이 두 질문 사이에서 지금의 나는 어디에도 선뜻 편먹을 수 없는 형편에 있다. 분명한 것은 아직도 그렇게 믿고 생활하고 그리하여 훌륭한 삶의 실질을 보여주는 분들이 있으며(가령 우리 선생님 같은 분), 나는 그것이 도피라고만 생각하지는 않는다.

7

문제는 내가 전에 시를 썼었고, 어떤 생각을 하든 어떤 이유에서건 시쓰는 일로부터 떠날 힘이 없고, 또 앞으로도 어떻든 시로부터 자유로울 수 없다는 사실에 있다. 가령 내가 문학 아닌 다른 학문을 했더라면 지금이라도 홀가분히 글쓰는 일로부터 멀어질 수 있고, 내가 글을 썼었던 것은 한때의 유치한 놀음이었다는 식으로 편히 이야기해버릴 수도 있었으리라. 그러나 나는 직업상 문학 선생이다. 나는 보들레르와 프루스트 등을 비판하기 위해서가 아니라, 옹호하고 그들의 위대성을 선양하기 위해서, 또한 그들의 문학을 통해 예술의 위대성을 포교하기 위해 일한다. 예술이란 그토록 위대한 것일까. 그럼에도 불구하고 예술과는 아무런 상관없이 살고 신앙하고 즐기는 사람들이 얼마나 많은가. 그렇다면 그들의 삶은 허위인가. 그렇지만은 않을 것이다. 문제는 예술이 인생을 바라보는, 혹은 인생을 살아내는 여러 바늘구멍들 가운데 하나일 뿐이라는 점이다. 나는 직업으로 문학 선생을 택했고, 지금으로서는 나의 직업을 바꾸기란 불가능한 일은 아니라 할지라도, 심히 어려운 것만은 틀림없다. 나는 문학 선생이다. 그럼에도 불구하고 아무런 열의나 흥분 없이 문학을 이야기하는 일이 가능할까. 그것은 명백히 이율배반이다. 나는 그런 이중생활은 할 수 없다.

8

여하튼 나는 최근 10여 년 동안 조금씩 때로는 의도적으로, 때로는 나도 모르게 문학과 멀어져왔고, 이제는 나이 들어 물러난 기생이나 스포츠 선수 비슷한 처지가 되었다. 내가 참으로 애석하게 생각하는 것은 시인으로서나 선생으로서나 내가 현대적 삶, 소위 포스트모던한 삶과 그 삶을 해부하는 여러 이론들에 대해 철저히 문외한이라는 점이다. 내가 그동안 유교나 불교에 관심을 갖고 있는 동안 나에게는 생소한 여러 첨단의 이론들과 그 이론들을 만들어낸 사상가들, 가령 푸코 라캉 데리다 보드리야르 등 후기 구조주의자들이 풍부하게 소개되었고, 유하 박용하 등 힘 있고 감각 있는 젊은 시인들이 배출되었다. 나는 그 이론들을 접할 때마다 전혀 다른 나라에 온 사람처럼 그들이 말하려는 의도를 종잡을 수 없었고, 또한 새로운 시인들의 작품들을 대할 때마다 나와는 다른 세대구나 하는 절망감을 느끼지 않을 수 없었다. 서양의 후기 구조주의 이론에 대해서는 내가 이제 불교 공부를 거의 끝내려 하는 지점에 와 있으니 앞으로 시간을 들여 공부하면 얼마나 즐거울까 하는 생각이 들지만 황지우 이후의 젊은 시인들을 대하면 나는 너무 늙었고 그들의 첨예한 감각을 따라갈 수도 없고, 그들의 생각에 전적으로 동의할 수도 없는 형편에 와 있다는 느낌을 지울 수가 없다.

9

나는 이제 현대적인 시인도 아니고 문제적인 시인도 아니다. 이번 시집 『호랑가시나무의 기억』을 정리하면서 돌아보니 요즘 내 관심사는 가족과 성으로 대별할 수 있을 듯하다. 그 주제들은 참으로 사적이고 그 이상이기 어려운 듯하다. 그러나 나 자신 나도 모르게 젖어들어서 쓰게 되는 그러한 주제 아닌 다른 주제에 어떻게 나를 맡길 수 있을까. 그런 일을 나는 못한다. 그것도 재능의 부족함의 일종일 것이다. 또한 이번 시집의 시들이 산문이나 수필, 기껏해야 한 가지 사안에 대한 한 가지 관찰 혹은 눈길이상의 것이 되지 못함을 알게 되었다. 시는 튄다. 시는 축구 골대 앞으로 쏘아올린 로빙 볼 같은 것이어야 함에도 불구하고 내 시는 땅에서 땅으로의 패스에 불과하다. 그리고 대부분 직유(그 가장 힘없는 수사법!)에 의존한, 아무런 긴장도 발견도 엿보이지 않는 넋두리에 지나지 않음을 발견하지 않을 수 없었다. 다시 말해 최근의 나의 시에는 구체적인 삶의 발견도, 고도의 긴장도 없는 것이 사실이다. 이 재난을 어찌 극복할 것인가. 내가 막연히 짐작하는 것은 그것들이 되찾아질 수 있는 것은 다시금 현실과의 뜨거운 대면에 의해서이리라는 사실이다. 시의 출력은 고통이다. 그런데 그 고통은 애정만이 만들어낼 수 있는 것이다. 삶에 대한 감각이 다시 열리기 전에는 결코 다시 시가 내게 돌아오지 않을 것이다.

10

어찌 되었건 나는 언젠가 내가 원해서 시인이라는 딱지를 붙이게 되었고, 지금에 와서 전업을 하거나 다른 예술 장르를 택하지 않는 이상 이 딱지를 떼낼 수도 없는 형편에 있다. 남들이 내 시에 감동하지 않는다 해서 내가 기분이 상할 수는 없는 일이며, 남들이 나보다 시를 더 잘 쓴다 해서 그들을 원망할 수는 없는 것이다. 이성적으로 생각해보자. 그들의 평가가 좋다 하더라도 내 시가 더 나아지는 것은 아니며, 그들의 평가가 나쁘다 해서 내 시가 더 못해지는 것은 아니다. 내 시는 내 시 그대로일 뿐이다. 다행히 남들이 감동해준다면 그보다 더 기쁠 일이 어디 있겠는가. 이성적으로 생각해보자. 내가 할 수 있는 일이란 무엇인가. 나는 그저 사람들을 감동시키기 위해 쓸 뿐이다. 내가 그림을 그리지 않는 이상 그 밖에 무슨 일을 할 수 있단 말인가. 또하나 지난 세월을 돌아보면 나의 글쓰기에는 유난히 부침이 많았다는 사실이다. 초등학교 때 글쓰기를 하면서 칭찬을 받은 후 나는 글쓰기를 다시 좋아했음에도 불구하고 남의 이목에 띄는 글을 거의 쓸 수 없었다. 그러다가 1977년 무렵에야 다행히 김현 선생의 도움으로 잠시 순탄한 시절을 맛보았던 것 같다. 그러니 따지고 보면 아무것도 잃은 것이 없고, 얻은 것도 없다. 분명한 것은 앞으로도 내가 시를 좋아하고 시에 관심을 기울이는 만큼만 시는 나에게 사랑과 관심을 베풀 것이란 사실이다. 모든 것이 자업자득이다.

나는 왜 비에 젖은 석류 꽃잎에 대해
아무 말도 못 했는가

지난 6월 1일은 일요일이었다. 친구의 화실을 찾았다가 그와 함께 드라이브나 하려고 차를 세워둔 골목길로 들어섰다. 조금 전 화실로 들어설 때만 해도 한바탕 소나기가 쏟아져 사람들이 종종걸음쳤었는데, 어느새 비 그치고 길바닥은 흥건히 젖어 있었다. 차문을 열려 할 때 문득 나는 보았다. 바알간 석류 꽃잎 하나가 물기가 닦이지 않은 창유리에 들러붙어 있었다. 머리를 쳐들어보니 차를 세워둔 이층집 담벼락 위로 석류꽃이 한창이었고, 자욱한 잎새에서 아직 간간이 물방울이 떨어지고 있었다. 차에 타서 시동을 걸기 전 나는 이번엔 창유리 안쪽에서 비에 젖어 들러붙은 석류 꽃잎을 잠깐 보았다. 그리고 출발하면서 와이퍼를 작동시키자 바알간 꽃잎은 몇 번 창유리 이쪽저쪽으로 밀려다니다가 어느새 길바닥으로 떨어져나가고 말았다.

그날 그때부터 이 글을 쓰는 지금까지 나는 비에 젖은 그 작은 석류 꽃잎으로부터 벗어나지 못하고 있다. 사실은 벗어나지 못하고 있다는 말은 다소 과장이다. 오히려 나는 늘 그 작은 석류 꽃잎을 생각하려 한다고 해야 옳을 것이다. 차를 몰고 오갈 때나 일과 사이 짬이 생길 때나 화장실에서나 잠자리에서나, 내 머릿속 어느 한곳에 빈틈이 생길 때면 거의 언제나 나는 그날 내 차의 창유리에 혼곤히 잠들어 있다가 한순간 와이퍼의 거센 몸짓에 휩쓸려나간 바알간 석류 꽃잎을 생각해왔다. 때로는 그 꽃잎이 차창 유리에 달라붙은 자세로 내 몸을 웅크려보기도 하고, 눈을 감고 차창 유리 안쪽에서 보았던 그 꽃잎을 향해 마른 입술을 내밀어보기도 한다. 혹은 차창 밖으로 휩쓸려가면서 내지르는 꽃잎의 마지막 비명을 듣기 위해 귀기울이기도 한다.

그럼에도 불구하고 아직 나는 그 석류 꽃잎에 대해 아무 말도 할 수 없다. 그날 창유리 안쪽에서 그 꽃잎을 잠시 바라보았을 때처럼 지금 나는 마음속 그 꽃잎에게 다가갈 수 없고 말 걸 수 없다. 이를테면 마음속 그 꽃잎과 그 꽃잎을 바라보는 나 사이에는 투명한 유리판 같은 것이 있어서 어떤 청각 언어도 전달되지 않는 것이다. 그것은 마치 〈닥터 지바고〉에서 주인공이 자기들을 해칠 것으로 생각해 달아나는 아내와 가족들을 힘겹게 부르면서 얼음판에서 버둥거리는 것과 같은 악몽적인 상황과 닮은 데가 있다. 그러고 보면 아무리 소리질러도 들릴 리 없는 완전 밀폐된 유리병 속에 갇혀 있다는 느낌은 어떤 극한에서 서성이는 대상들을 바라볼 때마다 드는 것이었다. 겨울 운동장 파인 웅덩이에 등을 대고 누운 빗물이나 도살장으로 실려가는 트럭 위 늙은 소의 큰 눈……

그러나 사실은 어떤 극한에서 서성이는 대상들이 따로 정해져 있는 것은 아니다. 우리 주위의 낯익은 사람이나 사물 가운데 어느 하나도 우리를 밀폐된 진공의 유리병 속으로 불러들이지 않는 것은 없다. 남의 말투를 빌리자면 심연 아닌 존재는 없다. 우리 자신까지 포함해서 말이다. 그날 저녁 소낙비로 닦인 차 유리창 위에 웅크리고 있던 석류 꽃잎은 겨울 차가운 빗물이나 도살장으로 가는 늙은 소의 큰 눈망울과 마찬가지로 심연이며, 꼭 같은 정도의 공포와 질식의 느낌을 나에게 던지는 것이다. 그저 던지는 것만이 아니라 내가 이미 공포와 질식 속에 던져져 있음을 느끼게 하는 것이다. 그 공포와 질식의 느낌은, 정확히 말하자면, 아직까지 청각 언어로 번역되지 않은 시각 언어, 어쩌면 영원히 청각 언어로 번역될 수 없는 '비정한' 시각 언어로부터 오는 것이리라.

그날 투명한 유리창에 엎드려 있던 석류 꽃잎의 영상은 이제 막 자라기 시작하는 수정란처럼, 혹은 겹겹이 에워싸인 장미의 속처럼 내가 모르는 수많은 의미와 정보를 담고 있다. 돌려 말하자면 자석이 지나갈 때 책받침 위의 쇳가루들이 움직이듯이, 내 삶에 내장된 수많은 의미와 정보들은 그 꽃잎의 영상 아래서 막 깨어나려고 들썩인다. 그 영상이 스쳐 지나갈 때마다 갓난아이 때부터 혹은 태어나기 이전부터 지금까지 내 삶의 전부가 움칠거리며 반응하는 것이다. 본시 그 반응은 몇 번의 손길에 발갛게 부풀어오르는 유두(乳頭)나, 알칼리 용액에 담그면 이내 청색으로 변하는 리트머스 시험지처럼 민감한 것이다. 그러나 안타깝게도 시동 한번 걸려면 오만 진땀을 빼야 하는 낡은 경운기 같은 나에게 그 반응은 늘상 일어나지는 않으며, 그 효과 또한 그리 선명치 않다.

그러기에 나는 전보다 더 열심히 엄지손톱만한 그 석류 꽃잎에 대해 생각하려 애쓴다. 지금은 마음의 유리벽에 빗물을 머금고 달라붙은 석류 꽃잎은 테두리 없는 추억의 항아리에서 저를 닮은 몇 개의 영상들을 끌어올려 저와 아주 가까운 곳에, 언제라도 내가 꺼내볼 수 있는 다른 항아리 속에 두고 있다. 그 영상들 하나하나를 다시 꺼내보면, 터져버린 빨간 고무풍선의 말려 비틀린 조각, 세면대 거울 앞 물에 젖은 분홍 화장지, 딸아이의 초경(初經, 어머니가 몹시 편찮으시던 날 아침 내가 엿들은 아내와 초등학생 딸아이의 대화), 대학 시절 봉천동 아니면 모래내 근처 여인숙에서 내 옆에 흐드러지게 자고 있던 술집 아가씨의 입술, 아주 가느다란 끈으로 이어진, 뭉치면 한 줌도 안 되는 붉은 팬티, 50사단 근처 도살장으로 실려가던 허연 돼지의 분홍빛 음부……

그 영상들은 한결같이 그날 내가 본 석류 꽃잎의 색깔 또는 모양과 닮은 점이 있다. 그것들이 대체로 성적인 의미를 아우르는 것은 꽃잎의 선정적인 붉음에서 연유하는 것이며, 훼손되고 버림받은 모습을 띠는 것은 와이퍼의 거센 작동에 씻겨 이내 짓밟힐 꽃잎의 헐벗은 처지와 관계되는 것이리라. 하지만 아직 나는 빗물을 머금고 혼곤히 잠들어 기어코 일어날 줄 모르는 그 꽃잎의 한스러운 모습에 대해서는 말하지 않았다. 그 모습이 끌어올린 기억 속 다른 영상들은 시멘트 바닥 일그러진 양은대야에 머리를 적시고 있는 여인, 돌 속에 긴 머리를 잠그고 엎드려 있는 로댕의 〈다나이드〉, 내 서가 위 액자 속에서 땀 흘리며 간구하는 흑인 여인, 연등처럼 곱게 떠 있던 여수 앞바다 스티로폼 부이의 행렬, 혹은 금박이 벗겨진 시계의 헐거운 줄, 기도하는 마리아의 긴 옷자락……

지난 6월 1일부터 지금까지 나는 그 작은 석류 꽃잎 주위로 그런 잡다한 영상들을 마치 화투패처럼 펼쳤다 거두었다 하면서 그것들 대다수를 하나로 꿰는 단단한 끈 같은 것은 없을까 고심해왔지만 아무 결과도 얻지 못했다. 이를테면 그것들은 고인을 안다는 것 외에 다른 공통점이 없는 문상객들과 흡사했다. 서로 다른 시간과 장소에서 한 점 석류 꽃잎에 의해 낚아채진 그 영상들은 어떤 방식의 조합에서도 서먹하고 낯설 뿐이다. 하지만 비교적 화해로운 관계 속에 그것들이 편안히 자리잡을 때까지, 그날 비에 젖은 석류 꽃잎이 던지는 시각 언어는 이해 가능한 청각 언어로 번역되지 못할 것이다. 그런 점에서 나는 빈객들을 제대로 접대할 줄 모르는 얼뜬 상주(喪主)나 다름없다. 나의 주변머리는 그날 이후 대학노트의 지리멸렬한 메모들에서도 그대로 드러난다.

와이퍼가 움직이기 전 곤히 잠든 석류 꽃잎, 언젠가 그런 연애를 한 적이 있었던 것 같다 빗물에 눈이 부어 얼굴 못 들던 소녀가 서울의대 뒤 벤치에 웅크리고 좀체로 일어나지질 않던 밤이 있었던 것 같다 와이퍼가 움직이고 공중으로 튕겨나가는 꽃잎 15년 전, 20년 전 그런 연애를 해본 적이 있었던 것 같다

빨간 고무풍선 터진 자락 같다 화장실 좌변기에 말라붙은 핏자국 같다 한때는 팽팽했던 빨간 풍선, 스무 살의 세상은 부푼 꿈이었고 지금은 사타구니 가릴 꿈도 없다 지금은 빨간 고무풍선 터진 자락 위로 세상의 배가 부풀어오른다 띵띵하게, 복수(腹水)가 차오른다 혹시 임신한 것일까? 그러나 세상은 입덧을 하지 않는다

방바닥에 떨어진 코피 자국 같다 와이퍼 바로 위 유리창에 들러붙은 석류 꽃잎, 차 안에서 내가 제 속을 들여다보는 줄도 모르고, 물에 젖어 아무

데나 던져놓은 붉은 속옷 같다 하혈(下血)해도 표시 안 나는 붉은 팬티 같다 여인숙 냄새 나는 이불 걷어차며 돌아눕는 술집 아가씨 같다 빨면 더욱 붉어지는 얇은 입술 같다

잘못 만들어진 종이비행기가 첫 동력이 떨어지자마자 이내 고꾸라지는 것처럼, 어떤 영상으로부터 출발했든 나의 글쓰기는 몇 행을 못 넘기고 좌초하고 만다. 이를테면 화투판에서 손에 쥔 패로 깔린 것을 따먹고 다시 제껴 깔린 것을 모아와야 할 텐데, 칠 게 없어 손에 쥔 패를 내고 제낀 것까지 맞아떨어지지 않는 거나 다름없다. 도대체 서로 다른 시간 공간에서 솟아오른 그 잡다한 영상들을 하나로 꿰겠다는 의도 자체가 불순한 것이 아닐까. 조금 전의 상갓집 비유를 다시 들면 고인이 살아나 문상객들을 불러모은다 한들 그들의 서먹함과 불편함이 해소되겠는가. 그렇다면 차창 유리에 들러붙은 석류 꽃잎이라는 최초의 영상으로부터 나의 글쓰기는 한 발짝도 나아가지 못한 셈이다. 가스는 올라오는데 불이 켜지지 않는 라이터, 지금 내 처지는 그와 다름없다.

대체 글쓰기의 어느 과정, 어느 부위에서 문제가 생긴 것일까. 지금 나는 그것을 알지 못한다. 지금 같은 맹목적 상황에서 나의 처지가 더욱 곤혹스러운 것은 테니스 폼과 마찬가지로 문제 없는 부분을 하자로 간주해 고쳐버린다면 정상적인 글쓰기로 돌아가기가 더 어려워진다는 점이다. 그렇다면 어둠 속에서 길을 잃었을 때 제자리를 지키는 것이 상책인 것처럼 진전 없는 글쓰기를 고수하면서 형편이 나아지기를 기다려야 하는 것일까. 대체 지금까지 내가 든 비유들이 나의 상황에 적합한 것일까. 하지만 모든 비유는 이해의 결과가 아니라 오해의 시작이다. 어떤 비유든 가

미되고 치장된 억측일 뿐이며, 의도에 감염되지 않은 비유는 없다. 하지만 또한 비유 아닌 이해가 어디 있겠는가. 이런저런 생각 끝에 나는 마침내 '흑암' 아닌 '무명' 속에 떨어지고 만다.

그러나 다시 생각해보자. 세상에 아무도, 아무것도 방해하지 않는데 너의 글쓰기가 진전되지 않는다면 책임은 전적으로 너에게 있다. 너는 항변할 것이다, 글쓰기 외에 다른 관심이 없는 너에게 무슨 잘못이 있겠느냐고. 하지만 글쓰기 외에 다른 관심이 없다는 것이 잘못이라면? 글쓰기에 대한 과도한 의식이 글쓰기를 가로막는 근본 원인이라면? 기필코 한 건 올려야겠다는 철벽 같은 각오와 집념이 어깨에 힘이 들게 하고 무리한 동작을 낳는다는 건 어느 스포츠에서나 찾아볼 수 있는 일 아닌가. 어쩌면 나의 글쓰기는 애인의 배 위에서 사내로서의 구실을 다해야 한다는 강박관념 때문에 속절없이 시들어버린 성기 같은 것이 아닐까. 그럴 때 깨어나야 한다고, 일어서야 한다고 다짐하고 애원하고 협박하는 것은 신체의 무감각을 더욱 조장하는 일이 아니겠는가.

아, 언젠가 '공중의 새'나 '들의 백합'처럼 글을 쓸 수 없을까. 그것들의 삶에 먹고 입을 것에 대한 걱정이 없듯이 글쓰기를 의식하지 않는 글, 글을 의식하지 않는 글쓰기, 오직 글쓰기의 현재진행형만이 있는 지점에 도달할 수는 없을까. 글도, 글쓰는 자도 없고 종이와 필기구의 거의 비물질적인 만남, 한없이 가벼운 성적 접촉만이 지속되는 상태에 들어갈 수는 없을까. 그 상태에서는 지금처럼 이질적인 영상들을 무리하게 접합시키는 대신, 차례로 넘어지는 볼링핀처럼 혹은 차례로 일어나는 파도처럼 영상에 영상이 꼬리를 무는 참 부드러운 광경을 만나게 될 것이다. 그때 하나하나의 영상은 다음 영상을 낳는 자궁이 될 것이다. 하지만 그러한 글쓰기는 낙원의 글쓰기, 글쓰기의 잃어버린 낙원일 뿐이다. 물에 뜬 갓난아이는 <u>스스로 떠오르려 하지 않기에 뜰 수 있다는 사실을 알지 못한다.</u>

글쓰기의 낙원은 모든 다른 낙원과 마찬가지로 유토피아, 즉 어디에도 없는 나라이다. 모든 낙원은 낙원에 대한 의식과 더불어 태어나고, 낙원에 대한 의식으로 인해 도달 불가능하다. 글쓰기에 대한 의식 역시 글쓰기를 가능케 하면서 동시에 불가능하게 하는 모순으로 존재한다. 마치 이곳에서 저곳을 보게 하면서 동시에 이곳에서 저곳으로 나아감을 가로막는 유리창처럼, 글쓰기에 대한 의식은 글쓰기의 주춧돌이면서 걸림돌이 된다. 글쓰기에 대한 의식은 완벽한 글쓰기를 꿈꾸게 하지만, 완벽한 글쓰기는 바로 글쓰기에 대한 의식 때문에 좌절되는 것이다. 그렇다면 한없이 유리창을 얇게 깎아가는 것이 이곳에서 저곳으로 나아가는 유일한 길이듯이(유리창이 없어지면 이곳/저곳은 함께 사라진다), 글쓰기에 대한 의식을 무한히 지워가는 일이 글쓰기로 다가가는 유일한 방도가 될 것이다. 적어도 논리상으로는 말이다.

확실한 것은 글쓰기에 대한 의식은 스스로를 부정함으로써 존재할 수 있다는 사실이다. 스스로를 지양하는 지식만이 '즐거운 지식'일 수 있듯이, 글쓰기를 배반하는 글쓰기, 글쓰기에 대한 의식으로부터 일탈할 수 있는 글쓰기만이 즐거운 글쓰기일 것이다. 그리고 그 즐거움의 정도는 글쓰기의 낙원에 얼마나 접근했는가를 가리키는 구체적 지표가 될 것이다. 글쓰기의 즐거움, 다시 말해 의식으로부터 글쓰기의 즐거운 일탈은 가령 자기를 유혹하는 여자와 감나무 아래서 일을 벌이다가 감 떨어지는 소리를 듣고는 벌떡 일어나 감 주우러 갔다는, 그래서 머쓱해진 여자가 깊이 참회하게 되었다는, 어느 스님의 일화에 비겨 이해할 수 있을 것이다. 그 즐거운 일탈은 글쓰기에 대한 의식의 치열함의 증거이기도 하다. 두 마음 없이 스님이 감을 주우러 간 것은 여자와 벌이는 일에도 두 마음이 없었기 때문이다.

그렇다면 지금까지의 논의를 포함한, 글쓰기에 대한 나의 모든 의식은 애초의 석류 꽃잎의 영상으로 돌아온 이제 비록 폐지될 수는 없다 해도 적어도 괄호 속에 묶여야 할 차례가 되었다. 지금까지 내 머릿속은 글쓰기를 감시하는 위대한 작가들의 납골당에 지나지 않았으며, 글쓰기를 위해 축적해온 영상들은 나의 글쓰기를 지겨운 노역으로 만들어왔다는 사실을 인정하지 않을 수 없다. 그러나 물론 그 영상들이 결정적으로 폐기처분되는 것은 아니다. 그것들은 다시 불릴 순간을 위해 본래의 시간과 장소로 돌아갈 뿐이다. 그리하여 흠뻑 빗물을 머금고 창유리에 달라붙은 그날의 석류 꽃잎 앞에 나는 두 마음 없이 다가선다. 이제 나는 시골 잔칫날 돼지 멱을 따고 그 아래 사발을 받쳐 붉은 피를 받듯이 석류 꽃잎에서 흘러나오는 말을 받아적어야 할 것이다. 내 의식의 벌어진 상처에서 새어나오는 방언이기도 한 그 말을. 어쩌면 이렇게 운을 뗄 수도 있으리라.

늦게 왔구나. 발톱에 빨간 석류 꽃잎 물들이고 너는 석류 꽃잎 빨간 발톱만 보여주는구나.

왜 시가 아닌가
—'왜 시인가'라는 물음에 기대어

왜 시인가. 이 물음을 좀더 몸에 가까이 붙이자면 왜 나는 시를 좋아하는가로 바꾸는 것이 좋겠다. 다시 말해 시는 나에게 무엇이며, 시를 통해 내가 얻는 것은 무엇인가, 또 어째서 내가 그토록 시를 애지중지하며, 다른 어떤 것으로도 그것을 대체할 수 없는 까닭은 무엇인가 등등의 물음으로 바꾸어놓을 수 있을 것이다. 하지만 보다 정확히는 '왜 내가 시를 그토록 좋아했었는가'라고 물어보아야 마땅할 것이다. 왜냐하면 지금 나는 예전처럼 죽고 못 살 정도로 시를 좋아하지는 않으며, 시 없이도 얼마든지 잘 살 수 있고 즐겁게 지낼 수 있으므로. 한때 나는 시가 없이는 어떤 삶도 의미를 가질 수 없다고 생각했다.

이제 시는 나에게 기쁨을 주기보다 의무감으로만 다가오는 곤혹스러운 존재이다. 그것은 『적과 흑』에서 주인공 줄리앙 소렐에게 살해될 지경에 이르는 옛날의 연인 레날 부인의 처지와도 흡사하다. 그와 비슷한 상황이 1950년대 몽고메리 클리프트가 주연한 영화 〈젊은이의 양지〉에도 나오는 것을 보면, 이러한 관계가 인간의 안팎에 두루 통할 만큼 보편적이라는 것을 짐작할 수 있다. 한때 너무도 좋아했으나 지금은 좋아했다는 사실까지 부인하고 싶은 부담스러운 존재, 물론 거기에도 일말의 죄의식과 부채의식이 없는 것은 아니다. 어느덧 시는 나에게 이미 내 애를 배고 있기에 차버릴 수도 없는 지긋지긋한 애인 같은 존재가 되었다.

이제는 시와의 사이에 옛날 같은 맹목적인 사랑이 회복되기는 힘들 듯하다. 그러나 부러진 뼈마디가 아물고 나면 다른 부위보다 더 강해지듯이, 어쩌면 시와의 불화가 예전보다 결속의 강도를 높여주는 계기가 될지 모를 일이다. 이제 나는 오래전에 집을 나가 바람을 피우다 병 얻어 돌아온 남편처럼, 어느덧 중년을 넘어선 시의 얼굴을 바라보며 소리 없는 오열이라도 하고 싶다. 그 고운 안색 오간 데 없고 잔주름과 새치가 지난 세월의 인고를 되새기게 하는 시의 얼굴은 오랜 세월 한 매정한 사내의 무관심과 저버림의 마땅한 결과가 아니겠는가. 자, 돌이켜 생각해보자, 지난날 시가 내게 어떤 모습으로 왔던가를.

앞서 내가 시를 두고 '고운 안색'이라고 이야기했지만, 처음 내게 찾아온 시는 결코 그냥 예쁘고 아리따운 것만은 아니었다. 오히려 시는 끔찍한 얼굴로 다가왔다. 시에게 아름다움이 있었다면 그것은 끔찍한 아름다움이었고, 끊임없이 사람을 괴롭히는 유의 아름다움이었다. 그럼에도 불구하고 시를 떠나지 못하고, 제 손가락 끝의 고린내를 맡으며 야릇한 미소를 짓는 아이처럼 그 끔찍한 즐거움으로 스스로를 못살게 굴었던 것은 그때 내가 진실 바로 곁에 있다는, 진실과 배를 맞대고 있다는 확실한 느낌 때문이었다. 그때 나는 진실은 시의 모습으로 찾아오며, 시의 순간만

이 진실할 수 있다는 생각을 했었다.

　그렇다면 내가 말하는 진실이 무엇이냐고 누군가 물을지 모르겠다. 단도직입적으로 말하자면 진실이란 거짓이 아닌 것, 거짓의 껍데기를 벗겨낸 것, 거짓이 있기 전부터 존재하고 거짓이 끝난 다음에도 존재하는 어떤 것이다. 당연한 이야기이지만 거짓이 없는 한 어떤 진실도 있을 수 없다. 그런 의미에서 거짓은 진실의 모태라고도 할 수 있다. 그러나 또한 거짓은 진실을 은폐하고, 진실을 은폐함으로써만 존재할 수 있는 까닭에 진실의 무덤이라 할 만하다. 꼬리를 맞물고 도는 두 마리 뱀처럼, 혹은 태극기 안에서 서로 머리와 꽁지를 맞댄 음양의 상징처럼, 진실과 거짓은 늘 한 몸뚱어리를 이루는 것이다.

　분명한 것은 거짓은 편안하고 진실은 끔찍하다는 사실이다. 하시딤의 한 스승의 말처럼 인간이 살 수 있는 것은 진실이 무덤 속에 있기 때문이다. 그러니까 인간이 무덤 속으로 들어가든가, 아니면 진실이 무덤 속으로 들어가든가 둘 중의 하나이다. 인간과 진실이 같이 있기는 참으로 힘들다. 진실이 끔찍하다는 것은 그 힘듦의 구체적인 표현이다. 그러나 시가 보여주는 진실이 반드시 흉악하고 고통스러운 양태로만 존재하는 것은 아니다. 그 진실의 다른 한쪽 끝은 비소하고 미천한 것들의 위대함이다. 다시 말해 헐벗고 버림받은 존재들이 얼마나 소중한가를 깨닫게 하는 것 또한 시의 본질적인 기능이다.

　시는 존재의 긍정이며 성화(聖化)이다. 이 지상에서 가치의 우주적 전회가 일어나는 것은 언어유희와 다름없는 시를 통해서이다. 시의 돌봄으로 인해 낮은 곳은 높은 곳이 되고, 더러운 것은 깨끗한 것이 되며, 미운 것은 고운 것이 된다. 과장하자면 시의 위업은 죄와 은총, 십자가와 부활의 신비와 맞먹는다. 연미사 경문의 한 구절을 들어 이야기하자면, 시는 지상의 모든 버림받은 것들의 "눈에서 눈물을 다 씻어주"는 거룩한 손이다. 시의 안수를 통해 당달봉사는 눈을 뜨고, 환상에서 깨어나 존재의 참모습을 보게 된다. 오직 청정심 위에 세워지는 부처님 나라 또한 시의 나라와 크게 다르지 않을 것이다.

이처럼 가짜 아름다움 속의 추악함과, 추악함 속의 진짜 아름다움 사이를 시계추처럼 오가며 상호 모순된 것들을 제 품에 아우르는 시는 그러므로 당연히 우리는 왜 사는가, 어떻게 살아야 올바른 삶인가 하는 근원적인 문제들과 맞닿아 있다. 시에서 진실과 아름다움이 둘이 아니듯이, 아름다움과 삶의 실천 또한 별개의 것이 아니다. 그러니까 시에서 미학과 윤리는 하나인 것이다. 시의 미학은 윤리를 담보로 하며, 시의 윤리는 미학을 지주로 한다. 지고의 미학인 시는 동시에 지고의 윤리이다. 지금은 아주 오래전 일이지만 나는 시 말고 다른 미학, 다른 윤리를 알지 못했다.

요컨대 시의 아름다움은 진실을 근거로 하며, 시의 진실은 삶의 방법과 직결되는 것이다. 시의 아름다움이 이발소 그림 유의 장식 취미와 다른 점은 바로 여기에 있다. 시의 진실은 살아내야 할 진실이다. 때로 그것은 사소한 혹은 엄청난 환희일 수 있고, 가벼운 혹은 참혹한 죽음일 수도 있다. 때로 그것은 눈부신 경이의 모습으로 다가오고, 혹독한 결단의 순간으로 닥치기도 한다. 이처럼 시가 읽는 이에게 살아냄의 대상이 되는 것은 그것이 글쓴이 자신의 살아냄의 결과이기 때문이다. 발에 맞는 순간의 속도와 각도로 날아가는 공처럼, 시는 글쓴이 자신의 삶의 각도와 속도로서 되살아난다.

시에서의 진실 추구와 다른 분야에서의 진실 추구의 차이는 탐구자의 삶이 담보되었느냐, 그렇지 않느냐에 달려 있다. 달리 표현하자면 탐구자의 삶이 담보된 모든 진실 추구는 시적이라고 할 수 있다. 시에서의 진실은 몸으로 견디고, 몸으로 버티고, 몸으로 때운 진실이다. 마땅히 몸으로 때워야 할 병역이나 징역은 혹시 돈으로 해결할 수 있을지 모른다. 그러나 시는 그렇게 안 된다. 시의 길 혹은 몸의 길은 덤도 에누리도 없다. 서울에서 부산까지 가는 자동차 바퀴는 그 거리 전부를 뱃바닥으로 덮고 지나가지 않을 수 없다. 시도 그렇다. 좀더 과장하자면 시는 맨살로 철조망을 통과한 사람의 등판 같은 것이다.

시라는 예술이 문득 예수의 생애를 상기시키는 것은 우연이 아니다. 부활의 환희는 십자가의 수난 다음에 온다. 희생을 전제로 하지 않은 선물은 있을 수 없으며, 몸이 지치고 마음이 고달프지 않은 기도는 '온전히 자라지 않은 태아'와 같은 것이다. 카프카가 말한 '기도의 형식으로서의 글쓰기'는 실상 몸과 마음을 만신창이로 만드는 고문 기술로서의 글쓰기였을 것이다. 글쓰기의 궁극은 소신공양이며, 그 결과는 등신불일 것이다. 한때 나는 '아버지, 가능하면 이 잔을 거두어주소서'의 단애(斷崖)에서 씌어지지 않은 것은 모두 가짜라는 생각을 한 적이 있었다. 그러나 내 생각을 견뎌낼 만큼 나는 강하지 못했다.

그렇다고 해서 글쓰기의 모태인 몸이 오직 고통과 수난의 장소만은 아니다. 시에서의 진실 추구가 가짜 아름다움 속의 추악함과, 추악함 속의 진짜 아름다움 사이에서 모순된 양극을 제 품에 아우르는 것과 마찬가지로, 몸은 고통의 장소이면서 유희의 장소이며, 수난의 장소이면서 열락의 장소이기도 하다. 여기서 몸이라 함은 물론 살과 핏덩어리가 아니라 마음의 몸 쪽 측면을 이르는 것이다. 그것은 이성과 사변과 논리 등 의식의 영역이 아니라 꿈과 욕망과 기억 등 무의식의 영역에 속하는 것이며, 그것의 작용은 이를테면 우리 몸에서 오른손에 비해 왼손이 하는 일과 흡사하다.

그런 점에서 여러 신체 운동에서 나오는 이야기들은 거의 모두 시에 적용되는 듯하다. 가령 테니스에서 겉보기와는 달리 백핸드 스트로크가 용이한 것은 지금까지 별로 많은 동작을 해본 적이 없는 왼손에 새로운 동선(動線)을 입력하는 것이 훨씬 수월하기 때문이다. 그 밖의 다른 여러 운동에서도 오른손은 지나친 의욕으로 몸의 자연스러운 움직임을 방해하는 경우가 많다. 그에 반해 별 힘이 없는 왼손에 주도권을 주면 전혀 다른 유연하고 힘찬 동작이 나오는데, 그것은 겸손한 왼손이 몸이 움직이는 길을 터주는 역할을 하기 때문이다. 정말 깊고 강한 동작은 몸이 돌아가는 힘에서 나오는 것이다.

시라는 장르의 글쓰기는 여러 신체 운동에서 오른손과 왼손의 관계뿐만 아니라 상체와 하체의 관계에도 유비된다. 뛰어난 야구 투수의 경우, 남보다 팔이 굵은 것이 아니라 다리가 발달되어 있다고 한다. 그것은 팔로 공을 던지는 것이 아니라, 다리로 버티고 몸을 비트는 순간의 힘으로 공을 던져내기 때문이다. 이것은 투수뿐만 아니라 타자에게도, 야구선수뿐만 아니라 다른 운동선수들에게도 똑같이 적용되는 사실이라고 한다.

문제는 손과 팔이 몸과 배트 사이를 부드럽게 이어주는 것으로 제 역할을 다한다는 점이다. 어느 운동에서나 힘 빼는 데 3년 걸린다는 말을 들어본 적이 있을 것이다.

그렇다고 해서 왼손으로 공을 치고 하체로 공을 던지는 것은 아닐 것이다. 그 말은 오른손으로 공을 치고 상체로 공을 던진다는 고정관념의 폐해를 경계하는 한에서만 옳다. 보다 정확히 말하자면 왼손과 오른손, 상체와 하체를 동시에 던지는 것이며, 공은 치는 것이 아니라 밀어주는 것이다. 시의 글쓰기 또한 대상을 치는 것이 아니라 밀어주는 것이다. 날아오는 공에 배트를 갖다대기만 해도 같은 속도로 날아가듯이, 글쓰기의 대상이 되는 것들은 이미 그것들 나름의 힘과 각도를 지니고 있기 때문에, 그것들이 오는 방향으로 살짝 밀어주기만 해도 길고 아름다운 포물선을 그을 것이다.

그렇다면 글쓰기에서 '살짝 밀어준다'는 것은 무엇을 의미하는가. 신체운동에서 몸-손-라켓의 관계를 시쓰기에 대입하자면 무의식-의식-언어의 관계로 읽어낼 수 있을 것이다. 손이 나사로 굳게 고정된 것이 아니라 그저 몸과 라켓 사이를 부드럽게 이어주는 것으로 제 기능을 다하듯이, 가장 바람직한 것은 의식이 무의식과 언어 사이를 연결시키는 것으로 제 역할을 다하는 것이다. 그때 무의식이 언어를 부르고 언어가 무의식을 감싸는 참 부드러운 연애가 이루어진다. 테니스에서 손으로 공을 때리지 말고 라켓 헤드의 무게로 치라는 것도, 시에서 의식의 과도한 개입을 경계하라는 말과 일맥상통한다.

지극히 이지적인 말라르메가 시를 사고가 아니라 언어로 쓴다고 한 것과, 인식과 지혜의 시인 프로스트가 시를 연상의 놀이라고 한 것도 같은 맥락에서 이해할 수 있다. 여러 운동에서 '팔로우 스로우'를 하려면 하체를 고정시키고 팔을 멀리 던지듯이 뿌려주어야 하며, 팔이 지나간 다음에도 그 자리에서 눈을 떼지 말아야 한다. 그때 오른손이 공을 멀리 보내야겠다는 욕심에 설치면 공은 몸의 힘을 받지 못하고 마무리 동작도 엉망이 된다. 요컨대 '원 샷'이 되지 못하는 것이다. 비유컨대 서울에서 곧장 부산에 가는 것이 아니라 전주 청주를 거쳐 가는 것이며, 때로는 아예 삼천포로 빠지는 것이다.

　이따금 참으로 좋은 시는 '원 샷'이라는 생각을 해본다. 그것은 결코 이백의 시처럼 일필휘지, 천의무봉의 글쓰기여야 한다는 의미에서가 아니라, 의식과 의도가 설쳐서 무의식과 언어 연상의 자유롭고 자연스러운 흐름을 훼방하지 않는 글쓰기가 되어야 한다는 뜻에서이다. 어쩌면 술이 술을 마시고 사랑이 사랑하듯이, 언어가 언어를 부르고 시가 시를 쓰는 지경이 있지 않을까. 분명한 것은 최초의 의도에서 한 발짝도 벗어나지 않은 글쓰기는 기만이며, 글쓰기에서 가장 좋은 부분은 써가는 과정에서 의외로 얻어진다는 점이다. 쿤데라 식으로 이야기하면 인물이 작가를 배반할 때 소설은 생명을 얻는 것이다.

　그런 의미에서 한 편 한 편의 시쓰기는 타석에 들어간 타자가 행하는 한 번씩의 타구라 할 만하다. 후려치는 그 단순한 동작에 삼백예순다섯 가지 요소가 들어 있다 하니 평생을 다해도 완벽한 폼을 갖추기란 불가능한 일이다. 가령 라켓이나 배트를 쥐는 법 하나에도 한평생이라 하니 어느 세월에 완전무결한 배팅에 도달할 것인가. 카프카가 자신에게 중요한 것은 씌어진 글이 아니라 오직 글쓰기의 순간이라고 말하고, 글을 쓸 때는 밤을 새워 한달음에 써내려가기를 고집했던 것도 물 흐르듯 완벽한 글쓰기에 도달하기 위한 몸부림이었다고 할 수 있다. 요컨대 잘 맞은 공보다는 완벽한 폼에 더 관심이 있었던 것이다.

시쓰기와 공 치기의 유사성은 또한 두 행위가 공유하는 즐거움과 덧없음에서도 짐작된다. 그 두 행위가 몸을 바탕으로 하고 몸을 동인으로 삼는 한, 몸의 가장 좋은 꿈인 에로스와 가장 나쁜 꿈인 타나토스의 속성을 함께 지니기 마련이다. 사실상 양자는 유성생식의 표리로서 불가분의 관계에 있다. 에로스 없는 타나토스, 타나토스 없는 에로스는 존재할 수 없으며, 몸의 가장 좋은 꿈과 가장 나쁜 꿈은 실상 동일한 꿈의 양면일 뿐이다. 삶과 마찬가지로 지독한 중독성을 갖는 시쓰기와 공 치기는 두 행위가 공유하는 관능성과 허망함으로 인해 삶의 탁월한 상징이며 축도로 이해된다.

가령 츠베타에바가 "만델슈탐은 시가 없이는 앉아 있을 수도, 걸을 수도, 살아갈 수조차 없었다"라고 했을 때, 시쓰기가 갖는 중독성이 어느 정도인지 짐작할 수 있다. 한 목격자에 의하면 실제로 만델슈탐은 유형지에서 임종하기 5분 전까지도 입술로 시를 중얼거렸다고 한다. 이러한 중독 현상은 처음 〈마태수난곡〉을 듣고서 두 달 동안이나 병석에 누워 "마치 질식할 듯해 마음대로 울 수조차 없었다"고 한 카상스에게서도 나타난다. 다만 그 현상이 알코올 중독이나 마약 중독 등 자기 파괴적 증상과 다른 점이 있다면, 지극한 겸허함과 삼엄함 속에서 때로는 심한 부끄러움과 회한을 동반한다는 것이다.

박용래 시인이 아들딸에게 시를 대필시키면서 "나도 시를 쓸 수 있다고 생각하니 손이 떨려 쓸 수가 없구나" 했다는 일화나, 죽음에 임박한 다 빈치가 "나는 예술에 대한 의무를 다하지 않음으로써 신과 인간을 모독했다"고 자책했다는 전설은 시를 비롯한 예술의 중독성이 육신뿐만 아니라 영혼에 깊이 뿌리내리고 있으며, 그런 점에서 여러 종교에서의 기도의 중독성과 닮아 있음을 시사한다. 드 멜로 신부에 의하면 진정으로 영적인 사람은 기도에 대한 '거의 습관적인 열망'을 지니고 있다. 간디는 음식을 먹지 않고서는 며칠 동안이나 버틸 수 있지만, "단 1분이라도 기도를 박탈당하면 미쳐버릴 것"이라고 말했다.

기도가 공 치기나 시쓰기와 닮은 점은 '기도가 기도하게 하라'는 어느 평신도 수행자의 말에서 잘 드러난다. 그것은 오른팔이 설침으로써 몸의 진로를 가로막고, 의식이 제멋대로 나서서 언어 연상의 만화경을 뒤엎어놓는 것과 마찬가지로, 자아의 의도와 욕구가 하느님과의 합일을 방해하기 때문이다. 그러나 사실 공이 공을 치고, 시가 시를 쓰며, 기도가 기도하는 완벽한 공 치기, 완벽한 시쓰기, 완벽한 기도는 백 프로 증류수나 완전무결한 원주(圓周)와 마찬가지로 논리적 극한치일 뿐 인간이 경험할수 있는 것이 아니다. 그것들이 존재한다면 유토피아로서, 즉 어디에도없는 것으로만 존재할 뿐이다.

지금까지 나는 그 완벽한 시쓰기를 위해 별별 짓을 다 해보았다. 정력에 좋다는 약은 무엇이나 구해 먹고 불구가 된 어리석은 사내처럼 동서고

금의 글쓰기에 관한 금언들은 다 수집하였으며 선배, 친구, 학생 들의 시에 이르기까지 좋다는 시들은 모조리 베껴보았다. 그 베낀 것들을 타이핑하고, 코팅하고, 다시 손으로 써서 벽에 붙이고 외우고 또 외웠다. 그러나 나는 한 줄의 글도 쓸 수 없었다. 기어코 나는 누군가의 지적처럼 완벽주의가 '자살 행로'이며, 풍요로운 삶을 빼앗아가는 자기 파멸의 길임을 깨닫게 되었으나, 동시에 내 힘으로는 내가 놓은 덫에서 빠져나갈 수 없음을 확인하게 되었다.

앞서 나는 신체 운동에서의 완벽한 몸동작에 대해 장황하게 설명했지만, 사실 나만큼 운동에 소질 없는 사람도 드물 것이다. 해군 신병 훈련소에서는 행진할 때 오른손과 오른발이 동시에 올라가 많이 맞았고, 제대한 뒤 수영을 배우려고 몇 번 시도했지만 결국 뜨지 못했으며, 나중에 테니스를 배울 때도 코치들이 두손을 들었다. 돌이켜보면 그 까닭은 모두 무언가를 해야겠다는 의식이 몸을 앞질렀기 때문이다. 기필코 떠야겠다는 마음이 몸을 가라앉히고 말았던 것이다. 그 점에서 시쓰기도 예외가 아니다. 쾌락이나 겸손, 행복과 마찬가지로 시쓰기는 그 자체를 목표로 해서는 결코 얻어질 수 없다.

어릴 때부터 나는 빈대 한 마리 잡으려다 초가삼간 다 태우는 식으로 살아온 것이 아닌가 하는 생각이 든다. 이를테면 중학교 미술 시간에는 종 칠 때까지 석고상의 코만 그리다 말았으며, 그후 내가 시도한 일들은 하나같이 그런 식으로 끝났다. 그리하여 지금 내 처지는 부벽루에 올라 기둥에 걸린 시들을 보고 '이쯤이야 나도 쓰지' 하고 자신만만하다가, 날이 어두워지자 대성통곡을 하며 내려왔다는 김황원이라는 선비와 비슷하다. 문제는 내가 완벽주의라는 형틀로 나 자신만을 불구로 만들어온 것이 아니라, 내 가족들과 학생들의 글쓰기까지 주눅들게 하고 때로는 다시 글을 쓸 수 없게 만들었다는 점이다.

이제 와서 노골적으로 말하자면 완벽한 글쓰기에 대한 나의 열망과 강조는 글쓰기에 대한 욕구 상실의 변명으로 기능해왔으며, 오랜 게으름과 무위도식을 은폐하려는 무의식적 기도였다. 지금까지 나는 백화점 에스컬레이터에 발 내딛기를 두려워하거나, 목욕탕 냉탕 속에 뛰어들기를 겁내는 아이처럼 '다음에…… 다음에……' 하면서 10여 년간 글쓰기를 방치해왔으며, 그리하여 마침내 글쓰기에 대한 감각과 의욕을 완전 상실하게 되었다. 그것은 마치 여러 달 침대에 누워 있던 환자가 당장에라도 내려가 걸을 수 있을 것 같으나 뜻대로 되지 않음과 같다. 글을 쓰는 것은 머리가 아니라 손이기 때문이다.

최근에 나는 빅토르 프랑클이라는 정신분석가의 책을 읽다가 내 증상이 '과잉의도(hyperintention)'와 '과잉반추(hyperreflexion)'에 해당한다는 것을 알았고, 내가 추구하는 대상과 방법, 목표와 결과가 서로 배치됨을 깨달았다. 지금까지 나는 몸을 앞세우기 위해 의식을 배제하는 길을 추구해왔으나, 사실은 그 추구 자체가 몸을 배제하고 의식을 앞세우는 길이었다. 언젠가 나는 운동선수는 귀가 얇아서는 안 된다는 신문기사가 무척 절실하게 느껴져 오려두었는데, 그 또한 귀가 얇아서 한 일이라는 것을 나중에서야 깨달았다. 의식을 버려야 한다고 주장하는 것은 더 영리하고 교활한 의식인 것이다.

과잉의도와 과잉반추에 대한 프랑클의 처방은 '역설적 의도(paradox intention)'와 '탈반추(dereflexion)'이다. 역설적 의도라 함은 의도의 과잉에서 오는 폐해를 본래 의도와는 반대되는 의도를 취함으로써 제거하는 것이다. 가령 너무 잠을 자려고 애씀으로써 오는 불면증을 오히려 잠자지 않으려고 애씀으로써 극복하는 것이다. 탈반추란 과다한 숙고와 반성을 없앰으로써 자아와 대상 사이를 어지럽히는 의식의 장난을 근절시키는 것이다. 이와 같은 처방은 스포츠와 성생활뿐 아니라 몸과 의식의 교호 작용이 있는 모든 분야에 적용되며, 당연히 글쓰기를 비롯한 여러 예술 활동에도 그대로 맞아떨어진다.

　　예를 들어 어린 시절 성폭력의 피해로 불감증에 걸린 한 부인에게 프랑클이 제시한 다음 세 가지 처방은, 오랫동안 과잉의도와 과잉반추로 인해 글쓰기를 작폐하기에 이른 나에게 더없이 소중한 충고로 들린다. 첫째 자기 자신의 모습에 대한 집착으로부터 벗어날 것. 둘째 자신의 성적 능력의 유무에 대한 집착으로부터 자유로워질 것. 셋째 자신의 파트너에 대한 더욱 자연스러운 헌신. 즉 성행위 자체에 관심을 쏟을 것이 아니라 파트너에게 신경을 집중할 것이며, 주어진 프로그램대로 진행되는 듯한 성행위를 생각하지 말고 그때그때 단편적으로 자연스럽게 이루어지는 전희 정도에 그칠 것.

　　사실 과잉의도와 과잉반추는 자기를 과도하게 의식하는 데서 오는 폐단이다. 프랑클에 따르면 자기가 보이는 눈은 병든 눈이다. 지눌 스님의 말처럼 그저 자기에게 눈이 있다고 알면 족한 것이다. 우리가 관심을 쏟아야 할 것은 우리 자신이 아니라 타인이다. '나는 어떻게 하고 있지?' 하고 물을 때 우리는 긴장하지만, '당신은 어떻게 하고 있지?' 하고 물을 때 긴장하지 않는다. 따라서 타인에 대한 관심과 배려인 사랑은 삶을 더 부드럽게 돌아가게 하는 윤활유가 된다. 사랑은 우리가 자신에게 전념함으로써 갖게 되는 긴장을 해소하고, 자의식의 과잉으로부터 자유롭게 하며, 우리의 삶을 평화로 이끈다.

같은 맥락에서 가톨릭 수사 심리학자 존 포웰의 체험담은 많은 시사점을 던져준다. 은퇴 신부들과 알코올 중독자들 앞에서 강연하기로 된 그는 유난히도 긴장을 느끼고서 계속 기도했으나 불안이 가라앉지 않았다. 기도의 응답이 없을 때는 다른 식으로 기도해야 한다는 것을 아는 그는 다시금 자신의 긴장의 원인을 깨닫게 해달라고 기도한다. 그 기도에 대해 받게 된 응답은 다음과 같다. "지금 너는 너 자신이 얼마나 근사한 인간인가를 그들에게 알게 하려고 한다. 그들은 그것을 필요로 하는 게 아니다. 그들은 그들에 대한 너의 사랑을 필요로 한다. 너의 사랑으로 인해 자신들이 얼마나 근사한 인간인가를 깨닫게 될 것이다."

그런 점에서 근자에 '영혼을 위한 닭고기 수프' 시리즈에서 건진 사랑의 금언들은 한결같이 정신의 발기부전을 치유하는 좋은 처방으로 생각된다. 그 가운데 "나의 전 생애는 당신에게 귀기울이는 것이었다"는 구절은 어떤 정신질환이라도 물리칠 수 있는 탁월한 주문으로 기억된다. 생텍쥐페리의 말처럼 "당신이 자신의 진정한 모습으로 돌아갈 수 있도록 이끄는 과정"인 사랑은, 사랑을 주는 사람과 받는 사람 모두를 치료한다. 어떤 불가능도 가능하게 만드는 사랑은 언제나 치유의 기적과 함께한다. 그 때문에 다 빈치는 "사랑은 모든 것을 다 이긴다. 우리는 사랑 앞에 무룰 꿇는다"라고 단언한 것이다.

   그런데 지금까지 나는 무슨 이야기를 이토록 열심히 하고 있는가? 사실 지난날 내 완벽주의의 목표는 의식의 작위로부터 벗어난 몸의 온전한 자유와 자연이었는데, 이제 그 목표가 다시 완벽주의라는 내 병통을 치유하는 처방이 되고 있지 않은가? 그렇다면 대체 병이 병을 치유한다는 말인가? 병이 약이고 약이 병이란 말인가? 이건 도깨비에게 홀린 격이 아닌가? 언제 나는 이 악순환의 고리로부터 빠져나갈 수 있는가? 대체 빠져나가는 일이 가능이라도 하단 말인가? 어쩌면 의식으로부터 빠져나가는 것이 의식의 또다른 작용인 한, 보다 교묘하고 응큼한 의식 속으로 더 깊이 빠져드는 것이 아니겠는가?

   어쩌면 내가 처한 이 악순환은 근본적으로 생명력의 결핍에 기인한 것인지 모르며, '기시증(旣視症)'이라는 심리적 해태(懈怠)의 증상과 흡사한 것인지 모른다. 베르그송에 따르면 생명력이 약화된 사람은 한 대상에 대해 두 개의 심상을 갖게 되는데, 그중 하나가 순간적으로 기억 속에 떨어짐으로써, 과거에 그 대상을 본 적이 있다는 착각을 불러일으킨다는 것이다. 그것은 또한 건전지 약효가 다해가는 시계의 초침이나, 끊임없이 밀쳐내도 다시 굴러내려오는 육중한 드럼통이 보이는 곤경과도 같다. 애초에 의식이 스스로를 싸움의 대상으로 하는 한 싸움의 승패는 따져볼 필요도 없는 것이다.

   분명히 이것은 지독한 악몽이다. 악몽 속에서 악몽을 벗어나는 길을 찾는 것은 불가능하다. 고치를 뚫고 나오는 나방처럼 악몽 자체를 깨뜨려야만 한다. 그러기 위해서는 이 모든 곤경이 의식의 농탕질에서 비롯된 것임을 아는 것만으로 충분치 않다. 티베트 불교에서는 자아가 장난칠 때마다 처음에는 '이것은 자아의 짓이다' 하고 번번이 꼬리표를 달지만, 그래도 호작질이 계속되면 붙잡아 사정없이 패대기쳐야 한다고 한다. 하지만 그것은 믿음의 영역에서만 가능한 일이다. 왜냐하면 의식을 패대기치는 것 또한 의식이므로. 그러나 그것이 또다른 의식이라는 것을 아는 것 또한 의식인 것도 사실이다.

그러니 이제 입을 다물자. 지금까지의 논의가 조금이라도 의미를 갖는다면 애초에 이 논의가 아무 의미도 없다는 조건 아래서이다. 언어도단의 불이법문(不二法門)으로 가는 길을 묻는 문수사리에게 유마거사가 침묵으로 응수하듯이, 시에 대한 일체의 장광설이 끝나는 지점에서 시쓰기는 시작된다. 이제는 왼손과 오른손, 의식과 무의식, 몸과 마음의 이전투구를 먼눈으로 흘리면서, 자의식의 긴장과 완벽주의의 함정에서 사랑과 즐김과 성장의 길목으로 나아가야 한다. 이맘때 "먼저 행하라. 황소의 뿔을 잡듯 용감히 두려움에 대항하라"는 프랑클의 충고는 "무소의 뿔처럼 홀로 가라"는 부처의 말씀과 겹쳐 묘한 울림으로 다가온다.

제4부

성인(聖人)을 찾아서
― 『논어論語』「술이述而」편 언저리

1

오늘날 많은 사람들에게 '성인'이라는 존재, 혹은 '성인'이라는 말은 불쾌감은 아니라 할지라도 적어도 거부감을 주는 것은 사실인 듯하다. 달리 말하자면 '성인'은 요즘의 우리들에게 불편한 느낌을 안겨주는 존재로 회피되는 것이다. 그것은 아마도 소위 성인이라는 분들이 우리 같은 범상한 인간들과는 달리, 인간이 생각할 수 있고 행할 수 있는 영역을 넘어서 작위하는 존재로 여겨지기 때문일 것이다. 오늘날 성인에 대한 불신은 과학주의적 인간들의 불가시적 실재에 대한 거부의 한 양태로 이해될 수 있으리라. 그 거부가 올바른 태도이든 그렇지 않든 간에 미루어 짐작할 수 있는 것은 요즈음 우리들이 살아가는 자세가 그리 공경스럽거나 겸허하지는 못하다는 사실이다. 우리가 알게 모르게 젖어 있는 완고한 과학주의는 인간 중심주의에 바탕을 두고 있으며, 인간 중심주의란 인간의 자기 과신 혹은 열렬한 자기긍정의 극화된 표현에 다름아니다. 인간의 극단적인 자기 과신과 자기긍정은 인간으로부터 세계의 소외를 낳으며, 동시에 세계로부터 인간의 소외를 낳는다. 인간과 세계의 소외는 양자 사이의 불편한 관계, 혹은 관계 자체의 해체를 의미한다. 무릇 건전한 삶이란 건전한 관계에 의해 지탱되며, 삶에 대한 배움은 관계의 실상에 대한 확인이라 할 수 있다. 그런 점에서 성인이라는 존재를 불편하게만 여기는 오늘날 우리들은 건전한 삶으로부터도, 독실한 배움으로부터도 동떨어진 채 살아간다고 할 수 있다. 그런데 삶이란 무엇인가. 배움 이외의 다른 의미를 삶으로부터 찾을 수 있단 말인가.

2

근래 읽은 책 가운데 이태(李泰)의 『남부군南部軍』의 한 대목은 늘 마음을 떠나지 않는다. 깊은 산속에서 입지도 먹지도 못하고 인간 이하의 삶을 연명하던 빨치산들에게 그들의 우두머리인 이현상은 형언할 수 없이 높고 거룩한 존재였다. 토벌대에게 쫓기던 그들이 멀리서라도 그를 보면 힘을 얻었고, 양식이 바닥나 굶으면서도 그를 위해 그가 좋아하는 떡을 만들어 드렸다. 그들은 그를 '선생님'이라고 불렀다. 선생님! 생사의 갈래길을 오가며 하루하루를 살아가던 빨치산과 선생님이라는 말은 참으로 묘한 대조를 이룬다. 나 자신도 30년이 넘는 학교 생활에서 여러 은사들을 접했지만 산속의 빨치산들이 그들의 스승을 모시듯이 극진히 모셔본 바 없고, 스스로 10년 가까이 교단에 서오면서도 이현상의 10분의 1, 100분의 1만큼이라도 학생들의 위안이 되거나 길잡이 노릇을 한 적이 없다. 이현상은 얼마나 위대한 존재였던가. 그는 어떻게 살고 어떻게 죽어

갔을까. 지금 나는 그의 이념과 투쟁 방식에 대해 말하고 있는 것이 아니다. 모든 스승은 이념과 투쟁 방식을 넘어서서 스승이다. 스스로 남의 스승이 못 된다 하더라도 자기 몸 가까이 스승을 모신다는 것은 얼마나 행복한 일인가. 오늘날 우리가 자못 거리감을 느끼는 '성인'이라는 말도 실은 우리 몸 가까이, 그러나 우리의 좁은 속뜻으로서는 미처 살피지 못한 도저한 경지에서 우리와 함께 살아가는 '선생님'에 대한 신비적인 표현일 따름이다. 때로는 성인이라는 그 신비적인 표현이 스승과 우리 사이를 갈라놓을 뿐이다. 성인은 우리와 다른 존재가 아니다.

3

유가경전(儒家經典)에서 흔히 찾아볼 수 있는 '선생님께서 말씀하였다〔子曰〕'라는 표현은 참으로 숙연한 느낌을 갖게 한다. 그 구절을 접할 때마다 나는 마음속 어느 한 귀퉁이에서 그토록 시건방지게 굴던 나의 분신(分身) 하나가 마치 마법에 걸린 듯이 머리를 숙이는 모습을 상상해본다. 그 머리 숙임이 전통이나 관습에 대한 맹종이나 광신에서 비롯되는 것일까. 아마도 그렇지만은 않으리라. 단도직입적으로 말하자면 불멸의 스승에 대한 머리 숙임은 타인과 세상에 대한 스승 자신의 머리 숙임과 동질적인 것이며 동형 구조적인 것이다. 지금부터 10여 년 전, 나는 그리스도가 고통받는 사람들에게 그토록 큰 위안이 될 수 있었던 것은 그가 고통을 넘어서 있는 존재가 아니라 그 자신이 고통의 극한을 현재진행형으로 감당하는 존재이기 때문일 것이라는 생각을 해본 적이 있다. 그와 마찬가지로 경전 속의 스승에 대한 나의 경배는 삶에 대한 스승 자신의 경배로부터 비롯되는 것이 아닐까. 성인은 삶의 모든 모서리에 달통(達通)해 있는 인물이 아니라, 삶에 대한 무지(無知)를 누구보다 솔직히 인정하고, 그럼으로써 그릇된 신념의 폐해로부터 벗어날 수 있는 가능성을 누구보다 많이 가지고 있는 분이다. 일찍이 공자(孔子)께서 그의 제자 안연(顏淵)에게 앎이란 "아는 것을 안다 하고 모르는 것을 모른다 함"이라는 사실을 일러준 것도, 그리고 죽음에 대해 질문하는 자로(子路)에게 "삶을 알지 못하는데 어찌 죽음을 알 것인가"라고 반문한 것도 성인 본연의 모습을 보여주는 말씀이라 할 수 있다. 그런 의미에서 성인은 우리의 통념과는 반대로, 신비로부터 가장 멀리 떨어져 있는 존재이다.

4

사실 성인이란 빼어난 스승에게 후세가 붙여준 이름에 불과하다. 공자의 언행 가운데 성인으로서의 진면목을 보여주는 구절은 『논어』「술이」편 도처에 나타난다. 그 진면목이란 다름아닌 '아는 것을 안다 하고 모르는 것을 모른다' 하는 자세로서 끊임없이 자신의 앎을 넓혀가는 지극히 근실한 인간의 모습이다. 공자 스스로 밝혔듯이 그는 '태어날 때부터 아는 자'가 아니라, 옛것을 좋아해 부지런히 배우고 익힌 자에 지나지 않는다. 그때 옛것이란 단순히 옛날의 사적만을 의미하는 것이 아니라, 옛 성현들이 공들여 밝혀놓은 삶의 여러 이치들을 일컫는 것이리라. 현재의 우리로서는 선뜻 납득이 가지 않는, 옛것에 대한 공자의 애착은 그러나 오늘날 우리가 미처 깨우치지 못한 심오한 가르침을 함축하고 있다. 단적으로 말해 그 가르침은 겸허함이다. 겸허함이란 곧 '아는 것을 안다 하고 모르는 것을 모른다'고 말할 수 있는 성실성을 의미한다. "전술(傳述)하되 창작(創作)하지 않는다"라는 공자의 말씀 또한 같은 문맥에서 이해해야 한다. 그것을 의고주의(擬古主義)나 복고주의(復古主義)의 캐치프레이즈쯤으로 생각해서는 성인의 깊은 뜻을 헤아릴 수 없을 것이다. 성인의 의도를 헤아린다는 일 자체가 이미 겸허한 자세를 필요로 한다. 겸허함을 잊는 순간 배움은 끝난다. 오랫동안 우리가 공자를 다만 역사적 인물로만 간주하였던 것은 혹시 공자의 겸허함과 우리 자신의 오만함을 맞바꾸어왔던 결과가 아니었던가. 인간과 세계에 대한 겸허함으로 인해 공자는 영원한 스승일 수 있었으며, 또한 우리 자신의 겸허함에 의해서만 그는 오늘날 살아 있는 스승으로 남을 수 있는 것이다.

5

배움과 겸허함은 동전의 양면과도 같다. 겸허함이 결여된 배움은 배움의 포즈에 지나지 않는다. 모든 배움은 인간의 삶과 세상에 그것들을 움직이는 고유한 이치 혹은 법칙이 존재한다는 믿음을 전제로 한다. 달리 말하자면 인간의 삶과 세상이 유장한 세월 속에서 지속하는 것은 그 고유의 법칙이나 이치에 근거하기 때문이라는 것이다. 배움이란 그 이치와 법칙을 확인하고 그에 순응함을 뜻하는 것이리라. 이른바 '순리(順理)'란 그러므로 모든 공부의 궁극적인 목표이며 결과라 할 수 있다. 그러나 그것은 '성인'이라는 말과 같이 논리적 극한치이거나 사후적인 미화(美化)에 불과할 뿐, 당대의 한 인간에게 완벽하게 이루어질 수 있는 일이 아니다. 다만 보다 더 이치에 가깝게 다가가는 것이 배움의 의미이며 또한 인생의 의미일 것이다. 그러므로 앞서의 '아는 것을 안다 하고 모르는 것을 모른다 한다'는 말을 '아는 이치를 안다 하고 모르는 이치를 모른다 한다'는 말로 바꾸어놓는다면 그 뜻이 좀더 분명해지리라. 삶과 세상에 내재하는 근원적인 이치에 대한 공자의 탐구열은 "아침에 도(道)를 들으면 저녁에 죽어도 좋다"라는 그 유명한 말에서도 짐작되거니와, 「술이」편 여러 곳에서 제각기 다른 표현으로 나타난다. 가령 공자께서 자신을 지칭하여 배움에 "발분(發憤)하여 먹는 것을 잊고, 즐거워 근심을 잊으며, 이제 곧 늙음에 이르는 것조차 알지 못한다"라고 하신 말씀에서 우리는 공경스러우면서도 화락한 성인의 공부의 일면을 읽게 된다. 그 공부는 오늘날 우리들의 공부처럼 억지 공부가 아니라 '즐거운 공부'이다. 억지 공부는 사람을 가두지만 '즐거운 공부'는 사람을 바꾸어놓는다. 앎을 통해 우리는 다시 태어나는 것이다.

6

따라서 성인의 학문의 두 가지 큰 특성은 겸허함과 즐거움이라 할 수 있다. 양자는 서로의 배면을 이루는 것으로서, 어느 한쪽이 다른 한쪽을 침해할 때는 중도(中道)를 얻기 어렵다. 과도하게 공경스러우면 예(禮)가 아니듯이, 과도하게 즐거워하면 음란(淫亂)에 사로잡히게 되는 것이다. '문(文)과 질(質)이 빛나고 빛난 연후에 군자(君子)'일 수 있듯이, 겸허함과 즐거움이 고루 갖추어져야 배움일 수 있다. 흔히 성인의 학문을 경건주의(敬虔主義) 일색으로 몰아붙이는 사람들은 그들 속에 내재하는 경건주의로 그 실상을 왜곡한 것에 지나지 않는다. 우리는 우리가 보고 싶은 것만을 볼 뿐이며, 그것은 곧 겸허함의 부재를 의미한다. 그러나 공자의 겸허함이야말로 '즐거운 겸허함'이다. 공자가 제(齊)나라의 음악인 소(韶)를 듣고서 석 달 동안 고기맛을 알지 못했으며 "음악이 이와 같은 경지에 이를 줄이야 미처 생각하지 못했다"라고 하셨다거나, 주위에 노래 잘 부르는 사람이 있으면 한 번 더 하게 하시고 함께 노래하셨다는 등 「술이」편의 여러 구절에서 우리는 결코 옹색하고 고루한 선비의 위엄 짓는 모습을 찾아볼 수 없다. 배움이야말로 즐거움의 원천이며, 그 원천은 우리 몸 가까이 도처에 존재한다. 바로 그 원천에서 살고 그 원천에서 죽어갔기에 공자는 '온순하면서도 엄숙하고, 위엄이 있으면서도 사납지 않으며, 공손하면서도 마음이 편안할' 수 있었던 것이다. 공손과 엄숙과 위엄은 배움의 겸허함에서 오는 것이며, 온순함과 부드러움과 편안함은 배움의 즐거움에 맞닿아 있는 것이다. 단적으로 말해 공자는 배움을 통해 '평안하고 드넓은[坦蕩蕩]' 군자의 경지에 이를 수 있었던 것은 아닐까. 그것은 우리 같은 소인들의 '늘 근심 걱정에 에워싸인[長戚戚]' 모습과는 판이하게 다르다.

7

그 평안하고 드넓은 마음이야말로 겸허함과 즐거움, 공경과 화락이 하나로 어울린 모습일 것이며, 항시 극단을 경계하며 박절(迫切)한 말씀을 피하시던 성인의 때로는 단호한 어조가 비롯되는 곳이리라. 가령 "내가 앞으로 몇 년을 더 살아 나이 오십에 역(易)을 공부한다면 큰 허물이 없으리라"라는 공자의 말씀에서 우리는 겸손과 자신감이 미묘하게 교차하는 것을 눈치챌 수 있다. 오직 겸손하기 때문에 자신감을 가질 수 있으며, 겸손이 밑받침되지 않은 자신감은 무지(無知)에서 오는 허세에 불과하다. 안다는 것은 곧 자신의 무지를 아는 것이다. 삶의 구체적인 덕목인 예(禮)도 자신의 무지에 대한 앎 위에 기초를 두는 것이며, 나아가서는 자신의 무지에 대한 앎 그 자체가 예라고 할 수 있다. 제사에 참례할 때마다 모든 것을 살펴 물어보는 공자의 태도에 대해 예를 모른다고 비방하는 사람들의 이야기를 전해듣고 공자가 하신 말씀은 참으로 당당하다. "묻는 것이 예이니라." 예는 전통이나 관습 등 기존의 체계 속에 존재하는 것이 아니라, 그것에 대해 질문하는 자의 마음속에 존재한다. 진정한 예는 굳어진 의리 체계인 예에 대해 질문하는 공손한 자세에 있을 뿐, 의리 체계 그 자체에 있는 것이 아니다. 항시 공자의 논변의 명승부는 이와 같은 '돌려차기'에 있다. 타인의 공박에 대한 공자의 단호함은 실상 겸허함을 잃고 살아가는 사람들에게 겸허함을 되돌려주려는 관후한 스승의 자세에서 오는 것이다. 겸허함이야말로 써도 써도 다함이 없는 재산이며, 언제나 내게서 남에게로 넘쳐나는 재산이다. 공자의 당당함은 그 자신의 겸허함의 확고한 표현일 뿐이다.

8

공자께서 "괴이한 것과 힘센 것과 어지러운 것과 귀신에 대해서는 말씀하지 않으셨다"라는 문인(門人)들의 전언 또한 같은 맥락에서 이해할 수 있다. 괴이한 것, 힘센 것, 어지러운 것은 모두 평상적인 이치에서 벗어나 있는 것들이며, 귀신은 비록 이치로부터 벗어난 것은 아니라 할지라

206

도 지극한 공부에 도달하지 않고서는 쉽게 논의할 수 있는 성질의 것이 아니다. 그러므로 겸허하면서도 즐거운 공부를 몸에 붙인 성인은 항시 괴이함이 아니라 범상한 일에 대해서, 용력(勇力)이 아니라 도덕에 관해서, 어지러움이 아니라 다스림에 대하여, 귀신이 아니라 사람에 관하여 말씀하셨던 것이다. 요컨대 인간으로서 볼 수 있고, 알 수 있고, 행할 수 있는 이치에 의거하여서만 보고, 알고, 행하셨다는 말이다. 그러한 이치 이외의 것들에 대한 공자의 태도는 일종의 '판단 중지'로 이해될 수 있다. 공자의 판단 중지는 항용 진취적이며 발전적인 기상의 결여로 간주되기도 하지만, 실상 그 본질은 인간으로서 잠시라도 떠날 수 없는 겸허함에 있다고 보여진다. 겸허함을 벗어날 때 괴이함에 집착하며, 힘센 것을 동경하며, 어지러움에 함몰되며, 귀신에 의존하게 된다. 귀신을 어떻게 섬겨야 하는가라는 자로(子路)의 물음에 대해 공자께서 "사람을 섬기는 법을 알지 못하는데 어찌 귀신 섬기는 법을 알 것인가"라고 반문하신 것도 궁극적으로 닦아야 할 공부의 대상은 평범한 사람살이에 있음을 깨우쳐주기 위한 것이다. 사람으로서, 사람과 함께, 사람답게 사는 길이 무엇인가를 아는 것이 우선적으로 중요하다는 이야기이다.

9

　그렇다고 해서 공자께서 이치에 벗어난 것들을 무조건적으로 배척하신 것이 아님은 물론이다. 문제는 이치에 벗어나 있는 것들을 이치 속으로 불러들이는 끊임없는 노력에 있다. 삶은 마치 등불을 손에 들고 걷는 길과도 같다. 앞으로 나아갈수록 어둠 속의 사물들은 분명한 모습을 드러낸다. 그러나 그 길을 끝끝내 가더라도 세상은 여전히 어둠 속에 잠겨 있을 뿐이다. 사람은 어둠으로부터 와서 어둠으로 돌아간다. 삶의 의미는 그 어둠을 헛된 환각으로 바꾸지 않고 자신의 불빛이 미치는 곳까지 삶의 길을 밝히는 데 있다. 모든 공부는 그 밝힘의 힘겨운 노력이며, 자포자기란 그 노력을 포기하는 것을 이르는 말이다. 그런 의미에서 공자는 철저한 이성주의자이다. 그러나 다시 한번 말해두지만 그의 이성주의는 비합리적인 것을 부정하는 것이 아니라, 그것을 인정하되 합리성의 영역으로 불러들이는 일을 우선 과제로 삼는 이성주의이다. 공자께서 병이 깊어 자로가 귀신에게 기도하기를 청했을 때, 공자의 대답은 "내가 기도한 지 이미 오래다"라는 것이었다. 이 말씀은 참으로 넓은 의미의 폭을 담고 있다. 기도는 보이지 않는 불가항력적인 것을 대상으로 한다. 기도하는 행위는 자신을 보이지 않는 힘에 내맡기는 행위에 다름아니다. 공자께서 자신이 기도한 지 이미 오래라 하신 것은 곧 삶에 대한 그의 공부 혹은 그의 삶 자체가 일종의 기도였음을 암시한다. 오직 병에서 낫기 위해 기도한다면 그것은 비루한 청탁 행위에 지나지 않으리라.

10

앞서의 공자의 말씀에서 다시금 짚고 넘어가야 할 것은 보이지 않는 것에 대한 기도란 보이는 인간의 세상에서 인간으로서의 할 일을 다함, 혹은 다하려고 노력함으로 이해될 수 있다는 사실이다. 그것이 바로 기도하는 행위의 근본이다. 근본이 결여된 기도는 구걸과 아첨에 지나지 않는다. 너무나 자주 들어 이제는 그 의미조차 희미해진 "사람의 일을 다하고서 하늘의 명(命)을 기다린다"는 말의 본뜻은 여기에 있다. 사람의 일을 다했는데도 하늘의 뜻이 다를 수도 있다. 그러나 그것은 사람이 개의할 바가 아니다. 하늘의 뜻이 우리의 뜻과 같거나 다르거나 간에 우리는 하늘의 뜻에 따를 수밖에 없다. 억지로 마지못해 따르는 것이 아니라, 기꺼이 즐거워하며 따른다. 이른바 낙천지명(樂天知名), 낙천안의(樂天安義), 순천안명(順天安命)이란 이를 두고 하는 말이다. 우리의 불행이 우리 자신이 불러들인 바가 아닌 이상 우리가 괴로워할 까닭이 없다. 송백(松柏)이 늘 푸르름을 알 수 있는 것은 다른 나무들의 잎새가 떨어지는 계절이듯이, 성인의 공부의 결실은 삶의 위난(危難)에 처해서도 그 편안함과 즐거움을 잃지 않는 데서 드러난다. 이와 같은 드높은 경지는 물론 범속한 우리로서는 쉽게 넘볼 수 있는 상태가 아니며, 성인 자신도 항시 갈구하여 마지않는 상태인지도 모른다. 그러나 그 경지에 대한 관심과 거기에 도달하고자 하는 조바심을 그친다면, 밤길을 가면서 손에 든 등불을 내버리는 일과 크게 다르지 않다. 소위 '입지(立志)'란 낙천지명의 경지에 뜻을 둠을 말하는 것이다. 그곳에 먼저 이르른 성인은 결코 우리와 다른 존재가 아니다. 일찍이 안연(顏淵)이 "순(舜)은 누구이며, 나는 누구인가"라는 근본적인 물음으로 자신의 공부를 독려했듯이, 우리는 잠시라도 배움의 길을 늦추어서는 안 된다. 성인은 멀리 있지 않다. 우리가 성인 공부에 뜻을 두는 한 우리 또한 성인의 경지에 이를 수 있다. 그것은 공자께서 인(仁)에 대해 하신 말씀과도 일맥상통한다. "인이 멀리 있는가? 내가 인을 하려 하면 인은 이르는 것이다."

　무릇 모든 공부의 실효성은 그 표준을 어디에 두는가에 달려 있다. 그 표준의 심천(深淺) 여하에 따라 공부의 허실(虛實)도 결정되는 바이다. 성인 공부의 지름길은 앞서간 성인의 발자취를 몽매에도 잊지 못하는 그 지극한 정성에 놓여 있는 것이다. "내가 심히 노쇠하였구나, 꿈에 주공(周公)을 뵙지 못한 지 오래이니"라는 공자의 탄식은 오늘날 우리로서는 참으로 의아스러운 말이 아닐 수 없다. 대체 공자 같은 성인에게도 스승이 있었을까! 설혹 스승이 있었다고 한들, 깨어 있을 때가 아닌 꿈에서까지 그리워하다니! 꿈속에서 그리워한다 한들, 얼마 동안 스승이 꿈에 나타나지 않았다 해서 자기는 이미 '글렀다'라고 통탄하다니! 그러나 공자의 탁월한 성인됨은 바로 그 점에 있다. 왕권에 눈먼 형제들 사이에서 어린 조카를 보필하여 난세를 구제한 주공(周公)을 몽매에도 그리는 스승으로 모심으로써, 오늘날 공자는 만인의 스승이 될 수 있었다. 그는 자신 속에 스승을 모심으로 비로소 남의 스승이 될 수 있다는 사실을 몸으로 보인 분이다. 주공의 겸허함이야말로 공자 자신의 겸허함의 표준이 되었으며, 공자의 겸허함은 오늘날 우리가 세워야 할 공부의 표준이 되는 것이다. 그에 반해 지금 우리들은 저마다 남의 스승이 아닌가. 저마다 자신을 남의 스승으로 생각하고 믿고 행동하는 것이 아닐까. 또한 그것은 스스로 마음속에 스승을 두고 있지 않다는 단적인 증거가 아니겠는가. 마음속의 스승을 잊거나 몰아낼 때 우리들의 배움은 끝난다. 배움이 끝난 삶은 구태의연한 되풀이에 지나지 않는다. 살아 있는 것은 우리 자신이 아니라, 맹목적인 우리의 신념일 뿐이다.

　배움의 과정은 배를 타고 거슬러오르는 물길과 같다는 옛 사람의 말은 마땅히 오래 새겨야 할 교훈이다. 잠시라도 노를 젓지 않으면 쉴새없이 떠밀려 내려가는 것과 마찬가지로, 한순간이라도 배움에서 뜻을 떼면 우리의 삶은 부패해버린다. 배움이란 '나날이 새롭고, 또 나날이 새로워'지려는 자강불식(自彊不息)의 정신에 의해서만 이루어질 수 있다. 역류하는 물길과 같은 인생에서 배움의 노를 저어 얼마만큼이나 더 멀리 나아가는가에 따라 우리의 삶의 성패는 판가름된다. 혹시 우리는 지금 노 젓는 일을 멈추고 있는 것은 아닐까. 혹시라도 우리는 처음 출발했던 지점보다 더 멀어져 있는 것은 아닐까. 나날이 우리가 되새겨보아야 할 것은 그러한 물음이어야 하리라. 그 물음을 그칠 때 우리의 삶은 거짓 신념과 습관의 소용돌이 속으로 가라앉고 말 것이다. 성인은 삶이 다할 때까지 그 물음을 멈추지 않았던 분이다. 성인의 배는 지금 어디 있는가. 자신의 배가 어디서 멎는가를 알지 못했던 성인과 마찬가지로, 우리는 우리의 배가 어디서 멎을지 알 수 없다. 우리가 왔던 곳은 어둠이고, 우리가 갈 곳 또한 어둠이다. 우리의 다함 없는 숙제는 그 어둠을 제멋대로, 제 편한 대로 '즐거운 환각'으로 바꾸지 않고, 삶이 다하는 순간까지 세상의 어둠을 사람의 빛 속으로 불러들이는 일이다. 언젠가 그 희미한 불빛이 꺼진다 한들 우리가 슬퍼할 이유는 없다. 그 어둠은 우리 자신이 초래했거나, 우리 자신이 바꾸어놓을 수 있는 성질의 것이 아니기 때문이다. 그러므로 배움은 즐겁고 삶은 평안한 것이다. 성인이 아니었던들 어찌 즐거운 배움과 평안한 삶을 생각할 수 있었겠는가.

차(車)에 관한 단상

1

　차를 처음 배우는 사람에게는 사사건건이 신기하게 느껴진다. 아마도 그 신기함이란 지금까지 무심히 지나쳐왔던 우리네 삶의 기본 원리들을 다시 접했을 때 오는 것이리라. 그런 점에서라면 이미 차를 오랫동안 몰아왔던 사람들은 상당히 불우하다. 왜냐하면 그들에게는 그 원리들이 몸에 배어서 나날의 습성 속에 숨어버리기 때문이다. 대상에 대한 관심을 배제하고서 신기함이란 있을 수 없다. 그런데 그 관심은 항용 대상과의 만남에 따르는 위험과 그 위험에 대한 불안을 내포한다. 삶의 여러 일 가운데 '씨 없는 수박' 같은 것은 없다. 다시 말해 불안 없는 관심, 관심 없는 신기함은 없는 것이다. 서로 신기함의 안팎을 이루는 관심과 불안을 우리는 저 케케묵었지만 고요히 빛나는 경(敬)이라는 말로 바꾸어보자. 상대에 대한 공경 없이는 우리는 아무것도 배울 수 없고 가르칠 수 없다.

운전의 선배들이 초심자들에게 당부하는 말 가운데 하나는 자기 차가 무언가에 스쳤다고 느끼는 순간 무조건 브레이크를 밟으라는 것이다. 시동이야 꺼지든 말든 문제가 아니다. 브레이크를 잡아야만 내 차도 남의 차도 더이상 상하지 않는다. 그런데 운전을 통해 비로소 알게 되는 사실은 차를 몰고 가기보다는 멈추기가 더 어렵다는 것이다. 가고 싶을 때 가고 멎어야 할 때 그윽이 멎는 일이 얼마나 어려운가를 우리는 가까운 개인사로부터 역사적 체험에 이르기까지 뼈저리게 알고 있다. 분명히 멎어야 한다는 것을 알면서도 '이쯤 하면 되겠지' 하고 밀어붙이면 상대방의 옆구리도 내 옆구리도 다 우그러들고 만다. 살아가면서 지켜야 할 세 가지 큰 덕목 가운데 선인들이 마지막으로 지어지선(止於至善)을 든 것은 아마도 그 때문일 것이다.

그런데 초보자들에게 가장 어렵고 그러므로 사태를 더욱 악화시키는 것은 내 차가 상대방 차에 스치는 그 순간 감(感)이 없다는 것이다. 감이 없기 때문에 오히려 더 무모하게 밀고 나가보는 것이다. 감이수통(感而遂通)이라는 말이 있지만, 불감(不感)이면 불통(不通)이다. 피차간에 불행한 경험을 맛보는 것은 바로 그 때문이다. 가진 자의 못 가진 자에 대한, 배운 자의 못 배운 자에 대한 불감증이 어떤 참혹한 결과를 가져올지를 차는 우리에게 냉정하게 가르쳐준다. 왜냐하면 기계는 너무도 비인간적으로 정직하기 때문이다.

2

세상에서 사람이 사람에게 입히는 깊숙한 상처치고 상대의 아픔에 대한 불감증에서 나오지 않은 것은 없다. 상대에 대한 증오뿐만 아니라 사랑까지도 상대에 대한 공경이 없이는 쉽게 폭력으로 전화됨을 우리는 종종 본다. 오직 느낌으로써만 통할 수 있다는 지극히 단순한 사실을 알기만 하더라도 우리는 타인과 사물에 대해, 우리의 과격함으로 피멍이 든 삶에 대해 얼마나 겸손해질 수 있을까.

느낌이 없기 때문에, 혹은 우리 각자의 느낌이 확실하지 않기 때문에 차에는 유격이라는 것이 있는가보다. 클러치 페달에도, 핸들에도 다소간의 여유치가 있는 것이다. 피상적인 생각으로는 그 여유치가 기계 작동을 굼뜨게 함으로써 운전에 장애가 되는 것처럼 보이기도 한다. 그러나 곰곰이 따져보면 유격이란 사람의 뜻과 몸놀림을 부드럽게 억제해주는 없어서는 안 될 장치이다. 유격은 자신에 대한 반성과 상대에 대한 공경의 징표이다.

세상에서 사람이 만드는 재난의 태반은 자신의 신념이 절대적으로 선한 것이며, 오직 자신만이 그 신념의 담보자라는 환상에서 오는 것이다. 피비린내 나는 모든 재난은 바로 유격의 부재에서 나오는 것이다. 그러나 절대선이란 백 프로 증류수와 마찬가지로 논리적 극한치에 불과하며, 그것이 한 인간 혹은 한 집단의 전유물이 될 때 죄악과 허위로 들어가는 길목이 된다. 가령 오르막과 내리막은 두 개의 실체가 아니라 하나의 언덕을 서로 다른 방향에서 바라본 것에 불과하다. 절대선이 없다면 마찬가지로 절대악은 존재하지 않는 것이다.

　오늘 우리는 도처에서 총장실과 사장실, 모든 '장' 자 붙은 방을 점거하는 벌떼 같은 무리들을 경악과 질시의 눈으로 바라본다. 확실히 그들의 행위에는 유격의 장치가 결여되어 있다. 그러나 그들을 유격이 없는 자동차처럼 거리로 나서게 만든 것이 무엇인가를 동시에 짚어보아야 한다. 그것은 돈이든 힘이든 이미 가진 자들의 유격의 부재가 얼마나 뿌리 깊어 지극히 당연한 것으로 받아들여져왔는가를 반증하는 데 지나지 않는다. 언제나 기득권은 당연시되는 반면 당연한 권리의 주장은 불순한 것으로 간주되는 것이다. 오늘 우리 주위에서 만원 버스에 실려가는 사람들보다 스스로 차를 몰거나 몰려는 사람은 차에게서 더 많은 것을 배워야 한다.

3

　좁은 공간에 차를 집어넣을 때는 앞으로 넣는 것보다 뒤로 넣는 것이 낫다는 사실은 우리의 상식적인 생각의 허를 찌르는 대목이다. 뒤로 집어넣는 것이 나을 정도가 아니라 때로는 반드시 그렇게 해야만 주차할 수 있다는 사실은 여러 번 되씹어보아도 신선한 느낌이 따른다. 그것은 아마도 차의 앞바퀴와 뒷바퀴의 위치가 다르기 때문에 생기는 일일 것이다. 그러나 우리들 삶에서 한 발짝 뒤로 물러나는 것만큼 별 힘이 안 들면서 그만큼 더 어려운 일이 있을까.

　작전상 후퇴라는 말이 있지만 여기서 뒤로 물러난다고 하는 것은 이기고 지는 것을 떠나서 하는 말이다. 삶은 작전이 아니다. 굳이 작전이라 한다면 타인과 세상에 대한 싸움이 아니라 자기 자신과의 싸움을 위한 것이라 할 수 있다. 흔히 우리는 타인과의 불편한 만남에서 한 발짝 뒤로 물러서는 것을 수치스러운 패배로 여기는 듯하다. 실상 수치는 물러나는 데 있는 것이 아니라, 물러나야 함에도 불구하고 죽치고 눌어붙는 데 있는 것이다.

차에서뿐만 아니라 춤에서도 남자의 첫걸음은 후진으로부터 시작된다. 나의 후진은 상대의 전진을 의미한다. 그 반대의 경우는 춤이 아니라 힘겨루기에 불과하다. 후진은 춤에서뿐만 아니라 모든 유형의 만남의 예(禮)이다. 예가 없는 만남은 짐승들의 무리와 다를 바 없다. 예는 상대에 대한 공경의 흔적이며, 그 흔적은 또한 자신에 대한 상대의 공경의 근원이 되는 것이다. 요즘은 그 흔적을 사람에게서보다는 짐승들에게서 찾아보는 편이 나을지 모르겠다. 왜냐하면 적어도 짐승들은 후진의 페인트 모션을 쓸 만큼 교활하지는 않기 때문이다.

그러나 첫 만남의 후진이 가뭇없는 후진의 연속을 의미하는 것은 아니다. 후진은 전진의 첫걸음에 불과하며 전진은 또다른 후진의 실마리가 되는 것이다. 밤과 낮, 끝과 시작, 들숨과 날숨, 듣기와 말하기처럼 전진과 후진은 서로의 꼬리를 물고 도는 두 마리 뱀과 같다. 그 둘은 결코 하나가 될 수 없으며, 또한 어느 하나가 없이는 다른 하나도 존재할 수 없다. 전진은 좋은 것이고 후진은 나쁜 것이라는 생각은 그릇된 것이다. 그러한 어리석음을 경계하여 옛 사람들은 양음(陽陰)이라 하지 않고 음양(陰陽)이라 하였으며, 시종(始終)이라 하지 않고 종시(終始)라고 하였던 것이다.

216

오늘 우리 주위는 온갖 차들이 빼곡히 들어찬 주차장과 같다. 각각의 이해와 주장이 얽혀 자칫 분별을 넘어서면 남의 옆구리를 받거나 제 옆구리가 찢어지기 일쑤이다. 제 위치를 찾기 위해서는 좁은 공간일수록 후진해야 한다는 소중한 가르침을 차에게서 발견하는 것도 그 때문이다.

4

운전면허 시험 가운데 특히 코스 시험에 대해서는 그것을 꼭 치러야 할 필요가 있겠는가라는 의문을 가진 사람들이 많다. 다년간 운전을 한 영업용 기사라도 떨어지기 십상이며 도무지 현실에서는 Z코스, S코스, T코스 같은 상황을 만나기 어렵다는 것이다. 그 말도 맞다. 그러나 요즘 코스 시험이 없어지지 않는 것을 보면 나름대로의 존재 이유가 있을 법하다.

돌이켜 생각하면 세 가지 코스는 실제의 운전에서 부딪칠 수 있는 여러 상황들의 기본적인 구조가 아닌가 한다. 즉 갖가지 상황에서 무리 없이 벗어날 수 있는 것은 세 가지 기본 코스의 응용과 변용에 의해서이다. 세 가지 코스가 체(體)라면 실제의 운전은 용(用)이 되는 것이다. 체는 용을 통해 드러나며 용은 체에 의해 지탱된다. 체가 용이 아니기 때문에 불필요하다든가, 용의 차원에서 체만을 고수하려 드는 것은 여러 분야에서 소모적인 싸움의 발단이 될 뿐이다.

면허 시험의 세 가지 코스는 우리가 삶에서 걸어가야 할 원초적인 길이 어떤 것인가를 은유적으로 드러내준다. 왜냐하면 인생은 먼 길을 가는 과정이며, 젊어서나 늙어서나 좀처럼 서투르고 어색한 것은 초보자의 자동차 운전과 흡사하기 때문이다. 왼쪽으로 박힐 것 같아 오른쪽으로 꺾으면 이번엔 오른쪽으로 처박히고 말며, 목숨이 다하는 날까지 그 서투름은 고쳐지지 않는다. 인생은 늘 새롭기 때문에 우리는 언제나 새신랑처럼 어색하다. 거듭되는 역경의 Z코스, 완만한 슬픔의 S코스, 그러나 그중에서도 T코스는 보다 깊은 삶의 근원으로 우리를 안내한다.

다 아는 사실이지만, T코스에 진입하기 위해서는 좌측선에 차를 최대한으로 붙이고 중반을 넘어서면 핸들을 꺾어 앞바퀴와 좌측선 사이에 120센티를 확보한다. 그것은 안전하게 후진하여 T코스의 아랫도리로 들어가기 위한 것이다. 그리하여 아랫도리 가장 깊은 곳까지 들어선 차는 출발선을 향해 돌아나오게 된다. 이와 같은 T코스의 구조는 모든 시간 예술의 기본이 되는 기승전결(起承轉結)의 골격을 완벽하게 갖추고 있다. 그 구조는 예술뿐만 아니라 진실의 기본 구조이기도 하다. 후진 혹은 역전이 없는 진실은 일방적인 자기주장에 불과하며, 따라서 악성 이데올로기에는 후진과 역전이 없다. T코스가 모든 예술과 진실의 기본 구조가 되는 것은 삶의 구조가 바로 그러하기 때문이다. 뜨거운 경험에서 시작하여 싸늘한 인식으로 끝나는 한 편의 성장소설을 우리는 T코스에서 읽는다.

5

흔히 우리는 사람 사이의 예(禮)가 실질과는 다른 겉치레에 불과하다는 생각을 은연중에 갖고 있지만, 그것은 예의 본뜻을 잊어버린 데서 오는 결과이다. 근본적으로 우리의 삶이 나 아닌 다른 사람 혹은 다른 사물들과의 '대화'로 성립한다면, 예는 대화가 이루어지기 위해 긴히 갖추어야 할 전제 조건이 된다. 그 전제 조건은 자신에 대한 성찰과 상대에 대한 공경으로서, 이 둘은 예의 표리를 이루는 것이다.

운전 연수에서 여러 코스들의 훈련이 사람들과의 삶에서 지켜져야 할 기본적인 예의 교육으로 비유될 수 있다면, 그 예의 필연성은 실제의 운전에서 얼마든지 찾아볼 수 있다. 가령 차의 속도가 빨라질수록 운전자의 시야는 좁아진다. 멀리 있는 것은 잘 보일지 모르나 가까이 있는 것은 희미하게만 보일 뿐이다. 이와 같은 경우는 현실의 삶에서도 자주 경험하는 일이다. 우리의 뜻하는 바가 급격하면 급격할수록 우리의 시야는 좁아진다. 우리의 뜻이 과격하면 할수록 우리의 시력은 흐려지며, 그리하여 우리 가까이 다쳐서는 안 될 것들을 다치게 한다. 과격은 맹목을 낳고 맹목은 또다른 과격을 부른다. 과격하기 때문에 맹목적이고 맹목적이기에 과격할 수 있는 것이다.

또한 차의 속도가 빠른 상태에 있을수록 정지거리가 길어진다는 사실도 의미심장하다. 나의 뜻하는 바가 과도하면 할수록 나의 상대가 치명적인 충격을 받을 가능성은 그만큼 늘어난다. 게다가 그 정지거리가 공주(空走)거리와 제동거리의 합산이라는 사실도 주목을 요한다. 공주거리란 브레이크를 밟는 순간부터 실제로 듣기 시작하는 순간까지 주행한 거리를 말한다. 비로소 내가 나의 과격함을 깨닫고 제동을 시작했다 하더라도 상대는 나로 인한 치명적 충격을 피하지 못할 것이다. 왜냐하면 나의 행위에는 관성이 작용하며, 나와 상대 사이에는 공주거리가 존재하므로.

예로부터 성인의 말씀은 박절하지 않다고 한다. 그 말의 내용이 무엇이
든 박절한 말은 대체로 옳은 말이 아니다. 극단은 또다른 극단을 낳을 뿐
이다. 좌충이 우돌을 부르고 우돌이 좌충을 부른다. 그런 의미에서 사필
귀정(事必歸正)이라는 말은 호메이니의 말이지 성인의 말씀은 아닐 것이
다. 성인이라면 그렇게 생각하더라도 그렇게 말하지는 않았을 것이다. 역
사적 변환기는 사필귀정의 기치를 높이 들고 앞만 바라볼 뿐 옆을 돌아보
지 않는, 상대에게는 냉혹하고 자신에게는 관대한 용기 있는 사람들의 시
대이다. 그들의 뜻은 급하고 그들의 시야는 좁다. 어찌 삼가고 삼가지 않
을 수 있으랴.

6

자신에 대한 반성과 상대에 대한 공경이 예의 안팎을 이루는 것이라면,
이 둘은 분리해서 이야기할 수 있는 성질의 것이 아니다. 자신에 대한 반
성이란 자신의 과도함에 대한 성찰이며, 그 과도함으로 인해 겪게 될 상
대의 아픔에 대한 심려이다. 그렇다면 상대에 대한 공경이란 그 성찰과
심려의 구체적이며 적극적인 실천이라 할 수 있다. 자기반성에 뿌리내리
지 않은 사랑은 쉽게 광기와 난폭의 원동력으로 전화된다.

예를 이루는 반성과 공경의 표리관계는 과속과 법규 위반의 무법천지
에서도 간혹 찾아볼 수 있다. 예를 들어 차가 섰을 때 앞차를 위해 자신

의 헤드라이트를 꺼준다거나, 앞서가는 차와 마주보고 오는 차를 위해 자신의 헤드라이트를 아래로 숙이게 하는 것은 마치 공손하게 절하는 아이의 모습처럼 이쁘다. 그것은 자신의 불빛으로 인해 상대의 눈이 '현혹'되는 것을 차마 보지 못하는 마음에서 나온 일일 것이다. 나의 전조등은 내가 갈 길을 비추어주는 없어서는 안 될 불빛이다. 그러나 그 불빛이 상대가 자신의 길을 찾는 데 장애가 된다면 마땅히 끄거나 낮추어주어야 한다. 언제나 나의 불빛은 내가 생각하는 것 이상으로 강하다. 예는 상대에 대한 나의 '숙임'과 '낮춤'이다.

이러한 예의 구체적 실천은 차들이 의좋게 나란히 달릴 때뿐만 아니라 서로를 넘보고 앞지르기할 때조차 찾아볼 수 있다. 가령 뒤차가 자신을 앞지르려 하거나, 앞차가 그 앞차를 앞지르려 할 때 자신이 앞지르기해서는 안 된다. 그것은 이미 앞지르기를 시작한 상대에 대한 따스한 심려에서 나온 일일뿐더러, 자신의 안전에 직접적으로 관계되는 일이기도 하다. 앞지르기한다는 것은 자신을 위험 속에 내거는 일이며, 앞지르기하는 차를 다시 앞지르기한다면 그것은 곧 상대방의 위험을 가중시키는 동시에 그만큼의 위험을 자신의 부담으로 안는 일이 된다. 상대의 인격을 자신의 발밑에 놓을 때 자신의 인격도 동시에 그 밑에 놓는 일이 되며, 상대의 숨통을 조이는 일이 곧 자신의 숨통을 조이는 일임을 우리는 익히 알지 않는가.

더불어 두 개의 차선에 걸쳐서 운행해서는 안 된다거나, 급제동을 삼가고 여러 번 브레이크를 밟아주어야 한다거나, 진로를 변경할 때는 충분히 알린 다음이어야 한다는 교훈도 같은 맥락에서 새겨들을 수 있다. 예의

준수 여부는 자신의 안전과 직결되는 문제이다. 그러나 어찌 예의 가치를 효용의 관점에서만 이야기할 수 있으랴. 다만 예의 무시로 인해 오게 될 끔찍한 재난을 근심스럽게 지켜볼 따름이다.

7

초보자의 운전은 뒤에서 보아도 표가 난다. 대체로 초보자들은 속도에 대한 두려움을 가지고 있기 때문에 천천히 가는 것을 안전의 표준으로 생각하는 듯하다. 그러나 정도 이상으로 느리게 가는 것은 정도 이상으로 빨리 달리는 것과 마찬가지로 위험스러운 일임에 틀림없다. 저속은 고속과 마찬가지로 과속에 해당될 수 있다. 마치 선인들이 과도하게 공경하는 것이 예가 아님을 강조했듯이, 문제는 객관적인 속도의 수치에 있는 것이 아니라 자신이 서 있는 상황에서 얼마만큼의 빠르기가 가장 적합한가에 달려 있다.

요는 주위의 차들과 함께 '흐름'을 타는 일이다. 안전한 속도는 일정하게 주어져 있는 것이 아니라, 시간과 장소에 따라 달라진다. 어떤 상황에서는 20킬로미터가 안전속도일 수 있지만 다른 상황에서는 120킬로미터가 안전속도일 수 있다. 만약 60킬로미터 정도를 표준속도로 잡고 어느 상황에서나 그 속도를 고수하려 한다면, 그것은 아교처럼 굳어버려 통하지 않는 사람들의 생각이다. 통하지 않는 것을 막무가내로 밀어붙일 때, 상대뿐만 아니라 자신도 함께 부서진다는 사실을 그들은 알려고 하지 않는다. 가장 적합한 것은 언제나 시간과 장소에 따라 달라진다. 그것을 같은 것이라고 우길 때 '흐름'은 깨지고 만다.

흔히 우리는 도덕군자들이란 감각이 메말라 비틀어진 사람들이라는 생각을 가지고 있다. 그러나 사실 감각이 탁월하지 않고서는 덕이 이루어질 수 없다. 감각에 뒷받침되지 않은 덕은 죽어버린 덕의 껍질에 지나지 않으며, 모든 고루함은 감각의 부재에서 오는 것이다. 그 감각이란 나와 나를 둘러싼 세상의 '흐름'에 대한 감각이다. 흐름에 대한 감각은 올곧은 것〔正〕보다는 가운데 오는 것〔中〕을 중히 여긴다. 올곧은 것은 때로 우리가 몸 담고 있는 '흐름'을 깨뜨려버릴 수 있기 때문이다. '흐름'의 지각과 '흐름'에의 동참은 운전뿐만 아니라 모든 삶의 요체가 된다.

따라서 '흐름'에 대한 감각은 모든 공부의 궁극적인 목표이며 동시에 필수 요건이라 할 수 있다. 그것 없이는 대의가 무엇이건 간에 사람 잡는 공부가 되기 십상이다. 감각하지 않고서는 반응할 수 없다. 감응을 통해서만 세상의 이치에 순응할 수 있으며, 그때서야 나와 당신은 통할 수 있고 우리의 삶이 일시적인 것이 아닐 수 있다. 천지가 다함이 없는 것은 음양 교접의 도를 알고 있기 때문이라 하지 않았던가. 오늘날 공자(孔子)가 살아 계신다면 참으로 멋진 운전을 하시리라.

8

궁극적으로 삶이 대화의 과정이라면 대화는 길의 모습을 닮고 있다는 사실을 염두에 두어야 한다. 우리들 각자의 삶은 길과의 대화이다. 느껴서 비로소 통한다는 것은 삶의 길에 통하는 것을 의미한다. 그것이 이른바 도통(道通)이다. 흔히 도통이라 하면 인간세를 떠난 사람들의 알음알이로 여기지만, 그것은 문자 그대로 길에 통하는 것을 뜻한다. 아스팔트 길이든 포장 안 된 골목길이든 길은 어디에나 있으며, 모든 길은 서로 다른 길이 아니다. 길은 별천지에 있는 것이 아니라 우리 가까이, 우리 몸속에 들어 있다. 별천지에는 길이 없다. 그것은 바로 길이 끊어진 자리를 의미하기 때문이다.

대체로 여러 학문의 병통은 삶을 떠난 자리에 길이 있는 것으로 여기는 데 있다. 가까이는 내 몸에서 취하고 멀리는 외물에서 취하는 공부가 아니라면 죽은 공부에 지나지 않는다. 내 몸속에 숨어 있는 길과 나 아닌 다른 사람, 다른 사물들 속에 숨어 있는 길은 둘이 아니다. 뿐만 아니라 길은 사람의 손으로 만들어진 물건들 속에도 숨어 있다. 그 길은 사람에게서 나왔지만 사람은 그 길을 모르고 밟고 간다. 차가 우리에게 가르쳐주는 길도 그 가운데 하나이다.

길을 알고 그 길을 가기 위해서는 길에 대한 관심을 한순간이라도 늦추어서는 안 된다. 길에 대한 관심이란 그 길을 숨기고 있는 모든 것들에 대한 배려, 그림자처럼 우리를 놓아주지 않는 삶에 대한 따뜻한 눈길을 의미한다. 언제나 길은 사랑과 함께 온다. 차에 대한 심려도 크게 다르지 않다. 어느 날 시동을 걸면서 차가 아플 것 같은 느낌이 들면 중도에 멎어버리는 일이 종종 있다고 한다. 또한 몇 해 동안 타고 다니던 차를 팔고 나면 같은 색깔의 차만 보아도 가슴이 뭉클해진다고 한다. 그것이 소유욕에서만 비롯되는 일은 아닐 것이다. 그 마음은 죽는 모습을 차마 보지 못해 금붕어나 개를 키우지 않는 사람의 마음과 다른 것이 아니다. 정이 들면 사람뿐 아니라 사물도 남이 아니다.

새 차를 사서 시트에 덮인 비닐을 뜯어내는 순간 차는 이미 새 차가 아니다. 그 순간부터 문짝에 흠집이 나고 펜더가 우그러지는 먼먼 날의 상처의 삶이 시작되는 것이다. 어디 차만의 일이겠는가. 우리의 삶은 애초에 새것이 아니며, 새로운 삶은 추억으로서만 존재한다. 사람들은 아롱지는 불빛을 보고 홍등가를 찾아간다 하지만 그것은 꼭히 맞는 말은 아니다. 홍등가의 불빛은 이미 마음속에 있다. 마음속의 불빛이 자기를 닮은, 그러나 언제나 실망만 가져다주는 마음 밖의 불빛을 찾아가는 것이다. 잃어버린 삶을 그리워하는 마음속의 불꽃, 그곳으로부터 모든 길은 시작되고 그곳에서 모든 길은 끝난다.

9

차를 타고 가다보면 백미러에도 안 나타나고 실내 거울에도 안 잡히는 것이 있다. 그럴 때 혹 차선을 바꾸려 하면 느닷없이 울부짖음 같은 경적 소리가 터져나온다. 아무리 눈을 씻고 보아도 보이지 않는 맹목의 공간, 이른바 사각지대(死角地帶)는 우리 눈뿐 아니라 다른 여러 감각들에도 존재하며, 감각에 잡힌 것들을 종합하는 지적 기능들에도 존재한다. 우리의 삶은 사각지대로 뒤덮인 늪과 같다.

아무리 많은 길을 가도 모르는 길이 남아 있으며, 같은 길을 여러번 가

보아도 모르는 구석이 남아 있다. 한 이불 속에 오래 살 섞었던 사람끼리도 상상을 초월하는 일을 발견하게 되며, 그 발견은 이별이나 죽음으로 인해 다만 정지될 뿐이다. 그러므로 모든 길에 통한다는 말은 빈말에 지나지 않는다. 그것은 지평선처럼 영원한 미래로서 우리 앞에 존재하는 것이다. 아마도 성인은 그 사실을 깊이 깨달으신 분이리라.

이른바 천명(天命)이라는 것은 우리 삶의 맹목점, 혹은 사각지대로 오는 것들을 통틀어 이르는 말일 것이다. 우리 삶의 지극한 의무는 우리가 지각하고 판단할 수 있는 영역들을 극진히 살피고, 지각과 판단을 넘어서는 부분에 대해서는 작위(作爲)를 그쳐야 한다는 데 있다. 여러 어리석음과 포학함은 지각과 판단의 사각지대에 대해서까지 관여하려는 겸허하지 못한 자세에서 오는 것이다. 사각지대를 사각지대로 받아들이는 것만이 나머지 삶을 맹목에서 구할 수 있는 유일한 길이다.

삶의 사각지대로 오는 천명에 대해서는 성인도 어쩔 수가 없다. 이른 나이에 안연(顏淵)이 세상을 떠나자 공자는 "하늘이 나를 버리셨다"라고 거듭 통곡한다. 그를 따르던 사람이 슬픔의 과도함을 지적하자 공자께서는 "내가 지나치게 슬퍼했던가"라고 반문한다. 평소에 슬픔의 과도함을 경계하였던 그가 스스로 과도한 슬픔에 빠졌다는 사실은 참으로 공자의 공자다움을 잘 드러내준다. 마땅히 과도해야 할 때 과도한 것은 과도한 것이 아니다. 그야말로 자신도 모르는 사이에 중도(中道)를 가는 성인의 성인다움이다. 역설적이게도 천명은 과도한 슬픔을 적합한 슬픔으로 바꾸어준다.

길은 인간의 것이 아니다. 오직 슬픔만이 그 길을 가지 못한 인간의 몫이다. 길이 인간의 몫이 아니기에 죽으나 사나 인간은 그 길을 가려 하며, 가도 가도 못다 간 길은 인간의 슬픔으로 녹아내린다. 마치 정선아리랑의 가락처럼 굽이굽이 펼쳐진 슬픔의 길 저 멀리, 성인은 앞서가고 계시다.

두 개의 막다른 골목

언제부턴가 우리 동네 세탁소 아저씨가 보이지 않았다. 홀쭉한 키에 말수가 적은 그분은 자전거로 아파트 단지를 돌며 세탁물을 배달해주었다. 그런데 어느 날 저녁 아내의 대수롭잖은 말에 나는 적지 않게 놀라고 말았다. "길 건너 세탁소 아저씨 알지? 그분 돌아가셨대. 추석 전날 세탁물 때문에 심하게 다투고 어지럽다 하더니 추석날 병원에서 돌아가셨대……"

그 말을 듣고 망연해 있을 때 불쑥 뇌리를 스쳐간 것은 얼마 전 신문에서 본 피살 사건이었다. 한 상류층 인사의 부인이 살해되었는데, 범인은 그 집 공사를 맡았던 전공(電工)이었다. 그는 부인과 말다툼을 하던 중 홧김에 일을 저지르고 말았다는 것이다.

알게 모르게, 지금 우리가 숨쉬고 있는 땅은 상처받은 사람들로 가득하다. 그 상처는 위의 얘기들에서처럼 폭발적으로, 격발적으로 터져나오기도 하지만 상처 준 사람도 상처받은 사람도 알지 못하는 사이 서서히 종양처럼 부풀어오르며 우리들의 정신과 육체를 파먹어들어가는지도 모른다.

그리하여 어느 날 끔찍할 정도로 띵띵 부은 상처가 제 부피를 이기지 못해 스스로 곪아터진 속을 열어 보일 때, 상처받은 사람은 위의 얘기들에서처럼 두 개의 막다른 골목으로 치닫게 될지도 모른다. 상처를 준 사람들에게 앙갚음하거나, 아니면 스스로 세상을 버리거나……

아무리 넥타이를 매고 정장을 하고 처자식을 거느려도 사람의 마음은 어린애다. 대수롭잖은 일에 상처받고 그 상처는 끝끝내 지워지지 않는다. 하물며 생계와 생업이 걸린 대수로운 일에서랴……

사람의 마음은 상처의 울림통이고 그 울림통을 평생 동안 죄고 있는 것이 밥줄이다. 그 밥줄이 엉켜 자유롭지 못할 때 상처의 울림통은 가장 깊은 소리로 운다.

지금 우리들 곁이나 우리의 마음속에서, 우리가 잠들어 있거나 흥청거리는 사이 누구도 제거할 수 없는 치명적인 종양이 부풀어오르고 있는지 모른다. 우리는 이제 거의 아픔도 느껴지지 않는 상처 속에서 아이들을 낳고, 기르고, 더욱 깊은 상처 속으로 아이들을 밀어넣고 있다.

저 헐벗은 사람들은, 어른의 몸짓을 한 저 헐벗은 아이들은 우리의 적이 아니다. 헐벗은 저 아이들이 안쓰러워 발 구르는 또다른 아이들은 우리의 적이 아니다. 우리가 그들을 적으로 몰아세우는 한 우리의 종양은 더욱 부풀어오르기만 할 것이다.

  파국이 오기 전에, 파멸이 오기 전에 그들의 마음 다친 자리를 쓰다듬어주어야 한다. 우리들이 가진 것이 그들의 상처를 후벼파는 쇠꼬챙이 같은 것이 아닌지 돌아보아야 한다. 우리의 안락이 '얼마나 많은 가시가 되어 그들의 가슴을 찢어놓았는지' 그들에게 물어보아야만 한다.

산길

우리 동네는 10여 동의 고층 건물이 늘어선 아파트 단지다. 단지 양쪽 옆으로는 그리 높지 않은 언덕들이 솟아 있다. 그 언덕들은 더 높은 산들과 이어져 우렁찬 산맥을 이루는 것이었을 테지만, 지금은 이리저리 뻗은 차도에 가로막혀 오도 가도 못하는 섬 같은 것이 되고 말았다.

모처럼 울적한 심사가 들 때면 혼자서거나, 아니면 집의 아이들을 데리고 언덕을 올라간다. 돌자갈이 굴러내리는 가파른 길을 벗어나면 연신 뿡뿡거리는 차 소리와 동네 아이들의 고함 소리는 까마득하게 잊힌다. 말이 언덕이지 숲속으로 들어서면 첩첩산중이다. 소 잔등 같은 능선을 따라 울창한 아카시아 숲속으로 들어서면 길은 문득 끊어진다. 아니다. 모퉁이를 돌면서 길은 다시 이어진다. 그렇게 몇 번이나 못미더워하며, 조용히 놀라며 어느새 나는 산길과 하나가 된다. 나의 살갗은 자욱한 수풀 속에 가린 길바닥처럼 축축하고, 나의 생각은 짙은 아카시아 잎새에 묻혀 사라졌다가 다시 나타난다.

흔히 하는 이야기지만, 나날이 우리가 드는 잠이 어느 날 우리를 찾아올 낯선 죽음의 연습이듯이, 인적이 드문 산길은 잊힌 삶의 흔적이다. 아무런 의식도 소망도 없이 살아버린 삶, 나날이 잃어가면서도 속절없이 기다리기만 한 삶, 그 어느 것과도 바꿀 수 없는 소중한 삶이 거기에 있다. 내가 걷는 길이 나의 것이 아니듯이, 삶은 나의 것이 아니다. 몇 번이나 끊어졌다가 다시 이어지는 길처럼 삶은 내 앞에 있다. 때로 짙은 안개에 가려 모습을 감추었다가도, '아, 이젠 끝이 났구나……' 하고 중얼거리는 순간, 소리없이 우리 곁에 다가서는 삶! 삶은 우리를 버린 적이 없다.

산길을 걷다보면 나는 축축한 흙바닥에 길게 드러눕고 싶다. 내가 삶에 바치고 싶은 기도의 모습은 아마도 그런 것일 게다. 내 입속에 고이는 침과 나무들의 잎새에 모이는 수액이 다를 게 무엇인가. 눈짓하는 나무들을 따라 나도 산의 품속으로 내려가고 싶다. 그 속에서 내 어깨쯤에 아물거리는 풀잎들을 쓰다듬어주고 싶다. 그때 산은 아련히 휘파람을 불고 싶을지 모른다.

산길을 가면서 내 머릿속을 떠나지 않는 생각 중의 하나는 원천적으로 우리의 삶은 '대화'라는 것이다. 사람 하나 빠져나갈까 말까 한 오솔길로부터 고봉준령들의 등덜미로 난 척박한 고갯길에 이르기까지, 모든 산길은 인간과 산의 대화다. 산길은 인간이 만든 것도, 산이 만든 것도 아니다. 산은 길을 내고 인간은 그 길을 밟고 간다. 산길은 인간과 산의 대화가 이어진 자리이다. 대화가 끊어지면 길은 끝난다.

대화에는 결론이 없다. 어떤 준엄한 결론이라도, 설사 죽음이라 하더라도, 대화를 멈출 수는 없다. 대화의 속성이 바로 '열림'이기 때문이다. 대화는 완성되지 않음으로써만 대화일 수 있다. 미완성은 대화의 상대에로 향한 간단없는 사랑과 외경의 표현이다.

흔히들 우리는 자신의 삶(그것이 과연 우리의 것일까?)에 어떤 종류든 확정적인 꼴을 부여하려고 애쓴다. 그러고서야 마음이 편해지고 안도할 수 있다. 하지만, 하지만 말이다. 바로 그때 세상과 우리의 대화는 끊어지는 것이 아닐까. 그때부터 우리는 세상이 우리에게 내는 길을 벗어나 가파른 낭떠러지나 헤어날 수 없는 구렁을 헤매는 것이 아닐까. 그와는 달리 삶이 우리의 것이라는 완강한 믿음을 포기하는 순간, 놀랍게도 삶은 우리 곁에 다가서는 것이 아닐까. 어느 날 지치고 힘겨운 우리 앞에 고요한 산길이 놓이듯이……

그러므로 가까스로 30분이나 될까? 인적 드문 산길을 걷다가 진흙 묻은 신발로 언덕을 내려오는 순간은 캄캄한 하늘에 박힌 별처럼 몇 안 되는 축복받은 순간이 된다. 그 순간부터 삶은 내가 강제로 씌운 질곡에서 벗어난다. 귀를 째는 듯한 행상인의 마이크 소리와, 팬티도 걸치지 않고 악을 쓰는 아이들의 울음소리에서 비로소 나는 삶의 선혈한 목소리를 듣기 시작한다. 끊임없이 나의 의식으로부터 지워버리려 애써왔던 그 소리들은 바로 상처받은 삶의 서러운 목소리였던 것이다. 그리하여 세상과 나의 대화는 산길이 끝나는 자리에서 다시 이어진다.

사랑, 그 어리석음의 천적

일전에 어느 초등학교 선생님한테서 재미있는 이야기를 많이 들었다. 그 가운데 하나는 어느 도시 외곽 지역의 초등학교에 다니는 아이의 이야기였다. 제 아빠가 누구인지 모르는 그 아이는 소위 미혼모의 아들로서 외갓집에 살고 있는데, 명절 때면 외지에 나가 있던 엄마가 찾아와 각종 오락기니 컴퓨터니 장난감이니 다 사주고 간다는 것이었다. 그런데 그 다 큰 놈이 학교에 와서는 선생님한테 자꾸 기대려 하는 것이 너무 안쓰러워 등이라도 다독여주면 금세 와서 폭 안긴다는 것이었다. 가장 사랑을 많이 받아야 할 나이에 사랑받지 못하면 사랑은 영원한 갈증으로 남게 될 것이고, 다 자란 뒤에도 다른 사람의 사랑을 자연스럽게 받아들이지 못할 것이며, 다른 사람에게 자신의 사랑을 자연스럽게 줄 수도 없을 것이다.

그런데 이 아이의 외할아버지 되는 사람은 아이가 집에 들어오기만 하면, 저놈의 자식 때문에 제 어미 신세 망쳤다고 야단이나 치고 구박이 이만저만이 아닌 모양이었다. 그러면 아이는 저도 모르는 죄에 주눅이 들어

식구들 눈치나 살피며 골방에서 저 혼자 슬픔을 삭인다는 것이었다. 하지만 제 엄마가 정상적인 결혼 생활을 못하는 것이 어디 그 아이의 잘못이겠는가. 언제 한 번이라도 그 아이가 제 엄마에게 불륜의 사랑을 사주한 적이라도 있었던가. 아이야말로 제 어미의 한순간 불장난의 희생물이 아니었던가.

사실, 그 아이가 제 어미의 죄의 결과인데도 그 원인으로 지탄받는 것처럼, 우리의 이해와 판단에도 그와 같은 논리의 착오가 얼마나 많겠는가. 어쩌면 우리가 주위 사물이나 사람들을 기피하고 혐오하는 데는 그와 같은 인식의 오류가 작용하는 것이 아닐까. 그리하여 우리가 가장 사랑하고 북돋워주어야 할 것들을 우리는 미워하고 배척하는 어리석음에 빠지는 것이 아닐까. 세상의 죄를 만드는 것은 어리석음이며, 어리석음은 인식의 착오에서 나오는 것이다. 우리가 진실로 사랑하기 위해서는 늘 제 속을 까뒤집어 어리석음이 숨어 있을 구석을 샅샅이 뒤져야 한다. 어리석음이 무시무종(無始無終)이라면, 그 천적(天敵)인 사랑 또한 무시무종이 아니겠는가.

원장면들

어느 날 당신은 벌겋게 익은 수박 속을 숟가락으로 파먹다가 갑자기 그 수박을 길러낸 식물(그걸 수박풀이라 해야 되나, 수박나무라 해야 되나), 그저 잔가시가 촘촘히 붙은 뻣센 넝쿨과 호박잎을 닮은 잎새 몇 장으로 땅바닥을 기는 그 식물이 불쌍하게 생각된 적은 없는지. 여름날 뙤약볕에 쪼그리고 앉아 땅속 깊이 주둥이를 박고 벌컥벌컥 물을 길어올려 벌건 과즙으로 됫박만한 수박통을 가득 채운 끈기와 정성은 대체 어디서 전수받았으며, 어디서 보상받을 것인가. 단지 쥐똥만한 제 씨알들을 멀리 날라줄지도 모를 낯선 것들에 대한 대접으로는 도에 지나친, 그 멍청한 희생을 무어라 설명해야 하나.

어느 날 당신은 고속도로에서 밤 운전을 하다가 갑자기 흰 눈송이 같은 것이 차 유리창을 스치고 헤드라이트 불빛에 떠오르는 것을 본 적이 있는가. 밤꽃 향기 진동하는 5월의 따스한 밤, 그 많은 눈송이들이 앞서 가는 닭장차에서 날려오는 하얀 닭털이었음을 알았을 때의 경이를 아직도 기억하는가. 10층도 넘는 철망 아파트 칸칸이 분양받은 수백 마리 하얀 닭들이 쇠기둥 사이로 모가지를 빼내 물고 파들파들 떨면서 날려보내던 흰 날개 깃털들, 애초에 겨울에 오는 흰 눈도 그렇게 해서 빠진 가엾은 깃털이었던가. 어쩌면 그 흰 터럭지는 입관 직전 알코올에 적신 거즈로 마구 문질러 시멘트 바닥에 흩어지던 사랑하는 어머니의 머리칼이 아니었던가.

어느 날 해거름 당신은 늘 병목 현상을 일으키는 시내 진입로를 통과하면서 부잣집 마나님처럼 토실토실 살진 돼지들이 허연 돼지털 코트를 걸쳐입고 도축장으로 실려가는 것을 본 적 있는가(그 돼지들, 언젠가 뇌물받은 장관 부인들과 함께 사회복지시설 방문하러 간 적도 있었던가). 나들이 꿈에 부푼 그 돼지들, 입도 코도 발도 항문도 음부도 너무너무 아름다운 분홍빛이었고, 저희들끼리도 너무너무 아름다운 분홍빛인 줄 알았던지, 흥분한 한 녀석 다른 녀석 음부를 냄새 맡다가 쪽쪽 핥아보다가 은근슬쩍 기어올라타다가 야단맞던 모습 보면서, 그때 당신은 당신의 성(性)이 들켜버린 낭패감을 어떻게 감추었던가. 그때 노을이 붉었던가. 그냥 돼지 음부의 분홍빛이었던가.

어느 날 당신은 교회 신자들 야유회 같은 데서 보신탕 파티에 끼어본 적이 있는가. 다리 아래 솥 걸어놓고 진국이 펄펄 끓는 동안 가정과 세계 평화를 위해 기도하고, 기도 끝나 저마다 뜨거운 국물을 나눌 때, 평소 사람 좋은 신도회장이 무슨 꼬랑지 같고 막대기 같기도 한 작은 것을 잡아 흔들며 "에, 이 만년필로 말할 것 같으면……" 하고 걸쭉한 농을 할 때, 온몸 다 바쳐도 끝나지 않던 죽은 짐승의 치욕을 오래 생각한 적은 없는

지. 뜨거운 국물에 졸아들 대로 졸아든 그것이 전생의 당신 몸의 일부가 아니었다면, 혹시 내생의 것은 아닐는지.

유치한 당신, 당신은 잊지 못할 것이다. 눈에 흙 들어갈 때까지, 눈에 흙 들어간 뒤에도 잊지 못할 것이다.

제5부

맑고 정결한 눈송이

    나는 생전의 기형도를 알지 못한다. 더러 젊은 시인들의 특집이 꾸며진 문예지의 한 모퉁이에서 그 기이한 이름이 눈에 띄기도 하였지만, 갈피를 잡을 수 없는 이미지의 흐름과 사적 고백의 어투가 그의 글을 끝까지 읽어내는 것을 방해했을 것이다. 어쩌면 그러한 폐단들은 한갓 나의 느낌에 불과하며, 실상 그의 글을 읽는 나 자신의 결함이었는지도 모른다. 혹은 생래적인 무질서와 그에 대한 생래적인 혐오감, 그것이 우리 세대 모두에 공통된 모순된 두 얼굴인지도 모른다. 여하튼 나는 그의 글을 정성스럽게 읽지 않았으며, 그가 얼마나 대단한 시인인가를 알지 못했다. 그가 우리 세대가 만날 수 있는 뛰어난 시인들 가운데 하나이며, 다음 세대가 필연적으로 경유해야 할 이정표 같은 존재임을 깨닫게 된 것은 유감스럽게도 그가 죽은 다음이다. 여러 일간지에 실린 그를 추모하는 글들 속에서 드문드문 인용된 그의 시들은 폐부를 찌르는 듯한 기이한 울림을 지니고 있었으며, 그것이 그 자신만의 독특한 생체험으로부터 비롯된 것임을 짐작하게 해주었다.

내가 기형도의 시 세계를 비교적 자세히 들여다보게 된 것은 시내에 나가 그 책을 산 지 10여 일 후에 그의 누이 기애도(奇愛度)씨가 보내준 시집을 통해서이다. 그 책을 받고서 내가 받은 감동은 쉽게 설명될 수 없는 것이었다. 죽은 시인의 누이가 나에게 보내준 그 책은 마치 영계(靈界)에 있는 내 누이가 살아 있는 나에게, 혹은 영계에 있는 나에게 살아 있는 누이가 보내준 전언(傳言)과 같이 생각되었다. 사실 시인과 그의 누이의 관계에는 일종의 영적 결혼의 관계와 같은 별다른 점이 있다. 그것은 이전에 김수영의 시 속에 나타나는 시인과 누이의 관계에서도 짐작되는 것이며, 개인적으로는 현실의 내 누이에 대해서 내가 가졌던 미묘한 체험에서 느껴진 것이기도 하다. 물론 기형도의 시집에는 어려서 죽은 누이에 대한 슬픔을 담은 한 편의 시 외에, 누이의 존재가 두드러지게 나타나 보이지는 않는 듯하다. 그러나 그의 누이가 보내준 시집은 나에게 그를 「제망매가(祭亡妹歌)」적 슬픔의 너울 속에 서 있는 한 시인으로 떠올리게 하였다.

이러한 나의 피상적인 느낌은 그러나 「그 집 앞」 「빈 집」 「질투는 나의 힘」 등 그가 세상을 떠나기 직전에 쓴 것으로 여겨지는 비교적 짧은 길이의 작품들에 비추어볼 때 크게 어긋난 것이 아니라는 생각이 든다. 마치 검은 연기가 뭉크러지며 쏟아져나오는 듯한 진한 슬픔이 배인 이 작품들의 매혹은 근자의 도덕군자들이 혐오하던 낭만적 감성들이 다만 사치와 허영에 불과한 것이 아님을 확인하게 해준다. 그의 어투를 빌리자면 '질투'가 그의 '힘'이었듯이, 그가 거부하려야 거부할 수 없었던 슬픔 또한 삶의 힘인 것이다. 삶의 근원인 그 슬픔은 이 작품들에 있어서 '……했네' '……했구나' '……했노라' 등의 서정적 어미(語尾)의 물결에 실려, 도도한 힘으로 우리의 닫힌 마음벽에 와 부딪친다. 그 슬픔은 나와 삶이, 혹은 나의 삶과 삶이 움직이는 세상이 결코 둘이 아니어야 함에도 불구하고 둘이며, 그 둘 사이의 간극을 메우기에는 나의 육신과 정신의 노력이 부질없다는 쓰디쓴 의식에서 오는 것이다. 아니다. 그 슬픔은 그 쓰디쓴 인식 자체를 거부하려는 도저한 결단에서 우러나온 것이다.

기형도 시의 또다른 측면인 '검은 환상'은 자세히 따져보면 본시 삶 자체가 공포 이상의 것도, 이하의 것도 아니라는 확인과 다른 것이 아니다. 뷔히너의 『렌츠』를 연상시키는 그의 기행문 「짧은 여행의 기록」이나, 그의 산문집에 실린 여러 단편소설들이 시사하는 바와 같이, 그의 대부분의 시들은 소설적이다. 보다 자세히 말하자면 「전문가」「백야」「장미빛 인생」 등 그의 시집 제1부의 태반의 시들은 카프카 소설의 한 장면을 떼어놓거나, 소설 전체를 압축해놓은 듯한 느낌을 갖게 한다. 그의 문체는 매우 건조하고 삭막하다. 비정한 문체와 그 문체가 그려내고 있는 부조리한 세계는 서로 이가 안 맞는 두 개의 치차(齒車)처럼 우리를 곤혹스럽게 만든다. 우리가 맛보는 곤혹감의 저편에서 그는 삶의 근원적 힘인 쓰디쓴 슬픔의 물결 속에 잠겨 있는 것이 아닐까. 비유컨대 그가 냉철하게 제시하고 있는 부조리한 삶의 풍경들은 난바다에서 거센 파도에 난타당하면서 헤엄치는 자의 눈에 비친 악몽 같은 것이 아니었을까. 그에게 삶은 애초에 패배하기로 예정된 싸움과 같다.

그러나 그 막무가내의 고통은 시 혹은 시집의 자리를 잠시 떠나 얼마나 아름답고 단아한 모습을 짓는지. 문학과지성사에서 나온 시집 갈피에 적힌 그의 산문은 여지껏 내가 본 산문들 가운데 가장 친밀하고 절실한 것이었다. 그는 하늘과 지상 그 어느 곳에서도 받아들여지지 않은 '눈'이 또 다른 세상 위에 눈물이 되어 스밀 때까지, 어떠한 죽음도 접근하지 못할 것임을 믿었다. 다소 진부한 감이 없지 않지만, 나는 그 산문을 '백조의 노래'라고 이름 짓고 싶다. 그가 그려 보인 한 송이의 '눈'은 다름아닌 그 자신이었다. 마치 「큰 바위 얼굴」의 주인공처럼 그는 한 송이의 '눈'을 사랑했기 때문에, 스스로 한 송이 '눈'이 되었다. 또한 우리가 지금 그를 사랑하는 것은 우리 또한 그처럼 맑고 정결한 눈송이가 되려 하기 때문일 것이다. 그러니까 한 송이 눈이 수많은 다른 눈송이들을 만들어내는 것이다. 내 말이 빈말이 아니라는 것은 그의 1주기에 얼마나 많은 젊은 시인들이 그의 죽음을 애도했는가를 보아도 알 수 있다. 그 영혼이 한 송이 눈처럼 맑고 정결하지 않은 한, 아무도 그의 행복을 질투할 수 없으리라.

뜨겁도록 쓸쓸한 사내의 초상

내가 미래의 소설가 이인성을 처음 본 것은 어쩌면 1970년 늦가을이었을 거다. 당시 우리는 같은 학교에 다니고 있었는데, 나보다 한 해 아래인 그는 언젠가 대단한 작가로 손꼽히리라는 기대를 한몸에 안고 있었다. 지금 생각해보아도 그의 모습은 미래의 글쟁이다웠다. 비뚜름히 제껴 쓴 모자에 칼라 호크를 풀고 가방을 옆에 낀 그는 두엇 친구들과 함께 화동(花洞) 언덕바지를 내려가고 있었다. 그것은 우리같이 소심하고 길들여진 녀석들에겐 부럽고도 사치스러운 행패였다. 아직도 나는 그를 생각하거나 만날 때면 그 모습을 지울 수가 없다. 그후 우리는 대학의 같은 과에서 다시 만났고, 서로 직장을 잡고 떨어져 살기까지 그 흉측한 몰골의 1970년대를 함께 살아왔다. 같은 선생님 밑에서 같은 술집을 드나들던 그 시절부터 지금에 이르기까지 그는 늘 처음 본 그 모습처럼 나의 경이와 선망의 대상으로 존재해왔다. 아무렇게나 옷을 걸쳐도 멋이 나고 아무리 무심히 대해도 밤잠을 못 이루는 여자들 하며 지극히 일상적인 일에서, 언제나 그가 미쳐 있는 글쓰기에 이르기까지 나에게 신기하게 여겨지지 않는 구석이란 없었다. 그는 나의 형 같고 동생 같고, 내가 만약 여자라면 저런 남자를 한번 꺾어보고 싶고, 내가 저를 사랑하는 만큼 저도 나를 사랑하는지 어떤지 물어보고 싶었다.

　도대체 그의 매혹의 비밀이 어디에 있는지 생각해보기도 한다. 그러곤 젊음이나 새로움이나 그런 막연한 말들을 떠올려본다. 내 느낌으로는 그의 삶에서, 문학에서 진하게 풍겨지는 그 신선함은 언제나 정체하지 않고 부패하지 않는 그의 정신에서 오는 듯하다. 끔찍할 정도로까지 정신이 자신을 괴롭히지 않는 한, 그와 같은 신선함은 생겨나기 어려울 것이다. 타인의 삶을 비판할 때조차 그의 정신은 보이지 않는 칼날을 자신을 향해 깊숙이 찌르고 있는지 모른다. 50킬로그램을 넘나드는 그의 살벌한 체구는 실상 정신의 고문에서 살아남은 완강한 뼈들의 집합에 불과하다는 느낌까지 든다. 그의 필체, 그의 문체, 그가 쓴 글들의 짜임새, 그 어느 것을 보아도 그의 치밀한 자기 성찰은 확연하게 드러난다. 마치 섬세한 천을 짜듯 한치의 간극도 없이, 혹은 말린 멍석을 깔 듯 물샐틈없이 이어나가는 그의 글쓰기는 의식이 자신을 도피할 수 없는 지경으로 몰아세우는 참담한 과정에 다름아니다. 그의 글을 읽는 우리가 고통스러운 것은 그의 의식이 자신의 고통을 담보로 하여 우리의 의식까지 그 고문대 위에 올려세우기 때문이다. 그토록 힘겨운 그의 글쓰기는 모든 것이 뒤죽박죽 날림투성이인 우리 시대, '아침은 지나갔고 저녁은 오지 않은' 문화 변동기의 희생물 바로 그것이다. 그는 누군가가 해야 하는 일, 박수도 갈채도 없는 일을 한 시대의 '숙명'처럼 묵묵히 하고 있을 따름이다. 요즘도 나는 문장이 엉망인 학생들을 보면 이인성의 글을 복사해 여러 번 읽으라고 권한다.

그렇다면 무엇이 그를 그토록 가혹한 의식의 고문대 위에 세우게 하는 것일까. 그의 고통은 다만 이상적(異狀的)인 자기 학대의 소산일까. 이인성을 한 번이라도 만나본 사람이면, 한 번이라도 그의 글을 꼼꼼히 뜯어 읽은 사람이라면 고개를 저을 것이다. 옛 사람의 가르침처럼 여러 악덕과 어리석음의 근원이 자포자기에 있다면, 그의 치열한 자기반성은 자기를 포기하지 않기 위한 고통스러운 노력일 것이다. 바꾸어 말해 그의 정신의 자기 고문은 원의적 형태로서의 자존(自尊)에 불과하다. 지당한 얘기지만 자존은 지금의 나, 남과 구별되는 나가 아닌, 본연의 때묻지 않은 나에 대한 우러름에 다름아니며, 그러기에 근원적인 순수함에 대한 그리움과 다를 것이 없다. 또한 여린 것, 구겨진 것, 구부러진 것, 그리고 그 모든 약함의 징조들을 속속들이 껴안고 있는 '인간'에 대한 애정과 별개의 것이 아니다. 이인성의 가혹한 자기 고문은 바로 허약한 사람들에 대한 사랑과 안팎을 이룬다. 아직까지 나는 그만큼 함께 아파하면서도, 그만큼 울음을 숨길 줄 아는 사람을 본 적이 없다. 언젠가 내가 이길 수 없는 고통의 골짜기를 헤맬 때, 또 언젠가 우리 친구 하나가 타관의 외로움에 버려질 때, 나는 그의 곁에서 그의 영혼이 몹시 우는 소리를 들었다. 바싹 마른 바닥 아래로만 흐른다는 건천(乾川)이라는 것처럼, 그의 사랑은 겉으로 드러나지 않기에 쓸쓸하기만 하다. 그러나 그 쓸쓸함은 또 얼마나 뜨거운 것일까. 그래, 어느 날 그의 집에 갔을 때, 아무리 달래도 울음을 그치지 않던 딸아이 앞에서 넋을 잃은 듯이 아래로 내려지던 그의 시선을 나는 잊지 못한다. 어쩌면 그것은 세상에서 가장 뜨겁고 쓸쓸한 사랑의 모습이리라.

그 허전하고도 안쓰러운 눈길은 무엇을 향해 내려져 있었던가. 어쩌면 그것은 눈먼 나에겐 보이지 않던 '낯선 시간 속으로' 내려가고 있었던 것이 아닐까. 그 점에서 그의 선집(選集)에 수록된 작품들의 제목은 대단히 시사적이다. 「지금 그가 내 앞에서」라는 제목이 드러내주듯이, 지금까지 그의 글쓰기는 시간과 공간에 대한 탐구, 보다 정확히 말해 시간적인 공간, 공간화된 시간에 관한 끈질긴 추구로 요약될 수 있다. 따라서 그가 흘려보낸 '20년'이라는 '세월'은 '길'이라는 공간적 형태로 표상되며, 그 길은 쉽사리 나아갈 수 없는 험난한 것이기에, '무덤'이라는 폐쇄적이고 억압적인 모습을 띠게 된다. 요컨대 이인성의 '시간'은 좀체로 파고들기 어려운 '속'을 지니고 있다. 시간이라는 그 낯선 무덤 속에서 그는 '질척이는 봄'과 지나친 삶의 황량한 '사건'들을 다시 만난다. 마치 사막을 가로질러 고향으로 돌아오는 대상(隊商)처럼. 요약하건대 이인성이 그의 글쓰기로써 펼쳐 보이는 드라마는 '잃어버린'과 '그곳에 이르는'의 변증법, 실종과 회귀를 두 축으로 하는 나선적 여정(旅程)에 다름아니다.

이맘때 나는 그와 함께 그의 '무덤' 속으로 들어가고 싶다. 왜냐하면 삶이란 잊힌 무덤으로 가는 길에 지나지 않으므로. 그의 무덤은 바로 나의 무덤이고, 한반도의 1970년대를 살아온 우리 모두의 무덤이다. 언젠가 '문학'이라는 다른 이름을 가질 그 무덤은 우리들의 '낯선' 처갓집이고, 우리는 늘 '정다운' 동서지간이다. 나는 언제나 새롭고 젊은 동서와 함께 늙어가는 것이 이렇게 즐거울 수가 없다. 처음 본 그날처럼 모자를 제껴 쓰고, 호크를 풀어헤치고, 가방을 옆에 낀 나의 '신화(神話)'와 함께 천천히, 조금씩 죽어가는 일은 나에겐 너무도 외람된 축복이다. 이 무슨 야릇한 사내들 사이의 애정의 순교일까.

크고 넓으신 스승

　선생님께서 우리 곁을 떠나신 지도 벌써 20일이 가까워온다. 돌아보면 그 시간은 참으로 길다. 이른 아침 소식을 듣고 급한 마음으로 기차를 타고 대학병원 영안실로 달려가, 삼일장을 치르고 삼우제에 참석한 후 내 사는 곳으로 내려오는 동안, 나는 줄곧 선생님을 처음 뵈온 이후 지금에 이르기까지 기억 속에 남아 있는 선생님의 모습과 말씀, 표정 등을 되새겨보려고 노력해왔다. 그러나 안간힘으로 되살려볼 수 있는 것은 빛 바랜 흑백사진과 같은 몇 컷의 지워져가는 장면장면들일 뿐, 그토록 오래 가까이 모시면서 편안했고 즐거웠던 배움의 날들은 불탄 형적처럼 한 줌 재로 사그라지고 말았다. 한편으로는 언제나 따뜻하시면서 의연하셨던 선생님의 기품을 아직 살아 있는 사람들과, 아직 태어나지 않은 사람들에게 전하지 못하는 문제자(門弟子)로서의 우매함을 뼈저리게 느끼면서도, 또 한편으로는 어쩌면 그것이 평소에 살아가시면서 자신이 살던 자리에 조그만 얼룩이나 자취를 남기지 않으시던 선생님 고유의 삶의 방법에 기인한 것이 아니었던가 생각해본다.

누군가 선생님의 바둑을 그 흐름이 물과 같이 산뜻하다고 하였지만, 그 말은 선생님 삶의 어느 세세한 틈바구니에서도 확인될 수 있는 것이 아닌가 한다. 마치 물위에 비친 달의 모습처럼 확연히 빛을 발하다가도 지나가면 한 점 흔적을 남기지 않는 선생님의 처세는 수많은 시인 작가들의 작품론에서뿐만 아니라, 그분이 길러낸 여러 제자들과의 관계에서도 선연히 드러난다. 선생님께서 당대의 탁월한 문학 이해가일 수 있었던 비밀도 그와 무관하지 않으리라 생각된다. 아마도 비평가는 스스로의 생각을 남의 입을 통해 담아내는 사람이 아니라, 남의 말을 통해 혹은 남에게 말하게 함으로써 자신의 생각을 넌지시 드러내는 사람일 것이다. 그러므로 그는 본질적으로 흔적을 남기지 않는 사람이라 할 수 있다. 옛 선현의 어투를 빌리자면 선생님께서는 종일을 논의해도 일찍이 말 한마디 한 적이 없으셨던 것이다.

그것은 선생님께서 여러 제자들을 대하시던 자세에서도 넉넉히 발견된다. 어느 글에선가 선생님 스스로 밝히신 바 있듯이, 그분은 학생들이 찾아오면 자신의 생각을 전해주기보다는 그들의 이야기를 들어주는 데서 가르침의 의미를 찾으셨다. 그것은 그들 스스로가 자신의 생각을 드러내는 가운데 엉킨 실마리를 발견하고 그 실마리를 풀어 자신의 길로 삼게 하기 위함이었다. 그러한 가르침의 방법은 가르치는 사람의 혹독한 자기 절제 혹은 자기 억제 없이는 불가능한 것이다. 그러므로 다시 선생님께서는 종일을 가르치셨어도, 일찍이 한마디 가르침도 베푼 적이 없었던 것이다. 선생님께서 우리를 떠나가신 후에도 그 육신이 이곳에 머물 때와 다름없이, 어쩌면 더욱 절실하게 우리와 함께하고 계시다는 느낌은 그에 연유하는 것이라 볼 수 있다. 이제 선생님의 떠나심은 비로소 선생님 속에서 우리가 살기 시작했다는 단서가 아닐까.

아직 내 기억 속에 남아 있는 몇 컷의 필름을 조심스럽게 인화하는 일은 그러나 언제까지고 미루어둘 수는 없다. 이제 날이 가고 해가 바뀌면 그 남은 형적마저 지워지고 말 것이 아닌가. 내가 처음 선생님을 뵌 것은 1971년 공릉에 있었던 서울대 교양과정부 어느 한 교실에서였다. 당시 학과장이셨던 정명환 선생님께서는 신입생인 우리들에게 신진 문학평론가로 이름을 빛내는 김현 교수, 즉 김광남 교수를 소개하셨다. 지금 생각해보면 당시 서른 살에 갓 이른 선생님께서는 다소 살진 얼굴에 빨간 넥타이를 매고 계셨다. 그 빨간 넥타이는 두고두고 내 기억 속에 남아 언젠가 선생님께도 그 이야기를 드린 적이 있다. 그후 선생님을 다시 뵌 것은 1976년 군복무를 마치고 복학한 다음 관악산의 한 교실에서였다. 그때 선생님께서는 18세기 불문학을 강의하셨는데, 어느 날 아무도 예습을 해오지 않았기 때문에 "다음 시간에 합시다"라고 표정 없이 말씀하시고는 굳게 입을 다문 채 교실을 나가셨다. 우리는 모두 하얗게 질렸다.

내가 선생님을 보다 가깝게 모시게 된 것은 교내 시화전을 한 후였다. 내가 글쓰기에 관심이 있는 줄 아신 선생님은 내 친구를 통해 시를 한번 가져와보라는 말씀을 하셨다. 여태까지 너무도 조심스러웠던 나는 처음으로 선생님 방을 두드리게 되었고, 선생님의 주선으로 문단의 한 귀퉁이에 조그만 이름을 내게 되었다. 그후 나는 선생님의 방에서나, 반포 근처 생맥줏집에서나 그 끝도 없는 고통의 덩어리인 삶에 관한 이야기들을 선생님께 쏟아놓았다. 그것이 선생님께는 얼마나 큰 고역인가를 알지 못하고서, 아니 어쩌면 알면서도 그 당시 젊음의 치기 때문에 그만둘 수 없었다. 그때마다 선생님은 늘 관대하게 들어주셨고, 간혹 몇 가지 가능성을 암시해주셨을 뿐이다. 어느 날 저녁에는 시간이 너무 늦어서 선생님 댁에서 하룻밤 자고 아침까지 먹고 나온 적이 있었다. 그날 밤 나는 우리 선생님이 꼭 형님 같다는 생각을 했다고 기억된다.

1979년 대학원에 입학한 나는 근 1년 동안 당시 조교였던 이인성씨와 함께 과 사무실을 지키며 선생님을 가까이 모실 기회를 가졌다. 여러 선생님들을 모시는 어려운 자리에서도 선생님은 늘 형님이나 친구처럼 편하게 대해주셨고, 그때 언뜻언뜻 비쳐 보이시던 선생님의 언행은 언제나 촉박하기만 했던 우리들로서는 미처 알아차리지 못하고 나중에서야 비로소 깨닫게 되는 것들이었다. 그해 겨울 정신적으로 매우 불안했던 나에게 당시 김원일 선생이 전무로 계시던 출판사에서 일하게 해주셨던 것도 선생님이었다. 그후 대구에 내려간 나는 그곳에서 직장을 잡게 되었고, 1984년 불란서에 가 있을 때 선생님께서 파리에 오셨다는 기별을 받게 되었다. 엑스에 내려오신 선생님은 우리집에서 며칠 유하시고, 일주일가량 나와 함께 여행을 다니셨다. 여관방에서 이른 아침 깨어보면 선생님은 벌써 머리맡에 불을 켜고 책을 읽고 계셨다.

그후 선생님께서는 여행이나 강연 일로 몇 번 대구에 내려오신 적이 있었다. 그러나 내가 선생님을 자주 뵙고 늘 선생님 생각을 하였던 것은 작년겨울 편찮으시고 나서부터였다. 모처럼 연구실에 들러 선생님을 뵈었을 때 나는 선생님의 달라진 모습에 무척 놀랐다. 편안하고 정답기만 하던 선생님의 얼굴은 뜨거운 삶의 기운이 가시고 마치 흑백사진의 모습처럼 청정하기만 했다. 선생님의 음성 또한 한여름의 동굴 속의 찬 기운처럼 맑고 서늘했다. 그것이 블라인드를 내린 방의 어둠 때문이었을까. 아니었다. 생의 속기(俗氣)라고는 찾아볼 수 없는 선생님의 모습에서 나는 한편으로는 더없는 자유로움을 보았다. 그후 몇 번 선생님 댁과 병실을 오가면서 나는 쏟아지는 울음을 간신히 억누르곤 했다. 그리고 내 육친의 죽음이 이와 같을까 하는 생각을 해보기도 했다. 올봄에 선생님께서 지리산 자락에 요양 오셨을 때, 나는 차를 몰아 그곳으로 갔고 한 시간 반가량 선생님과 함께 뒷산에 올라 여러 말씀을 들을 수 있었다.

내가 선생님을 마지막으로 뵌 것은 돌아가시기 일주일 전쯤 병실에서였다. 나는 선생님의 손을 꼭 잡고 내 속에 들어 있는 삶의 기운을 부어드리고 싶었다. "선생님, 제가 기(氣)를 넣어드릴게요." 그날 선생님께서 내게 하신 말씀은 무슨무슨 얘기 끝에 "끝까지 리버럴리스트로 남기가 어려워……"라는 것이었다. 그것은 정신의 자유와 처신의 유연함을 지키지 못하고 종내 엄숙주의자나 권위주의자로 화하는 뭇 사람들에 대한 폄하와 질시의 말씀이 아니라, 끝까지 영혼의 젊음과 순정성을 지키기 위해 자신이 얼마나 힘겹게 살아오셨던가를 반증하는 말씀으로 들렸다. 아직 캄캄한 새벽 밤샘하던 사람들이 잠들고, 그 말씀을 되새기며 영안실 앞마당을 나섰을 때 내가 본 언덕 옆의 키 큰 나무는 영락없이 선생님의 모습 그것이었다. 온갖 슬픔 속에서 뿌리 뻗고 자라나 드높이 솟아올랐으나 이미 슬픔이 아닌 가지들을 지상에 내린 나무. 나는 나 자신이 그 넉넉하면서도 걸림이 없는 나무 아래 서 있음을 알았고, 정말 자신도 믿을 수 없을 만큼 더이상 슬프지 않았다.

그날 아침 입관의 절차를 밟을 때, 나는 선생님의 육신의 마지막 모습을 보았다. 순서에 따라 수의를 입혀드리고 마지막으로 헝클어진 머리를 빗겨드릴 때, 나는 눈을 감지 않고 끝까지 바라보았다. 그것은 데스 마스크를 뜨듯 내 기억의 한 기슭에 선생님의 마지막 모습을 새겨두기 위해서였다. 피안으로 건너가시는 선생님의 얼굴엔 기쁨도 슬픔도 없었으며, 시작도 끝도 없었다. 어느 날 내 사랑하는 이웃들이 떠나갈 때, 그리고 이윽고 나 자신이 그곳으로 건너갈 때, 나는 선생님의 마지막 모습을 기억하리라 다짐하면서. 그렇다. 내가 그날 아침 굳이 입관의 의식에 참례하리라 마음먹은 것은 처음으로, 그리고 마지막으로 선생님을 통해서, 오직 우리 선생님을 통해서 이승에서 저승으로 넘어가는 법을 배우고 싶었기 때문이다. 마지막 관을 덮을 때, 나는 선생님의 떠나심과 더불어 내 삶의 여름이 끝났다는 생각이 들었다. 그리고 지리산 자락에서 산보할 때 선생님께 드린 말씀이 생각났다. "선생님, 저도 내년에는 사십이에요." "그래, 이젠 더 빨리 지나갈 거다. 사십에 일을 많이 한다."

그리하여 이제 선생님은 나에게 캄캄한 새벽 영안실 앞의 환하게 솟아오른 청정한 나무와 마지막으로 빗겨드리던 희끗희끗한 머리칼로 남아 계신다. 한때 이 지상에 와서 다만 그분을 뵙기만 한 것으로서 기쁨이며 자랑인 우리 선생님, 선생님께서는 남달리 품이 크고 넓으셨다. 바람이 부는 것은 막힌 데가 없기 때문이듯이, 혹은 새들과 짐승들이 무리지어 드나드는 것은 골짜기가 넓고 깊기 때문이듯이, 우리들의 정신은 선생님의 걸림 없는 품안에서 태어나고 자라왔다. 그러나 바람이 불어도 트인 공간이 자기를 드러냄이 없듯이, 선생님께서는 한 번도 자신이 우리들을 키워냈다고 자부하신 적이 없다. 바로 그 때문에 우리들은 선생님의 정신

속에서 성장할 수 있었고, 우리가 선생님 덕분에 자라났다는 사실을 까맣게 눈치채지 못했던 것이다. 일찍이 선생님께서는 우리에게 위압하거나 군림하신 적이 없고, 다만 함께하셨을 뿐이다. 우리가 그분을 추종하였다면 아마도 생전에 그분에게 큰 짐이 되었으리라.

언젠가 우리 친구 하나가 선생님 방에 들어갔을 때, 마침 음식 배달하는 아이가 그릇을 가지러 왔는데, 선생님께서는 자리에서 일어서서 배웅을 하셨다고 한다. 나는 이 이야기가 두고두고 잊히지 않아, 여러 번 내강의 시간에 학생들에게 일러주곤 하였다. 일상생활에서 윗분들에게 공경을 잃지 않는 것은 크게 어려운 일이 아니로되, 아랫사람에게까지 예를 허술히 하지 않기란 쉽지 않기 때문이다. 내가 취직을 하고 난 다음 여러 사람이 있는 자리에서 선생님은 늘 나를 '이선생'이라고 부르셨다. 나는 그것이 불편하게 여겨지면서도, 그때마다 왜 선생님이 나를 그렇게 부르셨을까를 생각해보았다. 물론 이런 일이야 어느 선생님들에게서나 어렵지 않게 찾아볼 수 있는 일이지만, 그것이 평소 우리 선생님이 살아가시던 자세의 한 비유가 아닐까 해서이다. 다른 한편 내게 그러한 일들이 흔하게 생각될 수 없었던 것은 그것이 서양 학문을 위주로 하신 선생님에게서 발견되기 때문이기도 하다.

선생님께서는 우리들을 대하시면서 혹 불편하신 점이 있어도 겉으로 내색을 하지 않으셨다. 뒤늦게서야 자신의 철없음을 깨닫고 황망히 말씀을 드리면 "아, 그랬던가……" 하고 전혀 기억에 없었다는 듯이 대수롭잖게 넘기셨다. 왜 기억에 없으셨겠는가. 그것은 아마도 뉘우친 이의 마음속에 오래도록 그 잘못을 심어두지 않으시려는 깊은 뜻에서였을 것이다. 그 대신 선생님께서는 남에게 짐이 되는 일은 무척이나 어려워하셨다. 그러나 손수 구하기 힘든 자료를 부탁하시거나 피치 못해 남의 힘을 빌리셔야 했을 때, 선생님의 감사하는 마음은 남다른 바 있었다. 그것은 선생님이 쓰신 책 서문의 따스하면서도 간곡한 말씀에서 쉽게 확인된다. 타인의 짐을 자신의 짐으로 받아들이시되, 스스로 타인의 짐 되기를 자못 꺼려하셨던 선생님의 자세는 남에게는 너그러우나 자신에게는 가혹했던 옛 선비들의 자세와 다른 것이 아니었다.

그러나 선생님은 결코 그저 마음 좋고 선량한 분은 아니었던 것 같다. 처음 선생님을 가까이 대하면서 내가 받은 느낌은 매우 따뜻하고 푸근하신 분이라는 것이었다. 그러나 차츰 시간이 흐르면서 그 따뜻함 속에는 맑고 날카로운 감각이 스며 있으며, 그 푸근함 속에는 올곧고 굽힘 없는 정신이 깃들여 있음을 알게 되었다. 우리 선생님에게 있어서 따뜻함과 날카로움, 푸근함과 올곧음은 둘이 아니었다. 그것들은 선생님의 삶의 외표와 내연을 이루는 것으로서 서로의 핏줄을 나누고 있었던 것이다. 선생님께서는 그토록 날카로우셨기 때문에 따뜻할 수 있었고, 그토록 올곧으셨기 때문에 푸근할 수 있으셨다. 사실 살아 있는 감각에 뒷받침되지 않고서는 덕(德)이 이루어질 수 없으며, 감각이 배제된 도의는 빈 껍질에 지나지 않는다. 즉 섬세하지 않은 덕이란 어불성설에 지나지 않는 것이다. 우리가 옛 성인들의 행적을 살필 때, 참으로 속된 표현으로 '여우 같다'는 느낌을 갖게 되는 것은 바로 이 때문이다.

단적으로 말해 선생님의 따뜻함과 날카로움, 푸근함과 올곧음은 유례를 찾기 힘든 섬세한 정신에서 비롯된 것이라 할 수 있다. 돌이켜보면 선생님 자신의 삶은 모질고 거친 감수성이 횡행하던 시대의 문화적 분위기에 대한 외롭고도 힘겨운 무언의 항의였다고 생각된다. 보다 직접적으로 그 항의는 도덕주의 속에 도사리고 있는 비도덕성을 겨냥하는 것이었지만, 그것은 도덕주의 자체의 무조건적 거부가 아니라, 도덕주의의 근본 동기인 자연스러운 인간 본성을 되살리기 위한 안간힘으로 이해되어야 할 것이다. 4·19로부터 광주항쟁으로 이어지는 역사적 수난 속에서 숱한 무죄한 사람들의 피흘림을 목도하면서, 그리고 언제나 사태의 중심에서 비켜 있다는 질책의 소리들을 달게 받으면서, 선생님께서는 오늘의 우리 사회를 움직이는 폭력의 메커니즘을 드러내는 데 힘을 쏟으셨다. 그리고 그 폭력의 모태가 극단으로 치달은 욕망이며, 왜곡된 욕망의 또다른 형태인 금욕적 도덕주의 또한 폭력의 유혹에서 자유로울 수 없다는 사실을 뼈아프게 드러내셨다.

사실 선생님이 쓰신 어느 글에서나 그 전도된 욕망들이 낳은 비극적 파탄의 그림자를 찾아보기란 어렵지 않다. 비록 꽃이나 나무 등 자연적 대상을 즐겨 찾는 시인 작가들의 작품이 분석 대상이 되었다 하더라도, 그것이 폭력적 사회구조의 드러냄과 무관하지 않은 것은, 자연에 대한 그들의 집착은 자연 아닌 것에 대한 공포와 그로부터의 의식적 도피의 변형된 양태일 수 있기 때문이다. 그러므로 선생님의 여러 글들은 비역사적인 용어로 씌어진 숨겨진 우리 역사로 이해될 수 있을 것이다. 역사적인 용어만을 고집하는 역사, 사회적인 용어만을 고집하는 사회, 요컨대 의식이 자기만을 정당화시키는 시대에서, 선생님의 작업은 참으로 외롭고 고단한 것이었다. 그 시대는 개념에 의한 사고 외에 이미지에 의한 사고가 있을 수 있으며, 그것이 결코 진정한 사고로부터의 일탈이나 도피가 아니며 나아가서는 진정한 사고의 생명샘이 된다는 사실을 수긍할 수 없을 만큼 촉박한 시대였다. 연구실에서나 술집에서나 내가 이따금 들을 수 있었던 선생님의 낮은 탄식은 의식이 자기 아닌 것을 적으로 몰아붙임으로써 자신의 근거를 파괴하는 재난에 대한 안타까움에서였으리라.

달리 생각해보면 선생님의 날카로움이 날카로움으로 머물지 않고 따뜻함으로 변화될 수 있었던 것은, 그리고 선생님께서 당대에 드물게 이미지에 의한 사고를 행하실 수 있었던 것은 모두 인간의 욕망에 대한 편안한 긍정에서 비롯된 것으로 여겨진다. 욕망 자체가 삶의 뿌리이며 의식의 뿌리이고, 욕망의 뿌리가 절단당할 때 의식이 만든 개념들은 이내 시들어버린다는 사실을 선생님은 오래 들여다보신 듯하다. 이때 욕망이란, 늘 선생님께서 경계하셨다시피, 개인적·본능적 욕망에 그치는 것이 아니며, 또한 욕망의 긍정이 욕망의 극단적 방일에 대한 긍정이 아님은 명백하다. 욕망은 삶의 다른 이름이다. 그로부터 깨끗함과 더러움, 착함과 그릇됨이 갈라져 나오지만, 그 근원은 언제나 티없이 맑은 것이다. 평소 선생님께서 매우 어려운 얘기를 쉽게 하실 수 있었던 것도, 그리고 평범한 언행 속에서 평범하게 돌릴 수 없는 의미를 심어두셨던 것도 자연스러운 것, 혹은 인간적인 것에 대한 편안한 긍정에서 연유하는 것이라 볼 수 있다. 우리 선생님은 평소 스스로 비범함을 내비치는 언사나 처신을 하신 적이 없지만, 사실 평범하기가 얼마나 어려운가는 평범하지 않은 사람들만이 알 수 있을 것이다.

욕망을 인정하지 않으려 애쓰는 사람들에게서 숨겨진 욕망을 쉽게 찾아낼 수 있는 것과는 달리, 우리 선생님께서는 편안히 욕망을 긍정하심으로써 어렵지 않게 작은 욕망들로부터 벗어나실 수 있었던 듯하다. 생전에 선생님께서 끊으려야 끊을 수 없는 욕망이 있었다면, 마지막 저서의 서문에도 밝히셨다시피, 일에 대한 욕망일 것이다. 그러나 일에 대한 욕망이란 사실 일에 대한 겸허함과 다른 것이 아니다. 또한 일에 대한 욕망 그 자체는 선생님의 경우 그 일이 자신과 자신이 머물고 있는 세계에 대한 이해를 목표로 하는 까닭에 가열한 자기반성과 세계 관찰의 의지와 별개의 것이 아니다. 더욱이 비평가로서의 선생님은 남에 대한 이해를 매개로 하는 자기 이해를 자기실현의 조건으로 하는 까닭에, 일에 대한 선생님의 욕망은 선생님 스스로에 대한 끊임없는 위협과 가해로서 진행되었던 것이다. 마지막 저서의 표제가 자기를 만든 사람의 죽음으로써 첫 울음을 토했던 '시칠리아의 암소'라는 사실은 참으로 끔찍한 느낌을 준다. 다달이 양산되는 수많은 작품들을 지치지 않고 읽어내셨던 선생님의 고행은 그 유례를 찾기 힘들 것이다.

우리 선생님의 탁월하심은 한편으로는 남다른 근면함과 다른 한편으로는 섬세한 감수성에 의해 이루어진 것이다. 아마도 돌아가시기 4, 5년 전부터 선생님의 문학관에 동조하든 그렇지 않든 간에, 선생님의 전무후무한 감수성에 대해서는 암묵적인 동의가 이루어져왔던 것 같다. 한마디로 말해 우리 선생님은 기미(機微)를 아셨던 분이다. 옛 경전의 한 구절을 빌리자면 '먼 것의 가까움을 알았〔知遠之近〕'으며 '미세한 것의 드러남을 알았〔知徵之顯〕'기' 때문에 '덕에 들어설〔入德〕' 수 있었던 것이다. 그러기에 한 후배 시인의 표현대로 얼마나 많은 시인, 작가들이 김현이라는 '황금 그물'에 잡히기를 고대했으며, 여러 후배 평론가들은 선생님이 닦으신 길을 힘 안 들이고 가면서 스스로 '뒷북'치는 일에 얼마나 많이 민망해했던

가. 선생님께서는 바로 기미를 아시는 분이었기에 옥석(玉石)을 분간하실 수 있었던 것이다. 기미를 알기 위해서는 그 기미의 발전 양태를 그려볼 수 있는 척도를 자신 속에 지니고 있어야 하며, 옥석을 가리기 위해서는 항용 그에 개입되는 사심(私心) 즉 사심(邪心)을 배제해야 한다.

지금까지 선생님께서 여러 제자들을 길러내시고, 여러 시인 작가들의 가능성을 밝혀내실 수 있었던 것은 선생님의 사심 없는 자세와 깊은 성찰에 기인하는 것이다. 선생님께서는 어느 한 작가를 몹시 칭찬하더라도 일찍이 터럭만치도 칭찬한 바가 없었으며, 어느 한 작가에 대해 수많은 이야기를 하더라도 새삼 그 작가에 대해 한마디도 언급하신 바가 없었던 것이다. 또한 선생님께서 종일 자신에 관한 이야기를 하시더라도 자신의 이야기는 아니며, 시종일관 비판의 말씀을 하시더라도 그 말씀에 흠집이 없었던 것이다. 다시 돌려 말하자면 선생님께서는 여러 시인 작가들이 풍요롭게 쏟아놓은 이미지들로 자신이 편안히 거처하심직한 집을 지으시고 그들에게 그 집을 양도하셨던 것이다. 그러니 선생님 집이라고는 아무것도 없고, 따라서 모든 것이 선생님 집이 되었다. 그와 같은 풍요로움은 끝까지 정신의 자유와 감성의 생기를 유지할 수 있는 소수의 사람들에게만 허락되는 것이다.

우리 선생님께서는 그 정신의 자유와 감성의 생기를 한시도 누그러뜨리지 않으셨기 때문에 또한 사물의 대체(大體)를 보실 수 있었다. 문득문득 선생님을 생각할 때마다 나에게는 언제나 '큰 획을 딸 줄 아는 분'으로 떠오른다. 마치 넓은 천을 앞에 두고 연필로 몇 개의 선을 긋고서는 성큼성큼 베어나가는 재단사처럼, 선생님은 세세함에 개의하지 않고 시원스럽게 일을 꾸려가시는 분이었다. 그러나 그 결과는 또한 얼마나 살뜰하고 가지런한지 아연 놀라지 않을 수 없었다. 언젠가 우리 친구 하나가 선생님께 논문을 보여드리고 나서 어디를 고쳐야 할지 여쭈어보았을 때, 선생님의 대답은 "네 논문은 고칠 것 없더라!"라는 한 말씀이었다고 한다. 왜 고칠 것이 없었겠는가. 굳이 그렇게 말씀하신 것은 큰 테두리에서 두드러진 잘못이 보이지 않는 한, 세부적인 곳에서는 견해차가 있을 수 있으며, 설사 세부적인 오류가 발견되더라도 그것은 스스로 해결해야 할 부분이라는 뜻에서였을 것이다. 그처럼 선생님께서 큰 획을 그어나가실 수 있었던 것은 바로 지극히 섬세하셨기 때문이다. 섬세함이 결여된 큰 틀은 다만 허풍에 지나지 않는다는 사실을 선생님은 묵묵히 보여주셨고, 우리는 뒤늦게야 알아차릴 수 있었다.

이제 두서없는 글을 맺으면서 나는 지난겨울 선생님 연구실을 찾아갔을 때의 일을 생각한다. 그맘때 부쩍 나이 콤플렉스에 시달리던 나는 "선생님, 앞으로는 뭘 더 하시고 싶으세요?"라고 여쭈었고, 선생님은 "글쎄, 좋은 문학개론 하나 쓰고 싶다"라고 대답하셨다. 내가 다소 의아한 표정을 짓자, 선생님은 "지금까지 나온 것과는 좀 다른……" 하고 말끝을 흐리시며 가볍게 웃으셨다. 선생님이 돌아가시고 나서 나는 김치수 선생으로부터 그 의문을 풀 수 있었다. 젊어서 모차르트를 좋아하던 사람이 나이 들면 다시 모차르트로 돌아오듯이, 처음 문학개론에서 출발한 문학연구가는 좋은 문학개론 하나 남기는 것을 마지막 소망으로 여긴다고. 그 이야기를 어느 낚시 좋아하는 분에게 하였더니, 그분은 이렇게 말했다. 민물낚시로 출발한 낚시꾼은 결국엔 잔잔하고 고요한 민물낚시로 돌아오게 마련이라고…… 지금 그 이야기는 씨알로부터 태어나 다시 씨알로 돌아오고, 번데기로부터 나와 다시 번데기로 돌아가는 뭇 목숨 가진 것들의 끝없는 윤회의 여정으로 이해된다.

선생님께서 미처 쓰지 못하고 떠나신 그 문학개론은 아마도 문학만의 개론서는 아니었을 것이다. 그것은 선생님 자신이 사셨던 삶의 개관이면서, 동시에 앞으로 무수히 살아가야 할 사람들을 위한 삶의 안내서였을 것이다. 추측건대 그 개론서의 대강(大綱)은, 삶은 섬세한 감각과 긴장된 정신을 통해서만 포착되며, 그러기에 섬세한 감각과 긴장된 정신 그 이상도 이하도 아니며, 그러한 삶 속에서 큰 것과 작은 것, 밝은 것과 어두운 것, 산 것과 죽은 것, 정토(淨土)와 예토(穢土)가 다른 것이 아니며, 그들 사이의 관계로서 삶은 항시 '여기에' 있다는 가르침이리라. 선생님께서는 자신이 못다 한 일을 우리에게 맡기셨다. 이제 그 개론서는 우리가 우리 자신의 삶으로써 기록해야 할 책이다. 우리가 그 일을 잘해도 우리가 잘하는 일이며, 못해도 우리가 못하는 일일 것이다. 그러나 그 일을 잘한다면 선생님은 또 얼마나 즐거워하실까.

지금 선생님께서는 캄캄한 새벽 어둠을 헤치고 솟아오른 청정한 나무와, 마지막으로 빗겨드리던 희끗희끗한 머리칼로 나에게 남아 계신다. 이제 지상의 잎새가 햇빛과 바람을 머금고 초록을 더해갈 때, 지하의 머리칼은 조금씩 조금씩 풍화해가리라. 그러나 어느덧 지상의 잎새가 질 때쯤이면, 지하의 머리칼은 곱게 부서져 새로운 숨결을 머금으리라. 그러므로 신이여, 신이여! 지상의 한 빛을 거두어가소서, 그 빛이 거두어져도 지상의 밝음이 변함없듯이, 그 빛이 보이지 않음이 사라짐이 아닙니다……

문학동네 산문
나는 왜 비에 젖은 석류 꽃잎에 대해 아무 말도 못 했는가
ⓒ 이성복 2015

1판 1쇄 2015년 9월 25일
1판 2쇄 2021년 10월 27일

지은이 이성복
책임편집 김민정
디자인 신선아 유현아
마케팅 정민호 이숙재 우상욱 정경주
홍보 김희숙 함유지 김현지 이소정 이미희
제작 강신은 김동욱 임현식 | 제작처 영신사

펴낸곳 (주)문학동네 | 펴낸이 염현숙
출판등록 1993년 10월 22일 제406-2003-000045호
주소 10881 경기도 파주시 회동길 210
전자우편 editor@munhak.com | 대표전화 031) 955-8888 | 팩스 031) 955-8855
문의전화 031) 955-3578(마케팅) 031) 955-2656(편집)
문학동네카페 http://cafe.naver.com/mhdn | 트위터 @munhakdongne

ISBN 978-89-546-3769-5 03810

www.munhak.com